U0650524

CALLING

MAJOR

TOM

孤 独 梦 想 家

［英］戴维·巴尼特 / 著

David M. Barnett

刘勇军 / 译

湖南文艺出版社
HUNAN LITERATURE AND ART PUBLISHING HOUSE

博集天卷
CS-BOOKY

图书在版编目（CIP）数据

孤独梦想家/（英）戴维·巴尼特（David M. Barnett）著；刘勇军译 . — 长沙：湖南文
艺出版社，2017.12
书名原文：Calling Major Tom
ISBN 978-7-5404-8318-0

Ⅰ.①孤…　Ⅱ.①戴…②刘…　Ⅲ.①科学幻想小说—英国—现代　Ⅳ.①I561.45

中国版本图书馆 CIP 数据核字（2017）第 237024 号

© 中南博集天卷文化传媒有限公司。本书版权受法律保护。未经权利人许可，任何人
不得以任何方式使用本书包括正文、插图、封面、版式等任何部分内容，违者将受到
法律制裁。

著作权合同登记号：图字 18-2017-191

Calling Major Tom by David M. Barnett
Copyright©David M. Barnett 2017
First published by Trapeze, an imprint of the Orion Publishing Group, London.
Published by arrangement with Orion Publishing Group via The Grayhawk Agency.

上架建议：畅销·外国文学

GUDU MENGXIANGJIA
孤独梦想家

作　　者：［英］戴维·巴尼特（David M. Barnett）
译　　者：刘勇军
出 版 人：曾赛丰
责任编辑：薛　健　刘诗哲
监　　制：蔡明菲　邢越超
策划编辑：马冬冬　刘宁远
特约编辑：温雅卿
版权支持：文赛峰
营销支持：张锦涵　李　群　姚长杰
版式设计：潘雪琴
封面设计：棱角视觉
出版发行：湖南文艺出版社
　　　　　（长沙市雨花区东二环一段 508 号　邮编：410014）
网　　址：www.hnwy.net
印　　刷：北京京都六环印刷厂
经　　销：新华书店
开　　本：880mm × 1270mm　1/32
字　　数：296 千字
印　　张：11.5
版　　次：2017 年 12 月第 1 版
印　　次：2017 年 12 月第 1 次印刷
书　　号：ISBN 978-7-5404-8318-0
定　　价：45.00 元

质量监督电话：010-59096394
团购电话：010-59320018

谨以此书献给

克莱儿、查理和爱丽丝。
当我魂游太空，是你们让我脚踏实地，
用温暖的情感填满我的心。

谨以此书纪念

马尔科姆·巴尼特（1945—2016）

“当我们开始理解，地球本身就是一种宇宙飞船，在无垠的太空中疾驰，那么，没能更好地组织人类家庭生活，就显得越发荒唐可笑了。”

——休伯特·H. 汉弗莱，美国副总统，1966 年

“苦尽甘来。”

——乔治·丰比

目录

Contents

第一部分

银河呼叫

男孩怀抱一袋莱维斯巧克力和一小盒爆米花，
父亲用强有力的手搭在他的肩膀上，引导他穿过铺着地毯的过道。
电影尚未开始，但座位上的观众都在看泛着淡淡亮光的屏幕，
上面正在播放广告。

第一章

1978年2月11日

很久以前，在一家距离托马斯现在所在位置很远的电影院里，一对父子在黑暗中向前走。男孩怀抱一袋莱维斯巧克力和一小盒爆米花，父亲用强有力的手搭在他的肩膀上，引导他穿过铺着地毯的过道。电影尚未开始，但座位上的观众都在看泛着淡淡亮光的屏幕，上面正在播放广告。一缕缕香烟烟雾袅袅升起，在屏幕和观众之间的漆黑空间里交缠在一起。座位上坐满了人，含混不清的谈话声此起彼伏。

这是托马斯·梅杰①一生中最快乐的时光。来格兰岱尔电影院看这部电影，是为了庆祝他的八岁生日。他做梦都想看这部电影，仿佛这一直都是他生命的一部分，已经烙印在了他的骨髓中。其实他的生日是在一个月前，在家里，给他的生日礼物被精心摆在他卧室的书桌上，那是个《星球大战》酒

---

① 在英文中，男主角姓 Major，音译为梅杰，意译为少校，托马斯·梅杰的英文是 Thomas Major，与《太空怪谈》（*Space Oddity*）这首歌中的虚构宇航员汤姆少校（Major Tom）这个名字差不多，Tom 则是 Thomas 这个名字的昵称，而汤姆少校也成为本书主人公的代号。——译注

吧玩具，里面有外星人獠牙怪和锤头雷兽的公仔，把这两个公仔装在扭动旋转的小底座上，看来就好像它们在打架；还有这部电影的配乐唱片，由伦敦交响乐团演奏，这张唱片整齐地摆放在他母亲那台旧但塞特电唱机和一摞45转旧唱片旁边，当时她曾把电唱机给他，让他播放唱片。

现在，托马斯和他父亲来到了电影院，准备看真正的电影，而且是周末首映。他们在街上排队，等待进入卡弗舍姆这家最古老的电影院，这里也是雷丁最古老的电影院之一，在排队的时候，托马斯问他父亲愿不愿意去太空。

"我敢说，等你到了我这个年纪，他们早就在月亮上建起城市了。"父亲说，"不过我可不会去住。因为月亮上没有大气。"他大笑起来，拍拍托马斯的肩膀。"你倒是可以去。就跟歌里唱的一样。《汤姆少校》。那首歌出来的时候，你妈妈怀孕差不多三个月。我觉得她就是因为这首歌才给你起名叫托马斯的。她现在也是怀孕三个月。"父亲停顿下来，看着托马斯。"见鬼。那首《费加罗》[1]是不是仍在流行歌曲排行榜的榜首？我可不希望下午茶时间，小费加罗在花园后门大喊大叫。"

"那首歌叫《太空怪谈》[2]。"托马斯心不在焉地说，"不叫《汤姆少校》，而是叫《太空怪谈》。"就在他们排队入场的时候，一辆米色汽车缓缓地从电影院旁边驶过。弗兰克·梅杰吹了声口哨。"快看那辆车。大众德比汽车。去年才上市。我可喜欢这款车了。"他用手肘一推托马斯，"要是我们开着那辆车，肯定酷毙了，对吧？"

托马斯耸耸肩。他对汽车不太感兴趣。他父亲继续说道："说不定今年我们也可以买一辆。不过到了夏天，我想建一栋玻璃暖房。有了暖房，我们的房子就能升值。我们还可以把阁楼也改造一下。隔壁街就有栋房子，他们

---

[1]　是指《波西米亚狂想曲》这首歌，歌词中有"费加罗"这个人名。——译注
[2]　英国音乐人大卫·鲍伊的一首歌，歌中的人物"汤姆少校"是一个虚构出来的宇航员。——译注

有暖房,还把阁楼重新装修了,去年卖了将近两万三千英镑,太不可思议了。"

现在才刚下午,但天空是深蓝色的,一轮满月低低地挂在地平线上,在黑压压的屋顶上方清晰可见。"就跟十便士硬币一样圆。"父亲说。托马斯闭上一只眼,把拇指和食指对准圆圆的月亮。

"我抓到了,爸爸!我抓到月亮了!"

"那就把月亮放在衣兜里吧,儿子。"他说,"说不定哪天就用上了。快点,我们终于可以进去了。"

托马斯把看不见、毫无重量、与十便士硬币一样圆的月亮塞进棕色宽领衬衫的胸袋里。托马斯中午吃了他很喜欢的汉堡牛排三明治,这会儿小肚子依然饱饱的,不过他照样能吃下糖果和零食。他父亲摇摇头,说他是"大胃王",然后把钱递到小亭子里。

这时,父亲带他来到位于一排座位尽头的一个单独空座边,旁边是一男一女带着三个小女孩。托马斯感觉心里一紧,他也说不清这是什么情绪。他疑惑地看着他父亲。"可这里只有一个座位呀。"

"在这里等我一下。"父亲说完便走过去和一个卖冰激凌的女人聊了起来。她的头发像是用花岗岩雕刻而成的,她的脸也很像是用花岗岩雕刻而成,她扭头看看托马斯,两道凌厉的目光穿透黑暗,落在托马斯身上。

父亲递给她一张一英镑钞票,她则交给他两个巧克力冰激凌。她又看看托马斯,随即看看托马斯的父亲,后者做了个鬼脸,又给了她一英镑钞票。然后,他带着那个女人走回托马斯身边。托马斯把爆米花抱在膝盖上,莱维斯巧克力被他揣进了口袋。父亲把一个冰激凌塞进他手里。

"托马斯,乖儿子。"他说,"老爸现在要出去一趟。"

托马斯看着父亲,眨了眨眼睛。"你去干什么?那电影怎么办?"

"不要紧。我要办的事很重要。是……"他看看屏幕,像是想从那里汲取灵感,"是为了给你妈妈准备一个惊喜。"他轻拍着鼻子一侧。"这是男人之间的秘密，好吗？不可以告诉别人。"

托马斯也拍拍鼻子一侧，但他的心里直敲小鼓。他感觉他的心里像是裂开了一道巨大的口子。父亲说，"她叫迪尔德丽。在我回来之前，她会照顾你的。"

那个女人低头看着托马斯，她的嘴唇很薄，毫无血色，像是一条细线，如同雕刻师甚至都不愿意费力给她雕刻一个人类的嘴唇。

"你多久才能回来？"托马斯问道，只觉得黑暗向他的背压来，他感觉孤独极了。

"很快。"父亲说着眨眨眼。然后，音乐声响起，托马斯扭头看向屏幕，只见屏幕上出现了很多星球，一段文字开始在屏幕上滚动。

"现在是内战时期。反抗军的宇宙飞船从秘密基地发动进攻，赢得了与邪恶银河帝国对阵的第一场胜利。"

托马斯回过头，想看看他父亲，可他已经不见了。

第二章

海拔二万二千万英里处的小屋

横 5：拉丁语的太阳，咀嚼，很遗憾拼错了（八个字母）。

托马斯·梅杰闭上眼睛思考，他觉得沉寂无声是这天底下最好的事。没有汽车喇叭嘟嘟响，没有人大喊大叫，没有引擎嗡嗡旋转，没有电话响个不停，也没有垃圾车在倒车时发出的哔哔声。

这里什么都没有。

没有门铃，没有人播放恐怖震颤的低音音乐，没有人咚咚敲门，没有电视刺刺啦啦响。

此时此刻，四下里静寂无声。

没有愚蠢的电台节目主持人叽叽喳喳说个不停，没有收到短信时不断的提示音声，没有柏油碎石路上的钻井声，没有街头艺人演奏刺耳的经典乐曲声。

在他看来，这些声音都算作"耳朵威胁"。

托马斯·梅杰一直都很想要一个小屋，像蚕茧一样，与世隔绝，远离所有人和他们那讨厌的声音，他用铅笔尖轻轻敲着《卫报超级困难神秘填字游戏》的第一页，继续思考。铅笔的敲击声听来叫人愉悦，是真正给脑力劳动的伴奏。而且，这是属于他的声音，是他制造出来的声音。

他咕噜咕噜喝茶的声音听来也很叫人开心。他喜欢喝滚烫的茶，而且要很甜才行。这里没有人逼他讲礼貌。只要他愿意，就可以大声喝茶。他哗啦哗啦地把茶水在嘴里漱来漱去，等茶水变凉了，就大声咽下去。

"请喝吧。"他把水咽下去后说道，不过这话不是对任何人说的。

他这辈子最大的心愿就是有个属于他自己的小屋。有的人可以躲进花园深处的小屋里，把自己锁起来，躲开所有人和所有事，他真是羡慕死他们了。今天是他的四十七岁生日，终于只剩下他一个人了，他可以随意咕噜咕噜喝茶，想玩多久的填字游戏，就能玩多久。他一直留着这本有三百六十五个极为困难的填字游戏的书。他再次用铅笔敲着书页。咀嚼？嚼碎。不过拼错了？很遗憾拼错了？

托马斯·梅杰在这里想做什么就可以做什么，所以他决定放点音乐来帮助自己思考。一定要好听的音乐，而不是自高自大的年轻人开豪车时播放的那种咚咚响的音乐。他真想把他收藏的所有黑胶唱片都带在身边，可惜地方不够宽敞。所以他把音乐都转化成了电子版，每一张音乐专辑、每一支单曲、每一首非主打歌、每一张珍品唱片和每一张贴在五线谱或杂志封面上的唱片，统统如此。今天是他的生日，他觉得自己应该听听令人振奋和欢快的曲子，或许可以听治疗乐队的歌。他打开电脑，紧皱眉头听着电脑发出的不自然的嘀嗒声和嗡嗡声，他决定听《崩溃》这张专辑。华丽地回归阴郁，1989。乐曲开始随机播放。托马斯很不喜欢这样。他觉得专辑里的歌应该按照乐队喜欢的顺序来播放，不过他不知道该怎么才能换个方式播放。第一首歌是《想家》。

托马斯咕哝一声，从鼻子喷出一口气，露出一抹苦笑。

是有点想家。但没有太过想念。

拉丁语的太阳？肯定是 Sol[①]。咀嚼？是指数字吗？托马斯若有所思地吸吮着铅笔，下一首歌开始播放。说不定望望窗外的风景会有帮助。窗外的景致每每总是可以叫他惊艳不已，他很想知道有一天他会不会看厌了，觉得这也没什么稀奇。他衷心盼望那一天不会到来。因为这里只有他，只有他和他的茶、填字游戏和音乐，而外面有各种各样的人。

从四英寸厚的窗格玻璃中，他看到了地球。蓝色和绿色相间，白云环绕，堪称美极了。地球看起来那么大，像是他一伸手就能触摸到。他现在位于高地球轨道，距离地球表面有二万二千英里之遥，很快他就将进入太空，以每秒二十六点五公里的速度远离地球。很快，地球就会越缩越小，像是太空这张天鹅绒毯子上的一个小点。他闭上眼睛，静静聆听音乐，他告诉他自己，他这么做自然是对的，是自己想要的。

托马斯的世界就是一根长三十英尺的六角形管道，一端是他的工作站，另一端有一个巨大舱口，出了舱口有个气闸，而气闸另一边就是无边无尽的虚空了。

托马斯并不常去太空舱的那一端。

太空舱的中间有很多电子仪器，托马斯只知道其中一少半是干什么用的，此外还有很多门，门内是储藏室，用于存放各类物品——其中大都是压缩食品，好让他在星际旅行中活下去，还有一台跑步机，他用夹子将自己固定在上面跑步锻炼，防止肌肉萎缩。

总而言之，这里就是他的家。这里像家一样拥有日常事务，不过不是坐车上下班、回家看电视或是一边做饭一边听音乐这类事务，托马斯的每一天

---

① 罗马神话中的太阳神。——译注

是从一个固定在墙上的睡袋里开始的。他尝试过在微重力环境下睡觉，结果却被吸向了通风口。然后，他开始做早餐，当然只是些毫无味道可言的脱水食品，或是富含营养的水果棒，吃完早餐，他开始洗漱、上厕所，而这一向都是很有意思的部分。早晨，他先把所有系统都检查一遍，再去做运动，这之后，按道理他应该阅读手册，了解他到火星后要做的各项工作……最重要的工作就是：让自己在火星上活下去。而这似乎需要种植大量马铃薯。

音乐停止，不间断的刺耳的砰砰声响起。他从窗边扭过头，不再看整个世界。他用力一推，离开舱壁，在零重力的环境下，游到用螺栓固定在墙壁里的显示器边上，他的填字游戏书和铅笔就在显示器上方飘浮。屏幕上出现了一句话：传入通信。

"不可思议。"他小声说，屏幕上出现了乱糟糟的像素点，随即出现了延迟图像，可以看到一群穿西装的人站在那里，他们身后是一排排坐在电脑前的技术人员。

"地面控制中心呼叫汤姆少校！"那群人中间的一个人说道，这个人身材高挑，一头黑发向后梳，"请回答，汤姆少校！"

托马斯把自己固定在显示器前，他的头像出现在屏幕下方的角落里，只有邮票大小。他看了一眼他的头像，心想他是不是应该去刮刮胡子，但是这里只有电动剃须刀，而他不喜欢用那玩意儿。他忽然意识到，他这辈子可能再也用不到手动剃须刀了。他的棕色头发已经有些花白，此时根根直立，看起来很搞笑，像是在潮水中摇摆的海藻。

"你好，地面控制中心。这里是小屋一号，你们的声音很清楚，画面很清晰。"

技术人员爆发出一阵欢呼，不过他们的欢呼声很轻，带着文质彬彬的英国风格。穿西装的那个人是鲍曼主任，他透过摄像头注视着他。"托马斯，你是不是非要用那个傻里傻气的名字来称呼战神一号？"

"未来七个月，你们是不是每天一定要说'地面控制中心呼叫汤姆少校'？"

鲍曼主任的头发很黑，一定是染过了。他无时无刻不打着领带，总是系着衬衫最上面的纽扣，显得很傲慢。托马斯对在这个时代依然打领带上班的人都有怀疑。根本就没这个必要。参加葬礼才需要打领带，而托马斯参加过不少葬礼，参加婚礼也需要打领带，但对于婚姻，他只有短暂的了解。鲍曼的衬衫熨烫整齐，由此可见，要么是他有强迫症，要么就是他用锁链把他老婆锁在了地下室的熨衣板旁边。不过，鲍曼主任有一点最招托马斯讨厌，那就是他对写字板情有独钟。他时时刻刻都拿着写字板。他看看他现在拿着的写字板。"从我们这里的诊断来看，你的系统都很正常。你做完机上检查了吗？"

填字游戏书飘到了摄像头前面，托马斯一把把它打开，说了几句模棱两可的话。鲍曼说："发射进行得很完美，和我想象的一模一样。你已经与霍曼转移轨道对齐了，发动机即将点火。你很快就要开始愉快的旅程了，托马斯。而你的行程是三十一亿英里。美国航天局告诉我们，你附近会出现流星尘，但应该不会给你造成任何问题。"

即便是在太空里也要谈论天气。还真是英国人的风格啊。"早知道我就带雨伞出门了。"

技术人员又开始哄笑。有个女人像是举着婴儿一样举着一台苹果电脑，此时，她用空闲的那只手拢拢头发。"我们正把现在的一幕录下来，稍后会在媒体上播放。而且，今天是你的生日吧？"她的声音抑扬顿挫，听来很讨厌。

她是负责公关的克劳迪娅。托马斯知道，她一直对他在一年前所做的事深感痛恨。她皮肤黝黑，身材健美，托马斯觉得她肯定是把所有空闲时间都用来做昂贵的锻炼了，比如打皮沙袋，她集中注意力，在脑海中浮现出托马斯那头发凌乱、脸色苍白的样子，把打沙袋当成打他。她每天都穿着不同的衣服出现在托马斯面前，悄悄地把品牌或设计师的名字告诉每一个听得到的人，仿佛这是神秘密码，有了密码，就可以进入她那个更好、更贵的穿衣世界。

"1月11日。每年的同一时间。可别告诉我某个管道里藏着一个生日蛋糕？那肯定比我找出来的茶好吃吧。茶里的糖太多了。都没有我要的格雷伯爵茶。"

鲍曼挑了挑眉毛，意思是："看在老天的分上，别再发牢骚了。"克劳迪娅在平板电脑上点了几下。"托马斯，现在有一个很特别的人要和你通话……"

他张开嘴巴，但又合拢上。真的？特别的人？会是……珍妮特吗？

第三章

海拔一百三十四英尺

"奶奶的电话响了。"詹姆斯喊道。

随即他又说:"我连一件干净衬衫都没有了。"

然后又说:"今天有体育课,我的运动衣呢?"

接下来,他说:"我不喜欢吃火腿三明治。我就不能吃校餐吗?"

这里是威根桑托斯大街十九号,格拉黛丝坐在小客厅壁炉边的椅子上,欣赏她那件粉色长棉晨衣。这衣服很像他们年轻时的羽绒被,叫欧洲大陆鸭绒被。她很想知道这个名字的由来。鸭绒被是来自欧洲大陆吗?住在欧洲大陆的人为什么用鸭绒被?欧洲大陆不是很暖和吗?至少人们口中的"欧洲大陆",比如贝尼多姆市①,不是很暖和吗?

詹姆斯站在厨房门口,他光着膀子,伸出两只手臂,瘦骨嶙峋且苍白的手肘抵在门框上,像是在哀求某人做某事。现在是一月末,天寒地冻的,他

---

① 位于西班牙。——译注

赤裸上身站在这里，肯定会得重感冒的。有那么一会儿，格拉黛丝觉得她或许可以试着帮忙。毕竟是她的电话响了——詹姆斯说得对。不过电话铃声听起来很沉闷，像是手机正在井下的桶里。现在真是太神奇了，詹姆斯把一首老歌下载到手机里当铃声，取代了之前的单调铃声。那首歌叫《钻石与铁锈》，由琼·贝兹演唱，是格拉黛丝最喜欢的歌曲之一，只是她每次听这首歌都觉得很难过，她常常都说不清为什么会这样。或许是因为这首歌勾起了她对久远往事的回忆，而回忆就是格拉黛丝现在所拥有的一切。她还记得当时的一些事，不过都是些片段，但她认为那些事值得记住。"威根位于海平面之上一百三十四英尺。"

詹姆斯咕哝一声，看着自己的手肘，他的手臂扭着。

"艾莉！"格拉黛丝坐在椅子上喊道，"给詹姆斯……拿件衣服来。我去把他的衬衫熨烫好。"

楼上传来沉闷的叫喊声。格拉黛丝看到詹姆斯的头发，便咂咂舌，他的头发太长太卷，根本不是一个十岁男孩该留的发型。詹姆斯扶着纤弱的格拉黛丝站起来。这个客厅很小，只有一把椅子、一张沙发和一台电视，还有一扇门通往厨房，楼梯在厨房里。沙发后面有一个塑料筐，里面堆着小山高的洗干净的衣物，眼瞅着就要倒了。熨衣板支在塑料筐边上已经几个月了，像是永远都会放在那里。格拉黛丝从一堆衣服里翻出一件白衬衫，插上熨斗的插头。

"待会儿我给你一先令，你拿着去吃午饭吧。"

詹姆斯翻翻白眼，也去洗衣篮里一阵乱翻，拉出了一条短裤和一件橄榄球衫。"这两件是不是也要熨？"她说。

詹姆斯把衣服塞进书包。"不用费事了。到了下午茶时间，这两件衣服上就会沾满泥巴，说不定还会有血。真搞不懂为什么偏偏在一月打橄榄球。这应该是夏季的运动。"

"你爷爷打橄榄球打得很好。他年轻时本可以代表威根打比赛。"格拉黛丝凝视着她铺在熨衣板上的白衬衫的扣子。针脚简直糟糕透顶。她年轻时可没有这样的做工。她看看标签。中国台湾制造，她早该知道的。

"奶奶！"艾莉出现在厨房门口。和往常一样，她化了很深的眼妆。看她的发型，像是有人拖着她，倒着穿过了树篱。还有那件裙子。与其说是件裙子，还不如说是条腰带。这可不是说格拉黛丝在这件事上有什么发言的余地。格拉黛丝年轻时也很喜欢超短裙。美腿啊。所有男孩子都这么说。那天，在摩天轮酒吧附近那家炸鱼薯条店外，比尔对她说的第一句话就是："你有一双美腿呀，小姑娘。"她一直都很喜欢摩天轮酒吧。那里每星期六晚上都供应美味的烈性啤酒。她真想知道那家酒吧现在是否仍在营业，然后她才想起，酒吧早已被推平，原址上盖起了一家大超市。

"奶奶！"艾莉匆匆走过来，挤进沙发和墙壁之间的空隙，拿开正放在詹姆斯衬衣上的熨铁。

"哦，糟糕。"胸袋处出现了一个熨斗形状的棕色痕迹。

艾莉用手捂住脸。"他只有三件白衬衣。"

"我再拿一件来熨。"格拉黛丝说。她举起白衬衫，挑剔地端详着。"反正这件衣服的做工也不好。我把它剪了当抹布吧。"

"还是我来熨吧。"艾莉说着轻轻拉住格拉黛丝的手肘，带她从熨衣板边走开。"你还是坐下吧。吃早餐了吗？"

"来块烤面包，再来杯茶，就太好了。你见没见过我的手机？我听到手机响了。"

詹姆斯正在穿一件皱巴巴的白衬衫。"不要紧。"他说，不过听他的语气，可知他其实并不是这个意思。"我快赶不上巴士了。"

"别忘了你的三明治。"艾莉边说边揉耳垂，"你们看到我的耳环了吗？"

"你们看到我的手机了吗？"格拉黛丝说，"昨晚你带着买来的东西回家，那时候手机正在充电。我还把食物收起来了。我现在想起来了。"

詹姆斯站在冰箱边上朝里看，像是里面充满了各种奇观。他把手伸进去，拿出一个用保鲜膜包着的三明治。"奶奶，你的手机在这里。你把它放在冰箱里了。就在黄油碟里。"

詹姆斯哈哈笑着，拿着手机走回客厅。艾莉摇摇头。"奶奶。"

格拉黛丝揉搓着下巴。"我发誓我昨晚把手机充电了。就在那边的餐具柜上。"

餐具柜在窗户下面，很小，而且是便宜货。餐具柜上摆着一个碗，碗里有几个干瘪的橘子，碗两边摆着艾莉和詹姆斯的父母的照片。詹姆斯指指那边，又笑了起来。"噢，老天。恶心死了。"

果盘后面是格拉黛丝的手机充电器，可以看到弯弯曲曲的导线，插头插在一块安佳牌黄油上。此时黄油已经融化，流到了上了清漆的木柜表面。

"我会去清理干净的。"艾莉大声叹口气。她看看自己的手机。"詹姆斯，你该去上学了。"

"再见。"他说，格拉黛丝看着他往嘴里塞了一块饼干，便出门去了。她对他眨眨眼。这是我们的秘密。

艾莉又看看她的手机。"见鬼。我上学要迟到了。"她冲进厨房。她这个女孩子总是行色匆匆。格拉黛丝听到水壶呜呜响了起来，烤面包机启动了。五分钟后，艾莉给她端来一杯茶，还把一片涂了黄油的吐司放在盘子上，给她拿来，她自己嘴里也咬着一块折叠起来的吐司。

"你真是个好姑娘。"格拉黛丝说。

艾莉蹲在格拉黛丝面前，把吐司从嘴里拿出来。"奶奶。"她说。她的语气一向都是这么严肃。她是个来去匆匆、说话严肃的女孩。"奶奶，答应我，你今天不会出门。也不要插任何电器的插头。我在冰箱里放了一个保鲜盒，里面是你的午餐。要放在微波炉里加热两分钟。我把这些都写下来了，用透明胶贴在了盒盖上。你只要按照指示做就好了，可以吗？你可以自己泡茶吗？"

"当然可以。"格拉黛丝轻蔑地说，"我又不是三岁小孩，你知道的。我再过生日就七十一岁了。"

艾莉点点头。"不管谁敲门，你都不要开门，也不要接电话，除非屏幕上出现我或詹姆斯的照片。明白了吗？"

格拉黛丝冲艾莉轻轻敬了个礼，哈哈笑了起来。艾莉没有笑。她环顾四周，寻找她的帆布背包，只见它就在餐具柜上，她把背包背在肩上。"我四点回来。詹姆斯三点半回来。好吗？你看看电视吧。千万别忘了吃午饭。下午茶时间，我们可以吃点炸鱼条。那之后我就要出门打工了。"

"亲爱的。"格拉黛丝说，"不过我想吃肉饼。番茄肉饼。你知道吗，现在不能这么叫了。应该叫番茄馅饼夹碎肉，因为番茄比肉多。要是有点肉汁就更好了。好好上学，祝你在学校过得愉快。"

艾莉终于走了，格拉黛丝叹了口气。有时候，她在这所房子里都听不到她自己在思考。她四下寻找遥控器，在壁炉架上发现了它的踪迹，她把遥控器对准电视机，猛戳各个按钮，电视画面终于亮了起来。新闻，新闻，全是新闻。那些坐在沙发上的蠢货。还有一些美国瘪三。还有人要上太空。可以选择的频道这么多，却全都没看头。格拉黛丝要是能找到书，肯定就去看书了。要是她能想起那本书叫什么就好了。要是能想起那本书在什么地方，就更好了。

她拿起手机，很好奇是谁一大早从电冰箱里给她打电话。不不，不是从电冰箱打电话。是电话在电冰箱里。说不定是她的男朋友，不过他并不经常打电话来。不不，应该说是他从不打电话。那家伙喜欢发邮件。格拉黛丝凝视屏幕，"一个未接来电"这行字下面是一个陌生号码，反正就只有号码，下面没有名字。跟着，电话又响了，她吓了一跳，差点把手机弄掉了。

"喂？"电话另一端是一个年轻女人，她的声音很好听，格拉黛丝听了一会儿。她想了想，说："啊，是的，我想我确实上了支付保护保险。有多少贷款？噢，我想是六七个吧。八个。要求退款？听起来很有意思……"

第四章

在太空里是什么感觉

托马斯瞥了一眼他在显示器屏幕边角上的图像，试着把头发按下来，可他一松手，头发就又飘了起来。他很想知道他能不能走开一会儿，去刮个胡子。他很清楚他前妻不会来，毕竟在几个月之前，她说过再也不想和他说话。

过了一会儿，一个穿着格子衬衫的男人和一个小孩走进了画面。根本不是珍妮特。克劳迪娅冲小女孩摆摆手。"我们在你上过的卡弗舍姆小学举行了一场比赛，获胜的学生可以向你提一个问题。"她搂住那个十来岁的孩子，"她叫斯蒂芬妮。这位是贝雷斯福德先生，她的班主任。来吧，斯蒂芬妮，打个招呼，不要害羞。"

托马斯看着那位老师。他看起来很年轻，足以做托马斯的儿子。小女孩羞答答地和托马斯打了招呼，托马斯说道："我的班主任是迪金森先生。他现在怎么样了？"

贝雷斯福德先生说："你是说托尼·迪金森吗？他早就退休了，而且大约在一年前已经去世。我记得是从校园时事通讯上看到这个消息的。"

"真是大快人心呀。他就是个浑蛋，可恶至极，还是虐待狂，就因为我在班上挖鼻孔，他就用藤条抽了我的屁股三次。但愿他死得很痛苦。"

"汤姆少校……"鲍曼咬着牙说，"汤姆少校是个……很有幽默感的人，斯蒂芬妮。他就是说着玩的。"

"我才没有说着玩。要我说，老迪奇①就喜欢打男学生，他感觉这样很刺激。"他把注意力转移到留着时髦发型和胡须的贝雷斯福德先生身上，"我想他们现在是不允许你们做这种事了。应该有犯罪背景调查吧。"

克劳迪娅挤到鲍曼身前，后者正在拉扯他的衬衫领子。"托马斯，斯蒂芬妮有个问题问你。"

"要是想问我怎么在太空里拉屎，那我现在就可以告诉你们，拉屎太费劲儿了，很尴尬，一点也不体面。"托马斯看到鲍曼用手捂住了前额。

小女孩抬头看看她的老师，又看看克劳迪娅，而克劳迪娅牵强地笑笑，用手肘推了推她。她低头看了看一张卡片，用颤抖地声音读了起来："在太空里，最好的事是什么？"

老天，这真是他们能想出来的最好的问题吗？

太迟了，托马斯意识到他竟然把这句话说了出来。小女孩的五官马上皱在一起，眼瞅着就要号啕大哭。托马斯闭上眼。"好吧。你想知道在太空里最好的事？那就是用不着待在地球上。我在和你差不多大的时候明白了一件事，那就是这个世界简直糟糕透顶，世界上的每一个人同样糟糕透顶。我这一生就是看着我的抱负逐渐枯萎、消失。所以，当逃离这一切的机会摆在我的面前，我是说真正将人世间的一切都甩开的机会，我就伸出双手，紧紧将它抓住。我的心愿实现了。这里没有别人，只有我自己……"

太阳神。一个。嚼碎。很遗憾拼错了。悲伤。拼错。嚼碎。态度。

---

① 迪金森的简称。——译注

"孤独！"托马斯大喊道，他睁开眼睛，寻找他的填字游戏书。跟着，他意识到显示器黑了。那些浑蛋截断了通信。

他的铅笔在窗边飘浮，他正准备把铅笔拿回来，这时候，一阵刺耳的嗡嗡声从一块灰色塑料板发出来，他以前从未注意过那个东西。他小心地把塑料板拿起来，这才发现这东西竟然是个电话。

"喂？"

"托马斯，我是鲍曼主任。"一个人说道，在机器嘶嘶声的衬托下，那个声音听来瓮声瓮气的，"你开始说话之前，与你的通信中断了。不过不用担心，我们可以通过这个电话联系。可能就是有个软件失灵了。但如果我是你，就会努力钻研舱外活动程序。"

努力钻研？这年头谁还会这么说话？托马斯发出一声夹杂着厌世意味的叹息，没有理会关于舱外活动程序的事。"活该，谁叫你买的电脑系统都是便宜货。"

鲍曼主任没有搭理他。"我们很快会搞定的。在此之前，我们必须使用这个系统来保持联络。"

"真不知道这里还有部电话。"托马斯把那块塑料板从耳边拿开片刻，仔细端详。它看起来很像是20世纪70年代的东西。确实有这个可能，毕竟小屋一号是用苏联太空科技的廉价零件拼凑在一起的低劣混合物。但至少它还能用。

"那是一部铱电话。"鲍曼说，"它利用地球轨道上的卫星，在我们之间传递通信信号。问题是你很快就要离开信号覆盖区了。这个技术有点老旧，不过有六十六个卫星可以传递信号，所以我们应该可以一直保持联系。"

"卫星的数量应该是七十七个。"托马斯心不在焉地说，"这是铱的原子序数。"

"有多少个都无所谓。"鲍曼生气地说，"主通信方式应该很快就能恢复使用。"

"现在你看不到我吗？"

"看不到。不过不用慌。技术员都在……"

"总而言之，你们现在就是看不到我。"托马斯说。这就有意思了。他伸手抓住飘浮的填字游戏书，"要是你确定你们看不到我……我就可以去做……检查了。"

"你真敬业。"鲍曼说，"现在只是不能使用视频通话，我会用电子邮件把一些电话号码发给你，这样你遇到了紧急事件，就可以用那部铱电话联系我们。"

"号码？普通的电话号码？这部电话可以拨打正常的号码？"

"是的。普通的电话号码。那样我们就能联系了。还有，托马斯……你把那个小女孩弄哭了。你能不能别再……别再……"

鲍曼主任似乎找不到合适的词。

"别再当个可怜的傻瓜？"托马斯替他说道。

他看不见鲍曼主任，但他照样能想象到他此时的样子：把写字板抱在胸前，用拇指和食指捏着鼻梁，紧紧皱着眉头。

"是的。"鲍曼主任轻声表示认同，"你能不能别再当个可怜的傻瓜，特别是有客人来和你谈话的时候？"

"除非太阳打西边出来。"

"托马斯。"鲍曼又说，他的语气像是在对一个天真简单的孩子说话，"托马斯。选择你来执行这次任务，我们是冒了很大的风险。我有必要提醒你，你曾经是做了……承诺的。你承诺会致力于完成此次任务。"

"我认为你将发现我对此次任务的献身是无人能及的。"托马斯咬牙切齿地说，"毕竟我这次去火星，很可能是有去无回，地球上的其他人还没准备好和我会合，我很可能就已经死了。而我们都很清楚，这样的情况正合我意。如果你能回想一年前，那你一定会想起来，并不是你们选择我执行这次任务的。是我自己选择了我自己。"

托马斯听到背景中传来克劳迪娅的含糊声音，她是这样说："是的，光是在那一天我就老了五岁，我永远都不会原谅他做了那件事。"

"是的，托马斯，我们都……很清楚那一点。我们把每件事都记得清清楚楚。但你也要接受一点，那就是我们都肩负着责任……这是人类第一次登上火星，我们所有人都因为参与这项事业而深感荣幸。有些条件是我们必须满足的。我们必须维持一定程度的……仪态。为了实现这个目标……"

"不。我绝不开推特账号。让克劳迪娅去做吧。时不时在推特网上说从太空里看地球真是美不胜收，推进器一点火，看起来壮观不凡，全是废话。我敢肯定他们一定会照单全收。这么做，肯定会讨赞助商的喜欢吧？你可以告诉他们，我用可口可乐洗澡，用巨无霸当枕头，只要用得上，你们大可以胡编乱造。"

一时间，电话里只剩下嘶嘶声在作响。鲍曼重重地叹口气。"好吧，托马斯。我们稍后再联系。"

然后通信中断。托马斯盯着电话看了一会儿，说："祝我自己生日快乐。"然后，他把电话放在基座上。

他继续去做填字游戏，却怎么也不能集中精神。他还以为他们会让珍妮特来和他视频通话。他还以为她愿意和他说话。他怎么会这么蠢？发生了那么多事，而且，他在去年过生日的时候，还收到了她的律师发来的信函……好吧。在他最后一次见她之后，他觉得在地球上，感觉最没必要和他说话的人就是她了。然而。今天是他的生日。他任由铅笔和填字游戏书飘走，去找了一个味道甜腻的自动加热牙膏，要是有格雷伯爵茶就好了。他把牙膏挤进嘴里，与此同时，他看看铱电话，然后把它拿起来。这部电话有按键，一条很粗的黑色电线将它连接在控制面板上。他很想知道……

托马斯输入珍妮特的电话号码，这个号码早已深深刻在了他的脑海里。只听一阵咔嗒声和嘶嘶声，随即突然传出了电话铃声。

第五章

格拉黛丝·奥默罗德给这个国家的建议

格拉黛丝看着壶里的水开了，心想她应该去穿衣服了。她和那个姑娘聊得很愉快，不过等小姑娘弄明白电话那头的人其实没有贷款，也没有上支付保护保险，似乎就不如开头那么亲切了。然而，她能打电话来问一下，就足见她人很好了。

格拉黛丝端着茶回到她的椅子上，仔细看屏幕上的节目清单。为什么要重播《一点砾磨机》？她不喜欢这个节目。里面看起来全都是人们冲彼此嚷嚷谁是肚子里那个孩子的父亲，要不就是有很多法警，或是人们在乡下四处乱转买古玩。格拉黛丝正在思考，就听到门上的信件投递口盖摇摆了一下，有什么东西啪的一声落在了擦鞋垫上。客厅直对大街，格拉黛丝走到门边，就看到地上有一个牛皮纸信封。牛皮纸信封里装的从来都不是叫人兴奋的东西。她俯下身，听到自己的髋关节嘎吱嘎吱直响。信封上有一块透明塑料，从中可以看到她儿子的名字。他现在不住在这里。他们应该知道这一点的。信封正面写着几个黑色大字：内含紧急信息。非宣传品。

格拉黛丝盯着信封看了一会儿。这封信当然不是圆的 ①，是矩形 ② 的。她大声说了起来："是矩形的。"她说完便哈哈大笑起来。她估摸现在人们都不说矩形了。他们会说这是长方形 ③。她觉得她还是喜欢矩形这个说法。不是有种茶叫矩形吗？格拉黛丝很想知道他们什么时候不再说矩形这个词了。说不定是欧洲人换了这个词。听新闻说，大部分变化似乎都是欧洲人发起的。欧洲人把欧洲大陆鸭绒被送来的时候，可能就把长方形这个词送来了。这倒是提醒她了。她该去穿衣服了。格拉黛丝又看看那封信，便上楼去换裙子和衬衫，她把并未拆封的牛皮纸信封放在抽屉的底部，她一向都把连裤袜和内裤放在这个抽屉里，而且，里面还有很多没拆封的牛皮纸信封。

◖

"喂？"这次是个年轻小伙子。他说他叫西蒙。她听他讲完，然后说道："是的，事实上，你说得很对。我们是出过事故。什么时候？是我丈夫开的车。比尔。不过不是他的错。是有头奶牛从围场里冲了出来。是的，我觉得这件事怪不到我们头上。首先，错的是那头牛。人们都以为牛跑不快，但那头奶牛是个例外。它直接从围栏里跑出来了。门？是的，门是开着的。所以那头牛才能跑出来。不，我觉得肯定是有人忘记关门了，你说得对。我觉得那头牛可打不开围栏门。牛没那么聪明，对吧？可是那头牛聪明着呢。我可不觉得有哪头牛足够聪明到可以打开围栏门，再跑去汽车前面。什么时候？我说过了，当时是比尔开的车。是一辆浅蓝色汽车。好像是托莱多牌？要不就是凯旋牌。是的，是辆旧车。当时可不旧。当时很新。不过是对我们而言

---

① 在英文中，circular 一词既表示传单，也表示圆形。——译注
② 原文为 oblong。——译注
③ 原文为 rectangular。——译注

很新。当时弄得一团糟。当然都怪那头牛。汽车没事。比尔？不行，他没法和你说话。他都死了二十年了。喂？西蒙……"

这个电话叫格拉黛丝格外恼火，因为她想到了比尔。她太想念比尔了。有时候，她都忘了他得了心脏病，只记得他会和往常一样，会在下午茶时间回家。有时候，她清清楚楚地记得三十年前她给他做的下午茶点，却不记得她今天吃了什么。最糟糕的是，那天他们大吵了一架，他出门工作后就再也没有回来。如果她这辈子可以改变什么，那她一定不会在那个星期四早晨和比尔吵架。如果首相来问她对这个国家有什么建议，那她会说，如果你和你爱的人吵架了，那千万不要让他离开你的视线。你永远都不知道什么时候你会接到电话，说你丈夫在上班时发病，被送去了医院。你永远都不知道你什么时候必须换乘两趟巴士，来到医院，发现他犯了严重的心脏病，几乎当场就丧命了。你永远都不知道你什么时候会站在你丈夫身边，而他浑身冰冷发白，看上去没有一点昔日的样子，你一次次地说我爱你，可他却听不到了，而你只希望能在他上班前告诉他你爱他，因为如果他的大限将至，没什么能将他从鬼门关拉回来，那至少他在临死前听到的不是你的刻薄之言。

而且，他们那次吵架根本就不是为了什么要紧事。他们是为了壁纸吵起来的。她想要在卧室里贴上浮雕壁纸，但比尔不喜欢。

一个人度过二十年，可是一段非常漫长的时光。她环顾空荡的客厅，看着沙发、椅子和窗下的餐具柜，很想知道大家都去了哪里。她指的不是詹姆斯和艾莉，他们去上学了，她很清楚这一点。她又不傻。但其他人去哪里了？比尔为什么会犯心脏病？她以前在制衣厂的同事都怎么样了？三十五号的米尔太太去哪里了？她已经很久都没见过米尔太太了。她是个好女人。她养大了好几个孩子，而就格拉黛丝所知，那些孩子没一个变成在电视上看到的恐怖分子。一个都不是。这是很大的功劳，不是吗？是很有意义的。只是人们并不会给予母亲足够多的赞美。

格拉黛丝再一次环顾整个房间。这栋房子就是缺一个母亲。朱莉走了多久了？她记不清了。很多时候的很多事她都想不起来了。她常常都很想知道她的记忆是不是消失了，就像是孩子们在阳光明媚的天气吹的泡泡一样破了，也可能是她的记忆都在她的脑袋里，只是她弄丢了能打开记忆之锁的钥匙。她希望是后一个，因为那样一来，她的记忆就还都在。这个可能合乎情理，因为有时候一段记忆会突然浮现出来，像是河里的一条鳟鱼。那些记忆突然冒出来，逗得她哈哈大笑，有时候还会叫她潸然泪下。说不定有一天医生会发明一把钥匙，帮助她这样的人解锁所有被遗忘的记忆。现如今，人们很善于创造奇迹。他们能帮助盲人视物，能帮助聋人听见声音。新闻里说有个男人用看起来像是柔韧的黄油刀的东西来当腿。然后，她想到或许是他杀了人。他这么做只是为了显摆。米尔太太虽然有很多孩子，可其中没有一个去做人体炸弹，但给一个没有腿的人一套黄油刀当腿，那就算隔着门板，他也会开枪杀人的。

没什么可看的电视节目，格拉黛丝又找不到书，于是她开始思念比尔，还哭了一阵子，然后，她决定去睡一会儿，睡醒后再把午饭放进微波炉里加热。

跟着，手机又响了。这次无关支付保护保险，也不是事故热线。更不是有人推销贷款，或是想要帮她修电脑、做调查。

让格拉黛丝惊讶的是，来电话的竟然是一个宇航员。

第六章

2016 年 1 月 11 日。大卫·鲍伊去世了

在托马斯四十六岁生日那天，他知道了一个消息：大卫·鲍伊去世了。真是太好了，他心想。竟然还是在我生日这一天。他花了点时间，从他家客厅里那个从宜家买来的架子上，找出了他所有的鲍伊的唱片，他缓缓抚摸着唱片套，盯着《钻石犬》唱片正面那可怕的插图看了好一会儿。事实上，他小时候一向既为鲍伊着迷，又有些厌恶他。《尘归尘，土归土》这首歌的音乐录影带充斥着光怪陆离的恐怖景象，活像是到了世界末日，而《Z 字星尘》的音乐录影带则充满了疯狂的科幻元素。他听说鲍伊死的时候只有六十九岁，不由得大吃一惊，他感觉好像他应该更老但同时也更年轻。鲍伊是不受时间束缚的，就跟他创造出来的人物一样。鲍伊不应该像普通人那样死去，他不像是真实的人物，更像是虚构出来的人。

托马斯意识到他很为鲍伊的死难过。他本来会更难过，并在上班之前轻轻地播放几首鲍伊的歌，纪念他的逝去，但外面偏偏传来刺耳的钻孔声。

托马斯拉开公寓里的窗帘，不解地看向路上的一堆人，他们穿着夜光短

上衣，正兴高采烈地破坏公路。他把广播四台开到最大声，希望能盖过破路声，结果搞得楼上的人开始不停地猛踩地板，也就是托马斯家的天花板，这咚咚声与钻孔声同样叫人恼火。

然后，他发现没水了，连澡都洗不成了。他只能站在发霉的小花洒盆里，厌恶地盯着不出水的喷头。要是洗不了澡，他就不能在上班前去跑步。他走到小厨房，说是厨房，其实就是一排在房车里不会占用太多空间的橱柜，他提着水壶放在水龙头下面，随后才疲倦地想到停水了。这么说，他连茶都喝不上了。他穿上睡衣，快步走下楼梯，要去找那些工人抗议，却看到电表柜上摆着一沓信，上面写着"屋主收"。信上落了薄薄一层灰，由此可见这些信在这里放了有段时间了。托马斯搞不懂他以前怎么没看到这些信。他有时候看到住在一楼公寓的那个女人翻找垃圾箱里的易拉罐，找到之后，她就从网兜里拿出随身携带的一个两公升水瓶，用里面的水把易拉罐洗干净，他怀疑就是那个女人把信藏了起来，现在出于只有她自己知道的原因，她终于决定把信放回门厅里。

托马斯打开写有他的公寓地址的信封，发现信是自来水公司寄来的，通知他这一天要进行紧急维修，停水三个小时。这封信是三个星期前寄来的。他拿起信，挥拳用力在一楼公寓大门上猛敲了几下，一个女人拉开安全锁链，从门里向外张望。看不出她有多大年纪，她留着卷曲的灰白头发，上身穿一件摩托头乐队 T 恤衫，下面搭配花裙子，这身衣服让她显得很不雅观。她正往这边怒目而视。

"是你把信藏起来了？"托马斯挥着信封说。

她注视着那封信，活像是他冲她挥动的是一只死麻雀。

"私藏他人信件是违法的。"那个女人的目光追随着托马斯愤怒地晃动的信封，脑袋随之上上下下地移动。

"停水了。"托马斯说。

"那我拿什么洗易拉罐？"

"谁管你。"托马斯喊道。那个女人不住地眨眼睛："我要怎么洗澡？"她用挑剔的目光上下打量他。"你的睡衣很好看。"

托马斯大步走回公寓，他发现不光没水了，连冰箱里的那瓶奶也被喝光了。就算他有先见之明，在断水前打了一壶水（但他并没有这么做，因为他没有看到那封信），那他也喝不上格雷伯爵茶，因为他受不了不加奶的茶。现在他既没有奶也没有麦片粥，倒是有点橙汁，只是剩下的也不多了。

更坏的还在后面。就在他要出门上班的时候，邮递员来了，把一叠信封从门里塞了进来。不是生日贺卡。也不是他盼望收到的信件。托马斯·梅杰并不常想起这个，但他有时候真的很想知道，他到底是不是星球上一个相当特殊的俱乐部的成员。没有家人，没有朋友，就算在工作中，他也是尽可能避免和其他人打交道。现在仔细想来，他觉得像他这样的人说不定有很多。他偶尔会在报纸上看到关于孤独的广告或文章，特别是在圣诞节前。但他们说的好像无人陪伴是一件很坏的事。然而，那个愁眉不展的邮递员送来的信里有一封是给他的，那是个很厚实的牛皮纸信封，从透明纸框能看到工工整整打印出来的他的名字。他站在门阶上把信封拆开，花了很长时间阅读那封机打信，还看了他妻子珍妮特手写的便利贴。然后，他把信叠起来，装进衣兜。

托马斯走到正在闹哄哄破路的工人身边，大声吼道："你们就不能用别的方式提醒一下要断水了吗？"

"滚开。"一个穿着夜光短上衣的人亢奋地说道，他叼着一支手卷烟。托马斯回想着分包商的名字，那样他稍后就可以正式投诉这个人态度不佳。

从帕丁顿开来的地铁里挤满了人，他感觉透不过气。

他步行从斯劳站去局里，偏巧这时候下起了瓢泼大雨。

他把伞忘在了地铁上，等他来到上班的地方，已经浑身湿透。

他走进办公室的门，就发现天井里站满了人，这些人拿着笔记本、录音装置、摄像机和毛绒录音吊杆。

他终于来到了办公桌边，发现鲍曼主任发来的一封电子邮件正在等着自己，题目是"紧急"。自打上班以来，托马斯与鲍曼主任只说过一句话，那还是在两年前的圣诞派对上，托马斯明知不合适，却还是被说服去参加了那次派对。

鲍曼主任是这么说的："那么……托马斯，是这样吗？你喜欢在局里工作吗？"

托马斯："不太喜欢。"

托马斯本可以多说几句，详加解释一下，但鲍曼主任只是挑挑眉毛，就去找其他人聊天了。

托马斯站在鲍曼主任的办公室里，他只能说，从这里能看到斯劳最美的风景，而鲍曼主任就算还记得他们之前的那次会面，也没有表露出来。与托马斯度过一天大半时光的小隔断不同，鲍曼的办公室则是按照托马斯认为的人体工程学原则设计的，而这在很大程度上就意味着鲍曼买了一张很贵的泪滴形办公桌，还有一台他自己专用的咖啡机。鲍曼的人体工程学大办公室和托马斯那兔子窝一样的小隔断都在同一栋改建的巨大建筑里，而这里正是英国宇航局的总部。英国宇航局的英文简称是 BriSpA，这可是个相当笨拙的缩写，时常让托马斯想起昂贵又没有必要的过滤水设备，一开始，英国宇航局的缩写只是 BSA，所有人都觉得这样缩写更合情合理，只是，按照他的理解，会有不少组织排队来反对他们这样缩写，其中包括但不限于广播标准局、英国建房互助协会、著名摩托车制造商（托马斯在查询的时候，惊讶地发现 BSA 还代表英国伯明翰轻武器公司）、英国三明治协会和白俄罗斯社会主义大会①。

"我其实有一点很不明白。"托马斯此时怀疑这一切就是个玩笑，"为

---

① 这些组织的英文首字母缩写都是 BSA。——译注

什么偏偏选中我？"

鲍曼主任轻轻地扬了扬眉毛。托马斯有些走神，竟然开始琢磨鲍曼的眉毛是不是有感觉能力，会像两条寄生虫一样控制着他，而鲍曼则被困在他自己的身体里，正在无声地尖叫。托马斯努力猜想这两道眉毛的动机。或许它们是外星生命体，它们控制了鲍曼主任，就是为了返回太空。就在托马斯琢磨这些的时候，鲍曼主任一直在说话。而据托马斯的理解，结论是他看起来很有"科学范儿"。

"科学范儿？"

鲍曼上上下下地挥挥手。"没错。你看你的头发。实验袍。衣兜里的笔。你看起来太有科学范儿了。现在我们的员工很少有像你这样的。我还记得以前的科学家浑身上下都散发着科学家的气质。"

"就像是在开放大学的课程上，他们一大早就装腔作势的那样。"

鲍曼好奇地打量着他。托马斯很想知道那对眉毛是不是在处理这个信息，决定是否去调查一下开放大学，看能不能通过这个途径离开地球。然后，鲍曼拿起手机，按了几下。

"你在做什么？"托马斯问。

"我做个记录，提醒我自己稍后和人力资源部接洽一下。"鲍曼心不在焉地说，"多订一些实验袍。要更像开放大学的风格。好主意，托马斯。"

托马斯望向窗户。外面正在下倾盆大雨。每天早晨，他在步行去上班的时候都会喃喃地说："来吧，友好的炸弹，落在斯劳这里吧。"接待员看他的眼神，就好像他是个怪里怪气的潜伏特工。"那需要我做什么？"

鲍曼坐回在他的皮椅上。"托马斯，今天对局里来说是个重要的日子。非常重要。而且是最重要的。这件事一直都秘而不宣，不过我们即将宣布一个重磅消息。"

"啊。我说大厅里怎么都是记者。我还以为……我还以为是和大卫·鲍伊有关呢。"他一说完，才发现他的话简直太傻了。

鲍曼热情地点点头，或者说，至少是他的眉毛热情地动了动。"啊，真是太不幸了。"

托马斯对鲍曼主任的尊重微微提升了一点。然后，鲍曼说道："老实说吧，今天早晨我还担心整件事会告吹。你也知道媒体都是怎么回事。名人这个，名人那个的。问题是我们不能提前透露太多。克劳迪娅一整个早晨都在和编辑通电话，说服他们来这里，保证绝对会让他们不虚此行。"鲍曼站起来，走到窗边，看着雨点从玻璃上哗哗向下流。"我是说，见鬼，真不是时候。"

"他只有六十九岁。"

"没错！"鲍曼转身面对他说，"我真高兴我们的想法一致，托马斯。只有六十九岁！我肯定他本来可以多活几年。实际上，我并不完全肯定我们的消息能盖过他的死讯，挤占头条。我是说，我们应该能做到，但这年头的事，谁都说不好，你说是吗？你肯定会认为我们现在所做的事是十年来最重要的事，是整个世纪最重要的事，但有些人……像是贾斯汀·比伯那样的人出了点芝麻绿豆般的小事，都能引起人们的关注。不过别担心，对你而言，事情应该很简单。"

"我到底应该做什么？"托马斯真想知道他刚才是不是睡着了，所以漏掉了重要的信息。

"不需要你做太多，你就是照顾照顾他，等新闻发布会开始，你再护送他过去，你要表现得很有科学范儿。这之后，你就离开记者会。"鲍曼端详了托马斯了一会儿。"我们会给你找一个写字板。"

"可我要照顾谁？"托马斯说。

☾

偌大的会议室已经布置好，准备召开记者会。托马斯在走廊尽头的一个小房间里，小口抿着茶水，他身边有一个男人，那人闭着眼，坐在一把软垫椅子上，似乎是在沉思。托马斯则坐在一张凳子上，观察他好一会儿了。"那么说，你即将成为登陆火星的第一人了。"

那个男人看起来身强体壮，剃了个光头，像是有三十七八岁了。他穿着一件橘红色连身棉衣裤，戴着一枚黑色头盔式戒指，他的衣服上有很多口袋，还有英国宇航局的臂章。这是航天服。他睁开眼，看着托马斯。

"是的。是的，就是我。真是莫大的荣幸。"

"你是军人吗？"

"我以前在英国皇家空军工作，飞过韦斯特兰公司的飞机。直到最近，我一直在做试飞员。"他伸出一只手，"我叫特伦斯·布拉德利，前皇家空军中校。"

托马斯握住他的手，这个前皇家空军中校特伦斯·布拉德利很让人讨厌，谁叫他握手的力道这么大。

"去火星要六七个月。"托马斯说，"这取决于霍曼转移轨道处在何种状态。回来的时候也要这么久，而且你还要等待再次校准，这可能需要三四个月。所以，你这一趟至少要走一年半甚至更久。"

布拉德利有些出神："我不会回来了。"

托马斯惊诧地看着他："什么？"

布拉德利眯起眼："你有多大权限参与机密工作？"

托马斯晃晃写字板："最高级别。所以我才能在这里。"

布拉德利点点头："你知道定居点任务吧？还需要数年才能进行火星移民，但现在他们需要有人去做准备。这就是我的工作。设置太阳能板和一些居住舱，挖好灌溉沟。"

"你要去火星上挖沟？而且，你不会回来了？"

"我或许可以活到第一批商业旅行团来火星。只是或许而已。要看我能不能把所有东西都设置好，还要看我能不能在居住舱里种出庄稼。"他笑了，"我知道你在想什么。听起来很可怕，是不是？这完全就是一项自杀任务。但我这辈子受的就是这样的训练。"

"可怕？"托马斯说，"去火星一辈子不回来是可怕？远离地球上的一切是可怕？"

布拉德利悲伤地点点头。托马斯却摇摇头。"这简直棒极了。"

二人沉默了一会儿，然后托马斯说，"你听说大卫·鲍伊死了吗？"

布拉德利看着他，像是他说的是面包价格涨到了两便士一条。他耸耸肩。"我不是他的歌迷。老实说，我更喜欢克里斯·利亚。"

托马斯对他的讨厌加深了一点点。

一个身着昂贵合身套装的女人走进房间，她将棕色头发从脸边拂开。"嘿。"她看了托马斯一眼，"我是公关部的克劳迪娅。记者都来了。我们已经要求他们在十分钟内准备好设备。在这种事情上时间是很关键的。我们其实是有点担心，毕竟鲍伊在今天死了，但还是来了整整一屋子记者。"她看了一眼平板电脑上的时间。"等准备好后，我会打这个房间里的电话通知你。我觉得你就是要像个……宇航员的样子在那里站上几分钟，让他们拍照。你试着流露出悠远的眼神，还要站在英国宇航局的旗子前面。我们一定要上封面，获得良好的品牌形象，这很关键。我估摸有些媒体会找你要自拍照。那就太好了。到了午饭时间，你的照片就会成为推特上的热门。"她看着托马斯，"你。你陪布拉德利中校一起走到桌边，然后你就走开。不要做多余的动作，好吗？"

她走了之后，布拉德利闭上眼，再次开始沉思。托马斯说："要不要来杯茶？说不定是你的最后一杯茶了？"

"一年后我才出发。还有很多准备工作要做。而且，我要去俄罗斯的星城受训。"

"那你还有很长时间可以喝茶。如果你能在俄罗斯喝到好茶的话。"

布拉德利皱起眉头。

托马斯缓缓地喝了一口茶，视线越过茶杯边缘看着他："你还好吗？"

布拉德利与他对视。"哇啊。"他说。

"你说的是俄语吗？是茶的意思吗？"

布拉德利注视着他，用一只手捂着胸口，从椅子滑到了地板上。前英国皇家空军中校特伦斯·布拉德利死了。

"见鬼。"托马斯说。

布拉德利没有呼吸了。托马斯尽全力给布拉德利翻了个身，让他按照自己认为的恢复体位躺着，不过这位宇航员就如同睡着的孩子一样任他摆布。托马斯快步跑向房门，想找克劳迪娅，却只是看到一个保安在打手机游戏。

"他晕倒了。宇航员布拉德利晕倒了。我看他可能已经断气了。"

"见鬼。"保安说道。他把手机装起来，开始冲对讲机大声喊话。

两个男人拿着一个绿色急救袋沿走廊跑了过来，还把托马斯挤到一边。他们先是低头看看布拉德利，然后对视一眼，异口同声地说道："见鬼。"

其中一个人拿起墙上的电话，大声说了起来。另一个开始脱布拉德利身上的橘红色航天服。

接下来，身着护理员工作服的一男一女冲进小房间，这下子托马斯更要向后退。男救护员交叉双手，开始给布拉德利做心肺复苏。女护理员则打开一个塑料盒，拿出除颤器。男救护员停止做心肺复苏，探过身，与布拉德利嘴对嘴，用力吹了三下。他看着女护理员，说："见鬼。"

"让开。"女护理员在男救护员扯开布拉德利那件白色马甲之后喊道。除颤器刺刺响着击中布拉德利的胸口，他的身体随之一颤。两位护理员都举起手，一言不发地看着彼此。

"见鬼。"

另外两个护理员抬来一副担架，布拉德利、四位护理员、两名急救人员和一个保安一阵风似的离开了房间，只剩下托马斯独自一人，还有那件皱巴巴的橘红色航天服，像是即将登上火星的第一个人突然人间蒸发了。

托马斯盯着航天服看了一会儿。他感觉自己似乎应该说点什么，可他能想到的就是其他几个人已经重复了好几次的那句咒骂。

墙上的电话响了。是克劳迪娅打来的。

"喂。"托马斯说。

"这边已经准备好了。马上带他过来吧。"

托马斯感觉他应该把发生的事告诉她，但他只是这么说："大卫·鲍伊死了。"

"是的。"克劳迪娅不耐烦地说，"我们不是已经说过这件事了吗？"

电话断了。他看着地上的航天服。

"可怕？去火星一辈子不回来是可怕？远离地球上的一切是可怕？"

他把手伸进实验袍，拿出他今早收到的信，这是他在生日这天收到的唯一一封信。是珍妮特寄来的。至少是她的律师寄来的。是离婚文书。信里夹着一张她手写的便利贴。我希望你能配合我，托马斯。我遇到了一个叫我心仪的人。现在是时候往前走，去发现新的地平线了。

他知道早晚会有这一天。他们已经分手五年了。那之前的三年他们基本没有交流。他们结婚后的两三年也是在磕磕绊绊中度过的。事实上，他现在回想起来，他们结婚这么多年，只有一年的日子过得勉强算是幸福。他一直都知道她会投进他人的怀抱。她理应获得幸福，他心想，但他随即甩脱了这样的想法。不，不，她不能得到幸福。没有人理应得到幸福。人们应该得到食物、水、栖身之所等基本人权，但幸福不在其列。幸福并不是生存的必要条件。自从他八岁以来，就算没有幸福，他的表现也很出色。

电话又响了。托马斯没有理会。他把信塞回实验袍，脱掉衣物，只着内衣，然后，他穿上了橘红色航天服。他静静地走出房间，穿过走廊，来到会议室门边，有个年轻姑娘正在那里等候。

"什么？那个……你……？"她说道，托马斯没等她把话说完，就快步从她身边走过，打开门，走进会议室，里面人声鼎沸，所有人都在等待。

闪光灯顿时闪成一片，一阵嘈杂声响起，鲍曼主任在前面的一排桌边宣布："现在，我荣幸地向各位介绍即将踏足火星的第一人……"

托马斯站在桌边，冲媒体记者挥手。"我叫托马斯·梅杰。"他大声说道。

会议室里陷入了片刻的沉静。托马斯瞥了一眼克劳迪娅，只见她脸色苍白。鲍曼的眉头紧紧皱成了一个疙瘩。另外还有三个穿西装的男人，托马斯隐隐记得曾从大厅墙壁上的照片里见过他们。这些人身后的墙壁上挂着英国国旗和英国宇航局的旗子。

克劳迪娅站起来，冲所有人挥挥手："请各位看这边……我们将要播放动画信息图，帮助大家了解飞行计划……"

但记者的注意力又回到了托马斯身上。他活动了一下手臂上的肌肉。感觉很不错。前排的一个记者说道："托马斯·梅杰？还是汤姆少校？"

接下来，相机不停地闪动，所有人都开始同时问问题，托马斯能听到鲍曼主任问了一个问题，他的声音虽轻，却很清晰："是不是有人在恶作剧……"

第七章

真相狙击步枪

所有的幸福家庭都是一样的，但愚蠢又不正常的家庭各有各的愚蠢和不正常，艾莉这么想到。这会儿，小雨淅淅沥沥地下着，她坐在银行外面的长凳上避雨，周围都是又高又细的树。她寻找着幸福的家庭。她把她自己想象成伏尔加格勒中的狙击手。历史上的伏尔加格勒有很多狙击手。红军战士被派去伏尔加格勒，一般只能活二十四个小时。艾莉眯起眼，用隐形瞄准器扫视整个广场。艾莉每次看到幸福的一家人，就会用她那把真相狙击步枪打出魔力子弹，击中他们。这不，她看到了这样一家，丈夫潇洒帅气，有一双大长腿，他推着一辆配有全地形车轮的婴儿车，他的妻子或是伴侣挎着两个设计师名牌包，正急切地打电话。

砰！她把伏特加藏在水槽下，就放在漂白剂和抗菌喷雾剂后面。他很晚才睡，假装是在看《问答时间》，实际上却是在网上赌博。

艾莉移动瞄准器，她看到一对夫妇，他们各牵着一个三岁宝宝的一只手，让他来回摇摆，还大声喊着："一……二……三……来喽！"他们就像一头三条腿的野兽向前走，步伐笨拙却很有节奏。

乒！那位妻子去上班，情不自禁地从同事的手袋和夹克衣兜里偷了一点钱和一些小饰品。有个叫鲍比的邮递员，长着浓密的汗毛，是威尔士人。她丈夫对这个邮递员有着一种奇特微妙的感觉。

愚蠢又不正常的家庭各有各的愚蠢和不正常。她的这句新口头禅就是从《安娜·卡列尼娜》这本书里看来的，她自己又改编了一下，此时，这本书就在她的帆布背包里。这里是威根的市中心，所有人似乎都步履匆匆地赶往某个地方。市政府摆放的圣诞树依然矗立着，只是显得悲凉无比，都打蔫了，但其实快乐季节早已结束了。圣诞树周围人流如织，人人都想要继续过正常的生活。每个人都有一个目的地，都要赶去赴约，有一个毫无意义的东西要去买，有饭要吃，有工作要做。只有她除外。这本《安娜·卡列尼娜》可能真的很有意思，只是她哪来的时间去看呢？她已经在维基百科网站上看过这本书的简介了。她或许还能从图书馆里看到据其改编的电影。艾莉收拾好背包，从拥挤的购物者之间穿过，向牙医诊所走去。接待员在网上检查了她的就诊记录，并帮她约好下星期来做检查。她交给艾莉的预约卡为艾莉一个上午的缺课提供了不在场证明，她准备下星期依旧如法炮制。艾莉前往画廊购物中心，她从一家家商店边走过，商店的橱窗上都贴着一月份打折大促销的招牌，然后，她在水石书店外停下。在走进书店之前，她端详着自己在橱窗上的倒影。她的倒影很奇怪，朦朦胧胧，像是幽灵一般，好像她只有一半是人。她的下巴上长了粉刺，头发扎在一起，身上的校服早在这个学期初就该换新的了，鞋子早已磨损。她倒不是因为这样的外表而在学校里显得很突出，按照他们讲礼貌时候的说法，她的大多数同学都具有"弱势背景"，可人们会在背地里小声说他们是社会渣滓。她很高兴他们一家把詹姆斯送进了一所比较好的小学，即便他要搭巴士上下学，而不是步行五分钟去她曾经上过的那所很小的学校。他是个聪明孩子，就是有点怪。她没有机会，但他应该有。

艾莉又盯着她的倒影看了一会儿。她看起来很疲惫。十五岁本不该这么身心俱疲，除非是辗转于不同的派对之间。当然了，成功固然好，只惜良机少。她不明白人们为什么要这么说？成功固然好，只惜良机少。她的整个人生都建立在运气的基础上，只可惜她遇到的并非好运。你可以说，她父母的缺席是运气。所谓运气，就是她父亲刚被送入监狱，她奶奶就患上了阿尔茨海默病？抑或奶奶的阿尔茨海默病只是化学反应，或是生物规律？所谓运气，是否就是詹姆斯的潜力被人发现，所以可以上更好的学校，而艾莉就只能和街上的其他人一起，上同一所小学和同一所综合中学？她其实比詹姆斯聪明一倍，不不，是她比他聪明十倍才对。不管这些是不是运气，都称不上是好运。

艾莉缓缓地在过道走着，手指划过书籍。她喜欢书，每一本书里都有沉甸甸的文字，而每本书都像是因此而微微颤抖着。她真希望她能有时间看书。她把她的背包拖在身后，来到了摆着"约克文学作品辅导丛书"的书架边。其中有一本是关于《安娜·卡列尼娜》的。她打开这本书，看到有一章专门讲的是《安娜·卡列尼娜》封面上引用的一句话：申冤在我，我必报应。艾莉默念着这句话，试着轻声说出来。

"申冤在我，我必报应。"

一个老人停下脚步，看着她。老人穿着运动服，染过的头发都褪色了。"亲爱的，你在说什么？"

"申冤在我。"艾莉又说道，不过她知道事实从未如此。

老妇看看她的白衬衫和领带。"亲爱的，你是在这里工作吗？我要找《百年孤独》。我们的图书俱乐部要我们看这本书。"

艾莉耸耸肩："我没听说过这本书。"

"我也是。听起来太阴郁了。"她用纤细的手肘使劲儿碰了一下艾莉的手臂，"我是说，《百年孤独》这几个字真是说出了我家里每晚的情形。他七点就坐在椅子上睡着了。我是说，倒不是我希望他在我看电视的时候醒着，那样他每隔五分钟就会问我演了什么，谁是谁。瑞典的电视剧最糟糕。那些人都喜欢穿宽大的毛衣，每个人都很惨兮兮的，教区里充满了连环杀手。我是说，我很喜欢犯罪片，只是对白字幕很麻烦，他根本跟不上。每隔五分钟，他就问我那个女演员是谁，那个男演员在做什么？你确定从没听说过那本书？我觉得应该是个西班牙人写的。反正像是个西班牙的名字。我很想看《五十度灰》。我家里与这本书里的情形并不太像。"她喋喋不休地说道，"不要紧，亲爱的。我去前台问问好了。"

老妇走开了，艾莉望着她的背影看了一会儿，随后看看她手里的书。她可以去图书馆里借。但她咬着嘴唇，打开背包，把书塞了进去。然后，她高昂着头向大门走去，看着每一个工作人员的眼睛，在心里说他们都不敢来阻止她，不敢把她带进员工室，叫来警察，让她的一生就此堕落。

成功固然好，只惜良机少。

第八章

电　　话

　　电话响的时候，格拉黛丝正在看新闻。新闻里说有个在太空里的人和一个地球上的小女孩通话。那个人把小女孩弄哭了，但她看到另一个来自航天中心的人，这人有一头黑发，穿西装打领带，说她可能只是因为和真正的宇航员说话，所以被吓到了。有两个人坐在沙发上，来自航天中心的那个人在他们身后的大屏幕上，他的眉毛很浓密。

　　"关键在于，在后蒂姆·皮克①的世界里，我们都希望宇航员取得更大的成就。"一个穿着米色套装的金发女人说道，她坐在新闻主持人的左边，"我们希望他们成为名人。"

　　主持人另一边的男人戴着厚眼镜，头发凌乱。他更像是个科学家。"但他不是名人。他去那里只是为了工作。要用将近半年的时间，他才能飞到火星，每一天他都要遵守严格的工作模式。他在那里不是为了娱乐我们。"

---

①　英国首位造访国际空间站的宇航员。——译注

"但怎么可以对这次火星之旅的赞助商说那样的话。"那个女人坚称，"对一个小女孩讲那样的话，不要忘了，小女孩把她的希望梦想都放在了他和战神一号上。一个英国人即将成为第一个登上火星的人类。我们应该找一个各方面都很称职的宇航员，而不是找一个……脾气这么坏的人。"

大屏幕上那个来自航天中心的人挑挑眉毛。

格拉黛丝坐在壁炉边的椅子上，琢磨着自己已经吃了多少块燕麦饼干，是不是再吃一块。

"是谁给我打电话？"她眯起眼看着手机屏幕。有一长串号码，比平常她接到的电话的号码都长。肯定是从国外打来的。她喜欢和国外的人说话。

"你好。"格拉黛丝对着电话说，她说得很慢，声音很大，以防对方真是从国外打来的。

只听电话里传来了嘶嘶声，随即是一阵停顿，然后，一个男人说道："喂。我只有这个……这个号码了……这是不是……不，肯定不是，不过……这是珍妮特的电话吗？她在吗？"

"你找谁？"

"你是谁？"那个男人说。

格拉黛丝觉得她很不喜欢这个人的语气。"你先回答。是你给我打的电话。"

"听着，我只想知道这是不是珍妮特的电话？"啊。按照比尔的话说，这个人说起话来太自大了。

"珍妮特。"格拉黛丝在记忆里搜索。"没错，我认识珍妮特。你是谁？"

那个男人的声音听起来相当兴奋，随后又像是在试着让他自己冷静下来。"那个……我是托马斯。你能把她叫来吗？"

"我刚才看到电视上有个人叫托马斯。"格拉黛丝决定再吃一块饼干，"那个人在太空里。他和一个小女孩对话了。"

"是的！"男人说道，"老天，我就是电视上的人！托马斯·梅杰！我就是即将登陆火星的人！珍妮特是我妻子。她在吗？"

格拉黛丝皱起眉头。"你把那孩子弄哭了。"

"不是的，我没有。她问了我一个最老套的问题……结果我们说着说着通信信号就断了……你到底是谁？能不能找珍妮特来接电话？"

"你真是从太空打的电话？"格拉黛丝举起饼干，眯眼看着它。想想看，如果月亮是一块巨大的燕麦饼干，会是什么情形啊？她咬了一口。现在月亮不圆了。燕麦饼干月亮。人们把不圆的月亮叫什么来着？月亏。

"是的，我真是从太空打来的。"托马斯说道。

"你说你是珍妮特的丈夫？"她可以喝茶把饼干送下去，"你该不会是在蒙人吧？"

一时间俩人没人说话。"如果你要咬文嚼字，如果珍妮特派你来接电话，非跟我抠字眼，那么是的，我想你说得对，我其实不是她的丈夫，我应该算是她的前夫。我要说的是，没错，我就是她的前夫。"

"我觉得你就是在胡说八道！"格拉黛丝得意扬扬地说，"珍妮特嫁的不是你。可惜我想不起他的名字了。"

"你说的是内德吗？"托马斯在千万里之外说道，"她现在和这个男人生活在一起。噢。肯定是……等等，你刚才说什么，她应该还没嫁给那个男人吧？她又离婚了？你到底说的是谁呀？我没跟你开玩笑。"

"她没有离婚。她是个寡妇。那个男人死了。我记得他得的是肺气肿。"

"肺气肿。见鬼。"随即是一段很长时间的停顿，"听着，我再问你一次。你究竟是谁？我还以为你是内德的妈妈，但你显然不是。你为什么会用珍妮特的手机？你是她的同事吗？"

"我用的不是珍妮特的手机。"格拉黛丝冷冷地说，"手机是我的。依我看，珍妮特·克罗斯韦特压根儿就不晓得怎么用手机，更甭提是有这样一部手机了。"

"珍妮特……克罗斯韦特？"

格拉黛丝又开始说得很大声，而且语速很慢。现在的情况可比电话是从国外打来的更糟。"是珍妮特·克罗斯韦特。我和她以前都是缝纫厂的。我觉得吧，你这人肯定很聪明，要不然也当不了宇航员。你打电话来找珍妮特·克罗斯韦特有什么事？"

"天呀。这个电话号码以前是我妻子的。不，应该说是我前妻的。她叫珍妮特·梅杰。现在也可能叫珍妮特·伊森。我想她现在恢复娘家姓了。你是说你根本就不认识她？"

"她是不是在圣米迦勒幼儿园帮孩子过马路？"

"不是。"他叹口气。"她是个律师。她为什么要去学校里帮孩子们过马路？"

"那你说的珍妮特就不是我认识的珍妮特了。我想我不认识你说的珍妮特。"她现在真的可以喝那杯茶了。

"啊。"托马斯说，"啊。好吧。我……很抱歉打扰你了。"

"我看也是。你这人真的很粗鲁，你知道的。你真是从太空打电话来吗？我是说，真的吗？还是你又在撒谎？"

"是的。"托马斯说，"我是从太空打的电话。"

"什么样子？"

"什么什么样子？"

"太空呀。太空是什么样的？"

"很冷。没有生命。漆黑一片。就是你心里想的那个样子。"

"听起来跟莫克姆①很像。"格拉黛丝说。

---

① 英国地名。——译注

"好吧。"托马斯道，"谢谢你。啊，能不能请你不要把这件事说出去。不然我可能会惹上麻烦。不过倒不是说他们现在能把我怎么样。"

"放心吧。"格拉黛丝说，"我不会说出去的。顺便问一句，你都做了什么？"

"什么意思？"

"不然她怎么会离开你呢。你都做了什么，另一个珍妮特才会和你离婚？男人总是伤女人的心。是不是你说谎了？还是你这人太野蛮，她跟你过不下去了？"

嘶嘶声响了很久，没人说话，格拉黛丝还以为托马斯挂了电话。跟着，他说："我想，她和我离婚，更多是因为有很多事我都没做。"

"现在你可是做了。"格拉黛丝说，"你去了太空。"她用遥控器指着电视。"《大话女人》要开始了。祝你旅途愉快。"

她按动手机，挂断了电话，然后若有所思地看着手里的饼干。啊，不太一样。

她得告诉艾莉一声，下次不要再买黑巧克力口味的了。

第九章

呼叫汤姆少校

皇家空军中校特伦斯·布拉德利不幸身亡的两天后，每个人都在谈论托马斯·梅杰。鲍曼主任觉得要是事情正好相反，那生活该有多简单啊；如果是托马斯·梅杰有某种一直没有发现的先天性心脏病，现在突然犯病心脏骤停（鲍曼一定会写一封措辞强硬的信函给卫生健康主任，此人长了个方下巴，举手投足就像个体育教师，活像是个法西斯主义者，此时，他和卫生健康主任都坐在会议室的椭圆桌边。他在信里一定要问问卫生健康主任，为什么连先天性心脏病都没检查出来），特伦斯·布拉德利是第一个即将被送上火星的人类，那该有多好。

豆大的雨滴落在窗户上，鲍曼主任坐在墨西哥帽会议室的桌子首位。其实这里还有个更乏味的名字，大家都管它叫一号会议室，这个会议室和其他会议室差不多，铺着蓝色块式地毯、白色吊顶，一块白色瓷砖被渗进来的水染成了黄色，宽大的窗户面冲停车场、环状交叉路口和路旁草坪。但这里又与其他会议室不同，因为鲍曼主任私下指定这间会议室只在紧急情况下才使用，并且给它起了一个名字：特种行动会议室，仅限特殊代表使用，而这个名字的首字母缩写正好是墨西哥帽的意思。他承认，这个名字太长了，而且，那天下午，他发邮件告诉所有人这个特别会议室叫墨西哥帽，结果他们纷纷打来电话询问，他只好挨个儿给他们解释这个名字是什么意思。但他相信他们一定能习惯这个名字。显而易见，这个名字能给这里增添一份庄严感，他也承认，这个名字还带有一些詹姆斯·邦德的意味。于是他坐在这里，一一看着英国宇航局各部门负责人的脸，这些人都是他的下属，有了他们，英国宇航局才能运转起来。让这些人集思广益，总能想出个办法，缓解英国宇航局和鲍曼主任的燃眉之急。

"我们抓紧时间点下名吧，这样有助于我们适应我上个月公布的新职位名称。"

公关部的克劳迪娅翻了翻白眼。

"员工敬业部主管？"前人力资源部主管点点头，她是个女人，长得又矮又胖，眼神非常犀利。

"多平台维护部主管？"前保安主管看着鲍曼，这个人是个大块头，留着寸头。

"通信卫星设施部主管？"一个大胡子男人摆摆手，看样子，他恨不得自己的部门依然叫"IT"部。

"火星登陆部主管？"大家窃笑起来，一个鬈发女人听到她被冠上的这个电影里才有的蠢名字，直皱眉头。二十五年来，她一直兢兢业业，希望能和各位同事一道，实现英国太空探索的终极目标。

鲍曼抬起头："还有吗……"

克劳迪娅抬起手。"公关部主管。我甚至都不记得，你胡乱给我的工作起了个什么样又长又烂的名字，但算了吧。我就是公关部主管。我在这里。"

"那么……"鲍曼尽量用愉快的口气说，"我们现在就好像掉进了一条大河，正飞快往上游漂，可我们又没有桨，各位有什么好办法吗？"

电子通信团队主管犹豫地举起一只手。他的团队由一群毛发蓬乱的男人组成，在地下室工作，他们的胡子上总是沾着三明治和馅饼的碎屑，除了鲍曼主任，根本没人管他们叫通信卫星设施部。

鲍曼点点头："好吧，你来说。"

"严格来说，没有桨，我们能向上游漂吗？应该是往下游漂才对吧？"

"滚出去。"鲍曼说道。

那个男人坐在那里，一脸困惑地看看周围。鲍曼叹口气。"好吧，你留下，不过给我闭紧嘴巴。关于托马斯·梅杰的问题，各位有没有什么建设性的办法？"

多平台维护部主管捋捋寸头，扬起一边眉毛。他长了一双小眼睛，拥有辉煌的历史，在各种执法机关和军事组织工作过。他叫克雷格。鲍曼也不肯定这是他的姓氏还是他的名字，反正大家都这么叫。鲍曼请他发言，克雷格小心地看着每个人的眼睛："谁也说不准意外会在什么时候发生。"

鲍曼瞪着他。"你的建议是……什么呢？把托马斯·梅杰杀了？"他冲着正在做会议记录的年轻人猛摆手，"看在老天的分上，这一段就别记了。"

克雷格眯起一双小眼睛："不是的。我说的是意外。"

鲍曼用拇指和食指捏着鼻梁："克劳迪娅。在座这么多人，要是有谁能提出理智的建议，肯定是非你莫属了。"

"的确如此。"克劳迪娅说着轻轻拂了拂头发，拍拍她的平板电脑。

"谢天谢地。"鲍曼说，"快说你有什么办法？"

克劳迪娅笑了："就让他走。"

鲍曼睁开一只眼："让托马斯·梅杰走？可以那么做吗？理由呢？"

"你误会了。不是开除他。是让他走。去火星。"

鲍曼翻了翻摆在他面前桌上的文件，这倒不是因为有些内容特别需要翻阅，而是因为他觉得必须给他的手找点事做，不然他肯定会揪住最近的那个人的脖子，狠狠把那个人掐死。"对不起。"他尽可能用欢快的语气说，"如果我没理解错的话，你的意思是，托马斯·梅杰，一个职位低下的化学技术员，因为一时冲动就决定穿上一个死掉的宇航员的航天服，把自己摆在全世界的媒体面前，想当第一个登上太空的人类，而我们就应该让他成为第一个登上火星的人类。"

"一点不错。"克劳迪娅伸出指甲修剪整齐的手指，指着鲍曼身后的空白大屏幕，"介不介意我……"

他摆摆手表示赞同，克劳迪娅用无线网络把她的平板电脑连接在大屏幕上，并示意别人把灯光调暗。她按动平板电脑，手指从触摸屏幕上划过，活像几只正在跳踢踏舞的昆虫。首先出现的是一个短片，是英国广播公司对新闻发布会的报道。随着她把音量调大，鲍曼不由得呻吟一声。他听到了他自己的声音："现在，我荣幸地向各位介绍即将踏足火星的第一人……"跟着，镜头转向右边，闪光灯亮成一片，托马斯·梅杰随即出现在镜头中，看起来有些震惊，然后，他害羞地摆摆手，开始自报家门。

镜头切向演播室里的休·爱德华兹，他显得很震撼。"就是这样……第一个登上火星的将是一个英国人……当然了，英国人……他名叫托马斯·梅杰。媒体现在已经管他叫汤姆少校了……这一消息公布的时候正好赶上大卫·鲍伊去世……"爱德华兹带着批判的目光看了看一张纸，仿佛是在权衡是否要相信上面写的内容。"根据英国宇航局的消息，这只是个巧合……"

接下来，克劳迪娅把短片的音量调到最小，拿出几份当天报纸的头版。大多数都报道了同一个主题。

《镜报》：呼叫汤姆少校

《太阳报》：地面控制中心呼叫汤姆少校

《卫报》：英国火星远征队，向传奇鲍伊致敬

《每日电讯报》：星光侠在空中等待，而且，他是个英国人

当然了，也出现了一些意料之中的偏差：

《每日邮报》：在火星生活会导致汤姆少校患上癌症吗？

《每日快报》：保守党高层说要送移民去火星

《每日星报》：汤姆少校的着陆地点为什么会和戴安娜王妃一样？

"呼叫汤姆少校这个标签到现在依然在英国的热搜榜上居高不下。"克劳迪娅看着手机说，还让在座的所有人都看看屏幕，以示证明，"脸谱网上说的都是我们。社交媒体上关于英国宇航局的讨论热火朝天，每个新闻网站都拿新闻发布会的图片做封面。全世界的媒体都在给我们打电话，要求做专访。"

"这么说，现在的英国太空政策必须以社交网站上的帖子为准？"鲍曼说道。

克劳迪娅又划了一下她的平板电脑，屏幕上出现了托马斯·梅杰在英国宇航局简介上的照片。"不，我不是这个意思。但是，我要说明一点，我们现在说的不是'一点点'热度。我们说的是创纪录的网上讨论。托马斯·梅杰已经成为全国民众心里第一个登上火星的人。汤姆少校这个品牌具有独特的吸引力。人们甚至都在讨论以后把这件事拍成电影，由谁来扮演他。这都要归功于鲍伊……这样的结果对我们大大有利，而且出乎我们的意料。"

鲍曼又开始捏鼻子："但眼下这情况就好像……好像我们按照未知因素选择了宇航员。真像是从大街上随便拉一个人过来，就要把人家送上火星。"但他看得出来，自己在这场战斗中已经失败了。

"他是个化学师。"克劳迪娅说，"他身体健康。"她直勾勾地看着员工身体部主管，"没有病史，没有先天性疾病。他每天都跑步。他没有任何牵挂，离婚了，没孩子，父母都已经去世，没有兄弟姐妹……啊，他倒是有个弟弟，只是在很小的时候就夭折了。而且……"克劳迪娅说到这里咬了咬嘴唇，"我

在局里的女性员工之间做了个投票，只是结果有点不符合科学原理。"

"结果是什么？"鲍曼说。

"结果就是，"克劳迪娅压低声音，鬼鬼祟祟地说，"他很性感。"

鲍曼仔细看看托马斯的照片："性感？你是在告诉我，这个四十来岁的臭脾气化学技术员是英国宇航局的浪荡公子，就他？就凭他那头乱七八糟的头发，和实验袍口袋里的几支圆珠笔？"

"其实并没有哪个姑娘和他打得火热。而且，我觉得呀，在此之前，她们甚至都没想过他是不是性感。但他身上有种说不清道不明的魅力。或许是他很脆弱吧。他是脾气暴躁，有什么说什么，但人们能从他的身上看到她们的丈夫、男友甚至是她们父亲的影子……他这次去火星是有去无回，更让他显得那么高不可攀……她们可以喜欢他，而且用不着担心必须和他睡在一起。"

鲍曼揉搓着下巴，盯着照片看了一会儿，然后看向克劳迪娅。"那你迷恋他吗？"

她头一次显得微微有些慌张。鲍曼从未见她这副模样，他一直以为她是个冷若冰霜的女人。她摆摆手，拒绝回答这个问题："我说过了，这是个很不科学的投票。"

员工敬业部主管向前探身，用手里的笔敲打桌面："事实上，梅杰把我们推到了一个两难的境地。外面的人都没听说过特伦斯·布拉德利这个名字，他们压根儿就不晓得有这么一个人。但每个人都喜欢汤姆少校。要是我们放弃，出声明说我们搞错了，我们不是要把他送上火星，到时候我们肯定就跟傻瓜似的，而且，最重要的是，我们还得找别人去。别忘了，从根本上来说，这是一次自杀任务。"

"不可以这么说。"火星登陆部主管插嘴道，"我们的计划是让宇航员建立居住舱，为火星移民做准备。我们预测，如果一切条件都具备的话，他可以在火星上存活十年。而如果我们可以快速有效地建立起基础设施，那就可以活上二十年。"

"他没有接受过培训。"鲍曼说道，感觉挫败极了，"要把他送到俄罗斯。而且，在开始之前，还需要进行全面的心理评估。"

"我们已经在进行了。"克劳迪娅说，"他昨天已经进行了初步评估。想不想知道最讨人喜欢的是什么？他说他这辈子的决定性时刻之一，就是他父亲在他八岁那年带他去看电影《星球大战》的时候。"

第十章

1978 年 2 月 11 日，昔日重现

在战火之中，反抗军间谍成功窃取帝国的终极武器"死星"的设计图，"死星"是一个武装太空站，其威力足以摧毁整个星球。

帝国的爪牙紧追不舍，莉亚公主火速返航，并监管着窃得的设计图，它可以拯救她的人民，并让银河系重获自由……

一个多小时了，托马斯入迷地看着电影，机械地把爆米花和莱维斯巧克力塞进嘴里，最后把它们全都吃了个精光。一直到欧比旺那似鬼泣的声音在卢克的驾驶舱里响起，黑武士接踵而至，托马斯才从电影那温暖且无所不在的幻境中跳脱出来。卢克从没见过他的父亲，而欧比旺就像是取代了他父亲的位置，一想到这里，托马斯不禁想到了他自己的父亲，就在反抗军的 X-翼战机组最后一次攻击死星的时候，托马斯开始好奇他父亲去哪里了。

他踩着黏糊糊的地毯，沿倾斜的过道向大门走去，这时，卖冰激凌的女人拦住了他。"你干什么去？"她压低嗓音厉声道，还用塑料手电筒照他的脸，像是在审问他。托马斯想起了他看过的一部电影，里面的士兵被德国人

抓住，而他们只会向俘虏他们的人透露他们的名字、军衔和编号，他也考虑这么做来着，不过迪尔德丽怎么说也是个成年人，而且看起来不好惹，他觉得他小小年纪是不可能这样对她无礼的。于是他扯了个谎。

"我要上厕所。"

迪尔德丽咂咂舌，显然是在琢磨两英镑（还要扣除一个巧克力冰激凌的价钱）值不值得她跟去厕所；然后，一个小孩拉拉她的衣袖，要买火箭棒冰，于是她做出了决定；她还有工作要做，而这个工作可不是代替开小差的父亲看孩子。托马斯趁机溜出大门，来到大厅。电影肯定很快就要结束了，因为人们已经在售票亭前面排队，买下一场电影的票了。他很想知道卢克有没有炸掉死星，很想知道他还能不能知道这个问题的答案。他惊讶地发现外面的天已经黑了，不晓得他独自待了多久。他垂着头，快步从准备去看下午茶时间那场电影的人群中穿过，来到寒冷的夜色中。

他真想知道父亲到底为母亲准备了什么惊喜，才会消失那么久，电影放完了都没回来。要是母亲和他们一起来就好了，可她每天早晨都恶心，在家里摇摇晃晃地走来走去，不是捂着肚子，就是双手叉腰。所有人都说他们敢肯定托马斯想要个弟弟，这样就有人陪他玩了。他却只想到弟弟八成会咬他的《星球大战》玩具，毁掉他的唱片。不过，或许和托马斯不一样，弟弟会对足球更感兴趣。说不定如果托马斯更喜欢足球，他父亲就不会把他独自留在电影院了。但他就是对足球喜欢不起来。他试过了，偏偏老记不住球员和球队的名字。

但他热爱音乐。什么艺术家啦，歌曲啦，唱片公司商标啦，畅销唱片排行啦，制作人啦，非主打歌啦，这些东西轻而易举就能在他的脑海里找到位置。他看唱片封套插页上的说明文字，就好像他父亲在星期天的报纸上看比赛成绩对照表。除了音乐，还有化学元素周期表。他不记得什么时候第一次看到了化学元素周期表；可能是在他祖父送给他的那本又旧又脏的《百科全书》里，祖父本来是想把它送给他父亲的，只可惜弗兰克·梅杰小时候对它毫无兴趣。不过他却一直对有序排列的化学元素兴致盎然，感觉它们就像乐高积木一样，可以搭建起整个宇宙。从氢到锘，他能把所有化学元素倒背如流，他还通过相互参照条目，在《百科全书》里找每一种元素都是什么，有哪些用处，是什么时候被发现的，和其他元素在一起会产生什么反应。他学会了熟练地把一摞单曲唱片堆在旧但塞特电唱机上，一张张播放，他就这么一边听他母亲童年和青少年时期的歌曲，一边盯着用图钉钉在墙上的元素周期表。

严格来说，托马斯不应该自己过马路，可是停车场在马路对面，再说了，这只是一条小马路，连汽车的影子都看不到。不过四下里黑漆漆的，商店看起来十分破败，假窗怪吓人的。他感觉那些假窗都死了。此情此景，让他想到了他看过的一部电影，讲的是地球上的最后一个人类，其他人要么都是染病死了，要么就是变成了僵尸，头发花白，眼球混浊。这片街道看起来就跟电影里的场景一样，荒凉空荡，怪物都藏在假窗后面。那个演员也演过《人猿星球》，讲的也是末日浩劫，不过要到最后，人们发现自由女神被埋在了荒漠之下，才知道这个世界走到了末路。托马斯转了个弯，来到停车场的空地，他真想知道世界末日会糟糕到什么程度？如果这片停车场里都是《人猿星球》里的大猩猩，或是他刚刚想起的那部叫《最后一个人》的电影里的僵尸，会怎么样？

不过他用不着担心这个，因为他父亲的车还在之前停的地方，在寒冷的夜晚中嘎嘎地冒着尾气，后视镜上方位于车顶的昏暗灯泡散发出微弱的光线，照亮了汽车里面。他父亲已经回来了。托马斯抬头扫了一眼夜空，只见一轮满月高挂在空中。不过这样不对呀。月亮不是在他的口袋里吗？托马斯跑过被冻得硬邦邦且凹凸不平的土地，向汽车而去，他看到他父亲坐在驾驶席上，乘客座车窗结了一层冰霜，摸起来滑溜溜的，他把手放在上面，这才发现有人坐在前座上。是他母亲。肯定是惊喜。他父亲探着身，他的脸和她的脸贴在一起，他的一只手按在她的胸上。但跟着母亲尖叫一声，一把把他父亲推开，大声喊道："见鬼，弗兰克，有个孩子。"

托马斯意识到那个女人不是他母亲。

他知道是他父亲撒谎了。月亮根本不在托马斯的口袋里。

他还知道，停车场上的世界末日是什么样子。没有花白头发眼球混浊的僵尸。没有扛枪骑马的大猩猩把人变成奴隶。他觉得世界末日就是这样的，他的滚烫的泪水不断地向外涌，胃里翻江倒海，哇的一声，他把冰激凌、巧克力和玉米花都吐到了坚硬的土地上。

这就是他的世界末日。

第十一章

乡巴佬的反抗

詹姆斯砰一声关上门，径直向楼梯走去，假装没听到奶奶在厨房里问是谁回来了。他刚上到一半，泪水就再一次夺眶而出，他只好停下用力揉眼。奶奶出现在楼梯底部，正抬头向上看。

"啊。是你回来了。"

詹姆斯没搭理她，只是强忍住不再哽咽，使劲儿揉眼，直揉得眼前金星乱转，出现了各种色彩。她啧啧两声。"看看你的运动上衣。艾莉会不高兴的。"

"让艾莉去见鬼吧。"詹姆斯继续往上走。他听到奶奶在他身后嘎吱嘎吱走上楼梯。看在老天的分上，她就不能让他一个人待会儿吗？詹姆斯直接走回卧室，使劲儿甩上门，然后靠在门上。他的晨衣就挂在门上的挂钩上，晨衣后面是他父亲的一件厚羊毛毛衣。他把脸深深埋进毛衣里，嗅着上面的气味，有霉臭味，有淡淡的水泥味，还有沉滞的汗臭味。这下子，他感觉更糟了。

"詹姆斯？"奶奶说着试探性用纤瘦的指关节敲敲门，"你要吃什么茶点？"

"卷心菜。西蓝花。家里有甘蓝菜吗？"

奶奶哈哈笑了起来："甘蓝菜。这个词真怪。我从未听过哪个孩子要吃甘蓝菜当茶点。"

"我想要我的肚子里生成甲烷气体。"詹姆斯把脸埋在毛衣里，喃喃地说。

"亲爱的。"奶奶说，语气有点迟疑。她试探性推推房门，"家里还剩下一点圣诞蛋糕。我能进来吗？你把那件上衣给我吧，说不定我们可以在艾莉回来之前把泥巴洗掉。"

"我才不在乎艾莉怎么想！"詹姆斯喊道，他从门边跑开，一下子扑倒在床上。奶奶走进来，靠在门框上。他又喊了起来："她又不是我妈妈！你也不是我妈妈！"

"当然不是了，傻孩子。"奶奶柔声说，"你妈妈是朱莉，但是她已经走了，不是吗？"

"谢谢你提醒我，我现在感觉好点了。"詹姆斯把脸埋在枕头里说。

奶奶迈开穿着拖鞋的脚，又往他的卧室里走了一步："你怎么把运动衣弄上这么多泥？你是不是穿着这件衣服打橄榄球？"

詹姆斯就这么趴在床上，把上衣脱了下来，扔到地上："泥巴不算什么。你看这个。"

他的白衬衣上被人用黑色签字笔写了"乡巴佬"三个字。在字下面，有人画了一张苦相脸，脸上有几条竖线，画得虽然不怎么样，却明显表现出这是个被关在监狱里的人。詹姆斯看了奶奶一眼。她的眉头紧紧皱着。然后，她说："我没有拔野鸡的毛，我是拔野鸡毛那个人的儿子；我只是在拔野鸡毛，等着拔野鸡毛的人回来。"她露出一个灿烂的笑容，"三杯啤酒下肚，我就能把这个绕口令说得很溜。"

"老天。你能不能出去？"

奶奶拾起运动衣。"我去给你准备卷心菜。再看看有没有……什么来着？

甘蓝菜？是袋子包装的吗？"

"出去！"詹姆斯喊道，然后把脸埋在枕头里，直到她走出房间。

❨

他在学校里经常被人欺负。有人把吐了口水的纸团放在空圆珠笔的笔套里，当成炮弹来打他，在走廊里把他绊倒，在饭厅里用肩膀把他撞到一边，在打橄榄球的时候，他们把他的脸按在泥浆里。他们觉得自己比他强，他们看不惯穷孩子坐巴士上学，而且还比他们聪明。在去坐巴士的途中，他们截住了他。

"嘿，看呀，是那个乡巴佬。"

"同性恋。"

"科学怪人。"

"是回你的棚屋吗，同性恋？坐你的乡巴佬巴士专线？"

"你老爸怎么不来接你？"

"他爸爸在坐牢，对不对？他老爸是个囚犯。"

"说不定他老爸在监狱里就变成同性恋了。他们洗澡时不就是这样吗？搞同性恋，对不对？"

"那你妈妈呢，怪胎？"

然后，他们照常用刺耳的声音一起问"你妈妈去哪里了？"，看到詹姆斯忽然流出愤怒的泪水，他们的胆子更大了，扯掉他的运动衣，把他的衣服在泥里踩来踩去，还在他的后背上乱画。他们画了一幅画，这会儿，他把被毁掉的白衬衫脱下来，才第一次看到了那幅画，看出画里是一个被关在监狱里的人。

詹姆斯听到前门砰一声开了，艾莉说："老天，这是什么味？"

她说得对，整个房子里都弥漫着下水道和旧袜子的恶臭。奶奶喊道："是给詹姆斯准备的茶点，他要吃卷心菜，说是要生成甲烷。家里有甘蓝菜吗？

西蓝花呢？"

"甲烷？"艾莉也大声喊道，跟着，他听到她咚咚走上楼梯。他甚至都没费力告诉她不要进来。她站在门口，盯着他，见他只穿着裤子趴在床上，然后，她看到了他的衬衫。

"噢，老天。"她说着蹲下把衬衫捡起来，"噢，老天。你一天里毁了两件衬衫。"

"事实上，没有一件衬衫是我毁掉的。是奶奶烧坏了一件，至于这件……"

他坐起来，看着艾莉，穿着校服的她蹲在地上，眯眼看着衬衫上的画。"谁干的？是学校里的学生吗？詹姆斯，是不是又有人欺负你了？"

他伤心地点点头，感觉到自己的嘴唇不由自主地向下撇，眼泪再一次涌了出来。艾莉坐在他身边，将他拥在怀中，她那件羊毛衫的气味几乎与父亲毛衣的气味一样可以带给他抚慰。"你能不能想想办法？"他趴在她的肩膀上，一边抽鼻涕一边说。

"没事的。"她小声说，"我们必须坚持住……"

"但我希望你能做点什么。"他忽然很生气，"你去学校！告诉他们！"

"我们不能那么做。"艾莉安慰他，"你现在什么都不能说……你也看到奶奶的样子了。她现在越来越糟糕了。如果让别人注意到我们，你很清楚会发生什么……"

詹姆斯点点头："他们会说她照顾不了我们。他们会把她送去老人院，把我们送去孤儿院。"

"他们会把我们分开。"艾莉表示同意，"我绝不会让这种事发生。"

"可她反正也照顾不了我们，是你在照看我们三个人。"

"但我还没资格这么做。我才十五岁。奶奶才是能够负责任的成年人。"艾莉说。

他们都想了一会儿。

"我恨死爸爸了。"

"不,你才不恨。"艾莉说,"你只是生他的气,我们都生他的气。他就是个白痴。但我们必须坚持下去……他很快就要出来了。只剩下几个月而已。"

"我们为什么不能去看他?"

艾莉叹口气:"因为他们把他关在牛津郡,他们在这里找不到地方关他。要是我们去探监,奶奶就得跟去,可看她这一个月来的情形……我们不能冒险,詹姆斯。"

詹姆斯从她怀里出来:"要是我们在一个正常的家庭里,该有多好啊。"

过了一会儿,奶奶端着一盘臭烘烘冒着热气的盘子走了进来。"卷心菜!"她骄傲地宣布,"我找不到西蓝花和甘蓝菜,所以我放了一罐豌豆。"

詹姆斯用手捂住脸:"天哪。"

奶奶把盘子放在他的床头柜上。"噢,我给你们讲件事,你们听了准会高兴。猜猜我今天收到了谁的电话?"

"圣诞老人?"詹姆斯说。

"不是!是个宇航员!新闻里说的那个宇航员。"

詹姆斯惊愕地看着她:"汤姆少校?要去火星那个?"

"没错!"奶奶开心地说。

"可他为什么会打电话?"詹姆斯揩掉泪水说道。

"不知道!他想找珍妮特·克罗斯韦特。"

"老天!"艾莉喊道,她猛地站起来,把团成一团的衬衫丢给詹姆斯,"我的老天呀!她才不会和汤姆少校通过话!除了我和你,她从不和她不记得的人说话!"

说完,艾莉就一阵风似的走了出去,片刻后,她的卧室门砰的一声关上了。隐隐能听到什么东西摔碎的声音,艾莉又喊了起来。她的声音含混不清,詹姆斯听不太清楚,只听到"他妈的""蠢货"和"不正常"几个字。

第十二章

格拉黛丝·奥默罗德在这里

格拉黛丝·奥默罗德又不是傻子。她知道自己怎么了。她很清楚自己是病了，疾病正在攻击她的大脑，不只是一阵阵地健忘，或是注意力无法集中那么简单。有些时候，她过得还容易些，知道她自己生病了，而她对此无能为力。还有些时候，她怀揣希望，觉得总有一天，他们能找到治疗办法。可眼下他们就连普通的感冒都治不好，不是吗？格拉黛丝经常用她的笔记本电脑上谷歌网查她的病情，她看了所有关于蛋白质的文章，还有什么斑块和纤维缠结。纤维缠结这个词听起来还不算太糟糕，像是在她小时候，她的头发都缠结在一起，母亲就用力地把缠结的头发梳开。缠结这个词不错，很好地形容了她脑袋里乱糟糟的状态。她觉得一个人从出生到死亡，他们的大脑就如同一条直线，最初的记忆就像是火车轨道一样，消失在了远方。对于像格拉黛丝这样的人，这条线却缠结在一起，纠缠不清。四十年前的一件事会变得非常清晰，就像是一枚新硬币那么闪亮，而早上发生的事却显得那么模糊和遥远。斑块就好像名人家里的蓝色标志。格拉黛丝·奥默罗德的心智能力住在这里，1946 年—2015 年。

就是在那个时候，她百分之百确定自己得了病。那是 2015 年。也就是两年前。在 2015 年之前，疾病就像是电影里的坏蛋，穿着黑色斗篷，用修长的手指捻着大胡子，悄悄接近她，却一直藏而不露，可突然有一天，它向她扑过来，她便开始记不住她早餐吃了什么，即便她才刚刷完盘子。她明白她的情况只会越来越糟。从某种程度上而言，她几乎盼望着有一天她可以完全活在记忆中，直到最后一刻。她一向都不是教徒，不信那些空话，虽然她母亲在她小时候每个星期日早晨都拉她去教堂。她不得不承认，最近她变得有些两面讨好……她漫不经心地责怪人们，让他们不要亵渎上帝。这么做只是为了安全起见。然而，有时候，她很想知道，沉浸在美好的回忆中，是不是就跟身在天堂差不多。因为比尔就在美好的回忆中，而不是在威根公墓那冰冷的坟墓中。他活在她的记忆中。他就在那里等着她。

但她知道她不能走，不是永远都不能走，只是暂时还不行。她必须等达伦回家来。她承诺会照顾小艾莉和詹姆斯，直到他回来继续照顾他们。他真是个蠢货，竟然会惹上那样的麻烦。至于朱莉，那真是太遗憾了。提醒你，有人说过，他们两个过不长。她儿子达伦是个不切实际的人，而朱莉又太过脚踏实地。有句老话怎么说来着？异性相吸。前几天那个智力竞赛节目里说的答案是什么？看来她必须去谷歌上查一查了。阴什么？好像是两个蝌蚪一样的东西。阴什么来着？还是那个大胡子喜剧演员？格拉黛丝记得他在电视上好像穿了香蕉靴子。一想到这里，她不由自主地笑了出来。跟着，她低头看看摊在床单上的信封，她咬着下嘴唇，再也笑不出来了。

非宣传品

格拉黛丝试探性地用拇指指甲划开一个粘了胶水的信封口盖，把里面的信倒了出来。信上是红字。她皱皱眉，闭上眼睛。不光有信，还有电话。她在一个星期前就把电话线从墙上拔了下来，而两个孩子似乎并没有注意到。

他们只顾着玩手机。格拉黛丝睁开一只眼，"强制迁出"四个字就像是粉鲑一样映入眼帘。她把信纸翻过来，不再看那几个字。但伤害已经造成。粉鲑一样的字扭动着钻进她的脑海，与斑块和纤维缠结纠缠在一起。

"比尔，"格拉黛丝说，"我该怎么办？"

亲爱的阿鲁斯王子：

你好吗？希望你的所有麻烦很快就能解决。你知道的，我自己眼下也遇到了很多问题。自从你第一次和我联系，说你遇到了困难，好像已经过了很久，老实说，我觉得解决你的那些问题，用不了太长时间。你现在可能无法一次性把四百万美元都汇给我，但你能不能先汇给我一部分？比如五千英镑？最好是英镑。你有我的账户信息。请代我向你美丽的王妃问好。

格拉黛丝·奥默罗德（太太）

现而今的孩子有个问题，那就是他们觉得老年人都很没用，什么都做不了。而且，他们八成认为任何超过二十岁的人都属于"老人"行列，就好像格拉黛丝觉得五十来岁的人都是"小姑娘"或是"小伙子"。当然了，格拉黛丝还是个小姑娘的时候可跟现在的孩子不一样。要尊重老年人。这主要是因为如果他们一巴掌打在你的后脑勺上，是不会有人去叫社工或是埃丝特·兰森[1]的。而且还不只如此。格拉黛丝的父亲在缅甸打过仗，她母亲在比奇希尔的一家军需厂打工。就算是孩子，也要对此表示尊重。但就连这些也会变得暗淡无光。格拉黛丝那代人都是能忍就忍。她闭上眼睛，那是1972

---

① 制作人和演员。——译注

年的五一银行休业日，正好是个周末。达伦才刚出生不久，格拉黛丝和比尔的姐姐温妮步行五英里去了比克肖村，去看摇滚音乐节上的嬉皮士。音乐节上的主角是电视上说的那个男人，那人已经死了，他生前留着怪里怪气的大胡子，一只手大一只手小，老是喜欢恶作剧。不过那都是很久以后的事了。格拉黛丝在1972年时从没听说过他，不过有几个乐队倒是很招她喜欢。他们在星期六和星期日演出；到了星期日，感恩而死乐队会一连演出五个小时，但她们不能看完才走，毕竟达伦还太小。他们推着婴儿车穿过田野，十分费力。婴儿车都湿透了，雨水不断地向下流。活像是一片泥塘。她回到家里的时候已经被淋成了落汤鸡。比尔觉得她就是个糊涂蛋。而他整个周末都在亨氏食品公司工作。他从员工商店带回来一袋子有凹痕的汤罐头。她坐在电暖炉前，虽然当时是五一劳动节，他们还是开了三根供热电阻丝。他给她做了一大碗鸡肉炖蘑菇。

"你这个小傻瓜。"说着，他用茶巾一角擦掉她的眼镜上的水蒸气，"你还把达伦带去了。要是发生意外可怎么办？"

"嬉皮士又不会吃小孩。"格拉黛丝一边说一边用勺子舀汤喝，"他们可爱极了。有个小伙子穿着蓝布牛仔裤，戴着大礼帽，硬要把毒品塞给我和你姐姐温妮。"

比尔什么都没说，只是盯着电暖炉的橙色火光："你是不是宁愿嫁给一个那样的人？他们多刺激，总比在亨氏食品公司上夜班的比尔·奥默罗德有意思，他太无聊了。"

格拉黛丝故作思考状："也许吧。但我可说不好我会真喜欢和一个穿牛仔裤的家伙星期四去看芭蕾舞。再说了，无聊的比尔·奥默罗德，奇想乐队昨天唱得好：你真的把我迷住了。现在，趁着达伦睡着了，快来吻我吧。"

这段记忆像是夜空中的星星一样闪闪发光，但格拉黛丝想不起她为什么会记起那段往事。她明明正在想现在的孩子们不把老年人当回事，不知道他们能做什么，做过什么，不清楚他们有着怎样的人生。格拉黛丝那年只有二十五岁，就拖着一个只有一岁大的婴儿，去了比克肖村，看乐队和嬉皮士抽大麻。她以前很能干。她现在也很能干。她看着那堆牛皮纸信封。比尔不在这里，达伦不在这里，阿鲁斯王子不在这里。只剩下了格拉黛丝一个人。艾莉叫她不要出去，但她马上就七十一岁了。格拉黛丝应该负责。最坏又能坏到什么程度呢？她在威根住了一辈子。她又不是小孩。她能搞定。她一定可以搞定。

格拉黛丝去穿外套。现在是一月份，天气温暖潮湿。她去比克肖村的那个夏天也是温暖潮湿的。人们说夏天热冬天冷。但人们只记得非常好的时光和非常差的时光。而在这两者之间，则是那些温暖潮湿的普通日子，如果没有不同寻常的事情发生的话。

第十三章

华氏一千八百度[①]

1988 年的夏天潮湿苦闷，但托马斯·梅杰不在乎。学校放假了，他门门功课都是优。他十八岁了，九月份就要去利兹上大学。假期那么漫长，一分一秒都渗透着舒适愉快。

而且，托马斯坠入了爱河。

但是不仅如此，让他一直啧啧称奇还有点困惑的是，那个女孩竟然也爱他。

她叫劳拉，自从圣诞节以来，他们一直形影不离，他们一起喝百加得酒和可口可乐，她带他去中学六年级的庆祝活动中跳舞，托马斯其实打心眼里不愿意去，却还是去了。他们跳舞时的曲子是史密斯乐团的《如果你听过这首歌，就当我没唱》，好吧，其实是劳拉在跳，她时而压低身体，羊毛衫便从她的手臂上滑下来，滑到她的背上，袖口被她攥在拳中，而托马斯只是在

---

① 约 982 摄氏度。——编者注

胡乱摆动身体，一点没有节奏感。一曲终了，她非要他去给她买杯喝的，这之后，她对着他整整数落了撒切尔夫人半个钟头。她是个很强势的姑娘，聪明风趣，而且，她是个大美人。即便是现在到了夏天，托马斯仍在想，什么时候她不会再情人眼里出西施，到时候，她会皱着眉头看着他，不明白他们当初那个晚上喝醉了，只是在挂着百叶窗的商店门口接了个吻，可为什么他们的关系会持续这么久。但这样的情形到现在都还没出现；他们都申请了利兹大学，并且都被录取了，托马斯学的是化学工程，劳拉学的是历史和政治。

❮

托马斯起床后发现下雨了，一整个夏天都在下雨，不过他一点也不介意。他母亲在厨房里，一边洗碗碟，一边听广播一台早间节目的尾声。托马斯扑通一声坐在岛台，看着他母亲在水槽边忙活，她的橘红色裙子被深色松木厨台遮住了。早间节目是由西蒙·梅奥主持的，而他母亲并不待见此人。她就是不明白他们为什么把迈克·史密斯赶走了。托马斯还是挺喜欢梅奥的，但通过劳拉，他心领神会地了解到，除非是约翰·皮尔斯主持的晚间节目，否则广播一台的节目都没什么意思。西蒙·梅奥正在播玛莎·里夫斯和文德拉斯合唱团演唱的《热浪》。托马斯也说不清是为什么，但在那天之后，他再也不能听这首歌了。

"成功固然好，只惜良机少，一场热浪。"托马斯的母亲说道。特蕾莎·梅杰只有四十出头，但在托马斯看来，自从两年前他父亲去世后，她就很显老，整个人像是皱缩了一般。在葬礼上，她把他带到一边，说："你们两个之间到底发生过什么事？你小时候那会儿，你们父子俩的感情多好啊。"

◖

两年前，也就是 1986 年的夏天，在卡弗舍姆，他们站在亨利路公墓火葬场的圆顶大楼外，那一天风和日丽，天气很好。有很多人来参加葬礼，弗兰克·梅杰要是知道来了这么多人，一定会很满意。托马斯沉着脸，环顾一张张脸。她来了吗？就是那天下午在电影院外坐在车里的女人。来的大多数人他甚至都不认得。有很多女人，托马斯不知道弗兰克·梅杰是不是像一场森林大火，和她们每个人都曾有过干柴烈火的艳史。托马斯还想知道，他会不会对他的婚外情如数家珍，当成收藏品，就好像他喜欢新车、暖房和阁楼的改造一样。

"我不明白你是什么意思。"托马斯说。他穿着黑色牛仔裤和黑色 T 恤衫，外面套着军用夹克。

"你明白。"特蕾莎·梅杰说。她紧紧抓着皮特的手，她给他穿了一身黑色小西装、白衬衫，还给他戴了一条卡夹式领带。皮特哭得双眼通红。特蕾莎看起来筋疲力尽，脸色苍白。"你小时候那会儿，你们父子俩的感情多好啊。"

托马斯说："看，皮特，玛格丽特阿姨和几个堂哥在那边呢。你过去和他们打个招呼吧。"

皮特悲伤地点点头，走开了。特蕾莎看着他："为什么把他支开？"

"因为他无须听我接下来要说的话。"有那么一刻，他本以为他将吐露实情，将把看《星球大战》电影那天发生的可怕事情告诉她。但他只是这样说："我一直都不是爸爸理想中的孩子。"

特蕾莎面露惊讶之色："你这么说真是太可怕了。他一向都很溺爱你。"

"确实，但那是在有皮特之前。皮特更像他。他喜欢踢足球、爬树、汽车，反正就是喜欢所有男孩子都喜欢的东西。爸爸并不了解我。他不喜欢我喜欢的东西。他不懂科学，不喜欢音乐，不爱看书。他觉得我是个怪胎。他觉得我很软弱。依我看，他说不定还认为我是个同性恋。"

特蕾莎望着火葬场大楼："就算你是，他也不会介意。他爱你。"她停顿片刻，又道，"你爱他吗？"

托马斯哈哈大笑起来，只是笑声充满了苦涩："我怎么知道呢？我才十六岁。我都没有女朋友，不过，我也没有男朋友。所以，用不着担心。"

"我不担心。"特蕾莎轻声说，"反正我不担心这一点。我只是担心……你和皮特。你们的成长过程没有父亲的陪伴。"她凝视蓝天，"我也担心我自己。再过一两年你就该去上大学了。我知道我很自私，但我很害怕就剩下我一个人。"

"皮特会陪着你的。他只有八岁。在未来很长一段时间里，他哪儿也不会去。到了他准备好离家的时候……谁知道呢。到时我说不定已经结婚有了孩子，又回来卡弗舍姆住了。"

特蕾莎笑了，一个星期以来，这是他第一次看到她展露笑颜："你真这么觉得？"

这时候，牧师从火葬场的大门走出来，冲特蕾莎摆摆手。她说："我们准备好了。"

托马斯拉起她的手，她紧紧握住他的手。此时，她看起来是那么苍老，整个人像是被掏空了，憔悴不堪。他很内疚，因为他没有像她一样悲伤，他……没有任何感觉。不觉得轻松，不觉得悲伤，没有丧父之痛。更没有如释重负的感觉。因为他现在知道，弗兰克·梅杰并没有把他的秘密带进坟墓，而是把它留给了托马斯，让他的儿子为他对婚姻的不忠承受痛苦。

"谢谢你，爸爸。"托马斯喃喃地说。

特蕾莎看着他，强挤出一个笑容："我就知道你会回心转意。"

众人恭敬地等待特蕾莎、托马斯和皮特手拉手走进火葬场，然后跟在他们身后往里走，他们听了关于爱和尊重的悼词，亲友抬着弗兰克·梅杰，最后，他的尸身在一千八百华氏度的火中化为了灰烬。

☾

托马斯现在更恨他父亲了。现在是1988年，他应该在这里，而不是在坟墓中。他应该在这里陪伴托马斯的母亲，他们应该一起白头到老。可现在她却要面对孩子长大离她而去的局面。托马斯很清楚，等到夏末他必须离开家，她一定会很痛苦。但孩子就是这样的，他们总要去外面闯荡。人们对孩子们就是怀有这样的期望，不是吗？希望他们成功幸福。

特蕾莎转过身，对他笑笑，用茶巾擦擦手。雨点噼里啪啦落在窗户上，让外面的花园显得模糊不清。"早啊，贪睡虫。你知道的，等你上了大学，就不能赖床了。"

托马斯点点头，去冰箱里找早餐。不管她是不是有意让他难过，反正一想到他即将丢下她和皮特，内疚都开始啃噬他。要是她没提起这件事就好了。

"你今天准备干什么？"

"去找劳拉。"托马斯对着冰箱说，"可能去唱片店转转。"

"你几点出门？"

托马斯扭过头，不再看冰箱："不知道。中午吧。怎么了？"

"我待会儿带皮特去看牙医。他和他的朋友去水塘玩了。过半个小时你能不能去接他？我告诉过他要按时回来，不过他把手表落在餐具柜上了。"

托马斯把两块果酱饼干放进烤面包机，倒了一杯橙汁。他走过去拿起皮特的手表，放进衣兜："我吃完早点就去找他。"

当他回首那一刻，发现那段记忆清晰无比，并且永世难忘。他真希望他能穿越时空，回到多年前的那个时刻，摇晃他自己，愤怒地大喊："去呀！现在就去！跑着去！别停下！"

第十四章

信

詹姆斯先回的家，他用肩膀去撞门，结果木门板纹丝不动，他疼得啊了一声。奶奶肯定是插上了插销。他用力敲了敲门，等了一会儿后，他用拇指打开信箱盖，喊道："奶奶！是我，詹姆斯！快开门！"

她并没有过来开门，他叹了口气，在背包里找到钥匙，把门打开，走进家门。她肯定是在楼上睡着了，要不就是坐在父亲的房间，以为现在是几十年前。有一次，他看到她转动收音机的转盘，变得越来越沮丧，最后她使劲儿拍了一下顶部，对他说："你能帮我找一找迪克·巴顿吗？"而他根本就不明白她在说什么。

奶奶不在厨房，所以詹姆斯在这里待了一会儿。油毡地毯的边缘都卷了起来，冰箱一直在发出颤音。墙壁都已发黄，难看极了，餐桌摇摇晃晃，几乎和奶奶一样老。不过他喜欢厨房，喜欢从窗户眺望小院，能看到院子里堆放着的各种零碎物件，都是他父亲的工具、方木和一袋袋水泥。或许就是因为这个，詹姆斯才喜欢厨房。他能看到他父亲在这里生活过的痕迹。

今天课间休息的时候，他正和朋友们说话，不想却与那些恶霸发生了争执，但在那之后……他从背包里拿出信封，在小桌上把信封铺平。他都迫不及待地要告诉艾莉了。詹姆斯打开冰箱向里看，像是着迷了一样。他并不肯定他能等到下午茶时间。他找到了一罐只剩下一半的豌豆，上面包着保鲜膜，还找到了一块奶酪。詹姆斯很快把奶酪放在盘子上，把豆子洒在奶酪上面，又把盘子放在微波炉中，然后坐在桌边，把那封信读了一遍又一遍，直到听到微波炉发出叮的一声。

詹姆斯用餐叉把融化了的奶酪和豆子搅和成一团黏糊糊的食物，他心想，总有一天，他会成为著名科学家。他会有很多很多钱，还会在曼彻斯特那样的地方有一栋公寓。甚至是在纽约。到时候父亲就回家了，艾莉也用不着每晚都去打工，詹姆斯能照顾他们所有人。他还会写书，他的书将与史蒂芬·霍金的《时间简史》一样有名，詹姆斯都把那本书看了三遍了，只是他还不太理解里面的内容。他们会在电视上采访他，问他怎么能成为这么聪明的科学家，他就会告诉采访他的人（乔纳森·罗斯或是格雷厄姆·诺顿，或者其他人），他的成名之路充满了艰辛。他是上了一所好学校，但所有人都嫌弃他是个穷孩子，经常欺负他。可有一天，他在学校里收到了一封信，他的生活随之发生了翻天覆地的变化……

詹姆斯又把那封信看了一遍。没错。就是在今天，对他而言，所有的一切都将改变。他听到有人敲门，接着艾莉喊道："有人吗？"

"我在这里。"詹姆斯含着一口奶酪和豆子说道。艾莉把头探进厨房门。她看起来很累，有着她这个年纪不该有的老成，不过她这样显得很不对劲儿，与他在巴士车站等车时看到的女孩子不一样，那些女孩穿超短裙化浓妆，一心要把自己打扮成二十来岁的样子，而艾莉看起来总像是一夜没睡的样子。他觉得她就是整夜没睡。她在汉堡店、焊条店和波兰特产商店打工，他不晓得她从哪里抽时间做功课，也不知道她到底做不做功课。但不要紧的，他会成为著名科学家，把家人从水深火热的生活中拯救出来。

"奶奶呢？"她看着他面前那碗黏稠的食物，"你下午茶就吃这个？"

"我收到了学校的一封信。"詹姆斯说。不知怎的，他现在感觉异常紧张。

"奶奶呢？"

詹姆斯耸耸肩："八成是在楼上吧。我收到了一封信。"

艾莉脱掉夹克，扔到沙发上，走进厨房："但愿不是要我们交钱。她睡着了吗？"

詹姆斯把信递过去，艾莉接过信，一边用一只手揉着额头，一边仔细看了看。她茫然地看着他："这是什么？"

"再看一遍。"詹姆斯说，"大声读出来呀。"

致詹姆斯·奥默罗德的父母或监护人：

全国学校青年科学比赛决赛每年都会在伦敦奥林匹亚展览中心举办。各所学校可以派出团队或个人参加这一赛事，参加决赛的选手经由一系列当地和地区预赛选出。

政府推出了一项计划，旨在鼓励因为种种原因在社会或经济方面有困难的年轻人，因此，我们很高兴地通知你们，我们可以直接选派一名学生或一个团队去参加决赛。

这个比赛不仅会带来荣誉，为未来的职业发展提供良机，还能为学校和团队或个人带来奖金。

鉴于詹姆斯在科学课上表现优异，我们希望推荐他参加此次的政府计划，选他参加将在本月举办的全国学校青年科学比赛决赛。

你们对此肯定有很多疑问，所以我邀请你们尽快抽时间来我的办公室讨论此事，从而方便我们开始筹备詹姆斯的参赛事宜。

这对他而言是一个重要的机会，我们都很肯定他将在比赛中取得出色的成绩。你们可随时来校务处找我，不过我需要提醒你们尽快前来，因为很快就要到比赛了，我们需要和詹姆斯一起找出参加决赛的合适题目。

校长布里顿太太

"是不是棒极了？"詹姆斯说。

艾莉只是直勾勾地望着那封信。"是吧。"她盯着詹姆斯看了很久，弄得他很不自在，然后，她从小桌下面拉出一把椅子，坐在上面，"但我们都知道你很聪明。你用不着参加比赛来证明。"

詹姆斯已经能感觉到滚烫的泪水刺痛了他的眼睛："但我想去。"

艾莉用手指背面敲打着那封信："……*因为种种原因在社会或经济方面有困难的年轻人……*詹姆斯，这就是个该死的同情票。他们这么做，完全是因为这能让他们显得很慷慨，他们觉得我们是井底之蛙，是卑贱的人。我们不是这样的，你也不是这样的。你大可以凭借你自己的实力去证明，用不着他们拍着你的脑袋，为你感到可惜。"

詹姆斯站起来，他的椅子啪嗒一声向后倒在油毡地毯上："但我想去！我想去参加比赛。"

艾莉板起脸："詹姆斯。他们说了，要你的父母或监护人去谈这件事。我们能怎么办？"

"让奶奶去呀。"詹姆斯闷闷不乐地含糊着说，"她不是我们的监护人吗？"

"你就不怕她把事情搞砸？你希望他们把她送去老人院？把我们一家拆散，你愿意去寄养家庭或孤儿院？"艾莉环顾四周，"她到底去哪儿了？"

艾莉走出厨房，依然把信握在手里，詹姆斯像只小狗一样跟在她身后。他们跑上楼梯，但奶奶不在她的卧室。她不在卫生间。她根本就不在家。

"见鬼。"艾莉说，"她出去了。"

艾莉跑下楼梯，詹姆斯紧随其后，她从夹克衣兜里翻出手机，拨打了奶奶的手机号码，等了一会儿，愤怒地挂断，重新拨打。她牢牢注视着詹姆斯的眼睛。"占线。她到底跑去哪里了，她到底在和谁通话？"

艾莉在小客厅里走来走去，又拨了一次，还愤怒地踢了沙发后面那堆脏衣服一脚。"奶奶。"她急切地对着电话说，"你在哪里？你的电话怎么会占线？收到我的留言赶快给我回电话。"

"说不定她只是去商店了。"詹姆斯说。

艾莉用手揉着眼睛："她哪儿也不能去。詹姆斯，要是她和不该说话的人说了话……"

"艾莉，比赛的事……"

"詹姆斯。这件事以后再说吧。我们得把奶奶找回来。或许我们应该出去找她……"

这时候，前门传来一声沉重的敲门声。詹姆斯和艾莉对视一眼。

"老天。"艾莉道，"谁……"

詹姆斯本想去开门，但艾莉把他拉了回来。"我去处理。你不要说话，好吗？"

她做了个深呼吸，闭上眼，过了一会儿，她打开门。

奶奶站在门外，正在打电话："是的，是的，现在没事了。我到家了。真是非常感谢你。"

"奶奶！"艾莉说，"你去哪儿了？你在和谁说话？"

奶奶快步走进来，一只手摸着胸口："啊，艾莉，看来我回来得正好。我出去办点事，结果我有点犯糊涂，想不起我在什么地方，也不记得该怎么回家。我好像还把钥匙落在家里了。不过他帮我找到了回家的路。"

艾莉看着电话："是谁在帮你？是谁帮你回来的？"

"是那个宇航员！"

詹姆斯看到艾莉转头看着他，她的脸愤怒地扭曲着。"你看到了吧？"她咬着牙说，"现在你明白她为什么不能去见你的校长了吧？现在你明白你为什么不能去参加那个愚蠢的比赛了吧？"

艾莉说完就把信团成一团，向奶奶常坐的椅子边的纸篓扔去，随后快步向楼梯走去，而奶奶继续笑着说："是那个宇航员。那个宇航员帮我找到了家。"

第十五章

我是格拉黛丝！

现在距离地球更远了。经由霍曼转移轨道，从地球到火星要走五亿英里。托马斯很快就了解到，去火星不仅仅是向那颗星球发射火箭这么简单。等火箭到达那里的时候，火星早就不在原来的位置上了。所以，根据战神一号的飞行计划，要于二百一十八天之后向火星所在的位置发射火箭。也就是说，宇宙飞船是向着虚空发射，目标是一片虚无。托马斯其实并不清楚他对此有何感觉。他有种微弱的眩晕感，像是从世界掉落下来，却没有从布莱克浦塔摔下来时会有的恐惧。这种坠落很棒，像是在飞翔；只是落地的那一刻会很疼。而托马斯在未来七个月都不会落在任何地面上。

他飘浮到窗边，看着地球一点点地后退。老实说，他感觉自己的心里就像是有一个大洞，好像他就应该害怕、悲伤、开心或是兴奋。这些感觉他统统没有。他肯定偶尔会想起阳光倾泻的草地，闪烁着万点金光的海面，树下潮湿地面上的七叶树果实，电动送奶车上奶瓶碰撞在一起的叮当声，唱针划过黑胶唱片发出的嘶嘶声，新书的书香，另一个人的唇轻轻吻在他的后脖颈上时带来的压力，他有种轻微的失落感，但在很大程度上而言，他都……没有感觉。就像是在银行排长队，脑袋里只是一片空白，手里拿着文件，什么都没有想，只是等着队伍以龟速向前挪动。这就如同他在等待降生。这就好像整个世界尽其所能把他养大，现在是时候把他赶出家门了，而他即将在未来七个月通过一条没有空气的产道，并且不知道能在他所去的地方活多久。

他心想，他怎么会想到这么多废话，便走过去接听正在控制台上响个不停的铱电话。不用说，自然是鲍曼主任打来的。

"现在通信还没有恢复。"他欢快地说，"今早欧洲航天局来人了。"

欧洲航天局。显然预算不够把一个来自美国宇航局的人送上火星，或是把最早建造这艘宇宙飞船的俄罗斯人送上火星。托马斯说："你确定你交话费了？"

"哈哈。"鲍曼说，"我百分之百肯定今天通信就能恢复正常。同时，我们会给你发电子邮件，指导你进行一些对居住舱货舱的检查。"

"我都等不及了。这部电话还能用多久？"他不知是否应该提一下他给一个老太太打了个奇怪的电话，随即决定还是不说为妙。他很肯定他不该用这部铱电话给他前妻打电话，更不用说还和一个陌生人聊天了。珍妮特显然已经不要那个号码了，为的就是不让他再给她打电话？

"顶多一两个星期。"鲍曼说，"不过，等到通信恢复之后，那就不是问题了。"

监视器发出呼的一声。"肯定是你发来的居住舱检查指导。"托马斯伸出手，用手指划过键盘，打开休眠的计算机，"噢，是我弄错了，是有人要卖伟哥给我。这倒不是说我在这里还能用得上。"*现在想想，我在下面的时候也用不上。*

鲍曼停顿了片刻。"你是怎么做到的？既像是在发牢骚，又像是在开玩笑？"

"这是天赋。等改天我喝点酒,我会教教你怎么做。等我在火星上建好了酒吧,你可以上来喝几杯。不过仔细想想,"他随口说道,"到时候恐怕没什么气氛……"

鲍曼挂断电话之后,托马斯花了三十秒看了看那封邮件的前面几句话,而这足以让他决定忽略剩下的内容。他调出他的音乐收藏,想了一会儿,选择了詹姆斯乐队的《金色母亲》。这是根据1990原版唱片录制的电子版。有件事让他很恼火,这个乐队在一年后重新出版了这张唱片,包括一首混录版《回家》和另外两首歌曲;这张专辑与原版专辑应该是一荣俱荣,一损俱损。这件事把他气坏了,他都考虑再也不要听这张专辑了,但这是张好专辑,所以他心软了,按下了播放键。然后,他从控制台边一个尼龙搭扣口袋里拿出填字游戏书,那里是他给这本书找的新家,原本放在里面的小册子这会儿正在某个地方飘浮着,而小册子里讲的是封闭系统灌溉网络。等他到了火星轨道上,再去翻看小册子也不迟。托马斯咬着铅笔头,开始研究下一个提示。

纵十八:如果推迟,会引发心绞痛,比方说——无人不知(四个字母)

他在太空舱里水平飘浮着,心不在焉地用脚趾踢在舱壁上,将他自己推开,他一边飘一边思考提示。心绞痛?无人不知?他叹口气,这时候,电话又响了。鲍曼这次又想干什么?

"喂?"他说,此时,他倒立飘浮着,依旧在思考填字谜题。

"汤姆少校!"一个人气喘吁吁地说道,听起来很慌张,"汤姆少校!是我!我是格拉黛丝!"

第十六章

一切都会好起来的

早些时候。"要是钢铁侠和蝙蝠侠打起来了，谁能赢？"

圣马太小学的操场上建有越野慢跑道和攀岩墙，为的是鼓励久坐不动的年轻人进行体育锻炼。詹姆斯和他的朋友卡尔、杰登站在墙后，躲避潮湿阴冷的寒风，他们把双手插在衣兜里，思考着这个问题。

"首先，你们得接受一点，那就是他们两个永远都打不起来。"詹姆斯说，"毕竟他们两个住在完全不同的世界里。"

"没错，没错。"杰登说道，"我们都知道，钢铁侠是漫威漫画公司的，蝙蝠侠是 DC 漫画公司的。"

"那为什么不让……钢铁侠和钢铁爱国者打？"卡尔说。卡尔有个做工程师的父亲，他说要做一套属于他自己的钢铁侠套装。杰登的父亲是个律师，他说卡尔那么做是侵犯版权，会被人家告。詹姆斯的父亲以前做建筑工人，目前"正在等待英女皇发落"，詹姆斯对这次对话没有任何贡献，不过他正试着把对话拉回正轨。

"让他们两个打多没意思啊，因为他们两个的盔甲都是托尼·史塔克设计的。钢铁侠对战蝙蝠侠才有看头，他们不是超级英雄，都依靠科技来打击犯罪。"

他们都没注意到有人来了，突然间，他们听到一声窃笑，四个男孩绕过攀岩墙，走了过来。詹姆斯的心直往下沉。是奥斯卡·谢林顿。

"《垃圾大王》，对吗？"他冲詹姆斯一点头说。

"什么？"另外三个男孩中的一个说道。

"是我妈妈小时候看过的一部电视剧。讲的是一个住在垃圾场里的小白痴。跟我们的奥默罗德有点像。"

"他把衬衫洗了。"另一个男孩说。

比起圣马太小学的其他十岁学生，奥斯卡·谢林顿的块头更大，也更坏，他的下巴上长满了粉刺。他把一只手伸进他的运动衣："那正好。空白的画布送上门来了。今天我们要画点什么？"

就在此时，铃声响了，午餐时间督导员喊所有人进去，詹姆斯总算逃过一劫。

奥斯卡把他的笔拿开："那就下次再说吧。"

卡尔和杰登都盯着脚面，恨不得可以隐身。詹姆斯说："你为什么非要和我过不去？你怎么不去欺负别人？"

奥斯卡冲他冷笑一声："因为别人会去告诉老师，但你不会，我老爸说了，现在你和你奶奶住在一起，而她的脑筋不太清楚，要是被人发现了，他们就会把你和你姐姐送去孤儿院。"他笑了，只是笑容中没有一丝笑意，"或许我可以向社会福利部门报告这件事。这是我的责任。"

奥斯卡带着他的同党走了，詹姆斯瞪着卡尔和杰登："你们就只会看着，都不帮忙。"

"对不起。"杰登小声说。他高兴起来，"今晚你来我家吃饭吧。卡尔也来。我们可以继续讨论钢铁侠和蝙蝠侠。"

詹姆斯知道，杰登说的不是晚饭，而是指五点左右吃的下午茶。他回答道："肯定很有意思。"

杰登拿出iPhone 6，詹姆斯羡慕地看着他输入短信，随即，詹姆斯的旧诺基亚手机在他的口袋里震动了一下，但他并没有把手机掏出来。"我给你发短信了，我家的地址和座机号码都在上面。让你奶奶给我妈打个电话，说你能来。六点半开饭。"杰登停顿一下，"对了。奥斯卡说的你奶奶的事，是真的吗？"

"别提了。"詹姆斯道，"别提了。放学见吧。"

◖

艾莉不同意让詹姆斯去参加比赛，让他大失所望，这次他和同学约好一起去玩，她觉得她必须同意。她看看他朋友家的地址；是高档住宅区。坐巴士就能到。她拨通电话，找到了杰登的母亲。

"啊，你好。"那个女人说，"杰登说他邀请詹姆斯来吃晚饭。当然没问题……他有没有过敏的食物？"

艾莉很想说他只对常识过敏，但她只是说会尽快送他过去。詹姆斯在巴士上一言不发，她知道他还在为科学比赛的事生闷气。可他们现在最怕的就是引人注意。杰登住在一栋独立式别墅里，他家有一条很宽的碎石车道和一个双位车库。他们到的时候天都黑了。大花园中种着灌木丛，上面挂着圣诞树小彩灯。

来开门的是杰登的母亲，她的头发看起来像是用棉花糖做的，艾莉觉得她身上那件裙子更适合晚上外出去玩，而不是招待男孩子们吃下午茶。她上上下下地打量了艾莉一番："你是……"

"我叫艾莉。是詹姆斯的姐姐。"她说。

"啊。我和你母亲通过话……"

艾莉紧张地笑了笑。"那是我。我们的妈妈……"

一个小男孩出现在女人身侧，冲詹姆斯轻轻一挥手。他说道："他们的母亲去世了。"

"啊。"杰登的母亲说，"听到这个消息我很难过。那你们肯定是和爸爸住在一起？"

"他们的爸爸在坐牢。"杰登说。

他母亲并没有移开让他们进去。看她的样子，就好像空气中弥漫着一股臭气。"噢，我知道了。那是谁……？"

"他们和奶奶住在一起。"杰登说，"不过她有点痴呆。你们不进来吗？卡尔在楼上。我们正在说蝙蝠侠呢。"

艾莉和杰登的母亲对视了一会儿。最后，那个女人说："痴呆。这可不太妙，杰登。"她用手指敲着下巴，"我明白了。"她回头看着她儿子。"杰登，我觉得……要是你能早点告诉我这些……或许我可以多买点吃的……"

"不要紧。"艾莉咬着牙说，"我完全理解。"

那个女人看起来像是松了口气。"你……？"

"我明白。你是个有钱人，觉得这个孩子太穷了，还有个囚犯老爸，肯定会偷走你家里的贵重物品，要不就是把你的儿子带坏。"

"艾莉……"詹姆斯说。

杰登的母亲用一只手捂住胸口。"我没有这么……"

"你完全没必要这么想。"艾莉拉住詹姆斯的手臂，"走吧，我们回家了。"

"可是艾莉……"

她拉着他穿过砾石车道，向巴士车站走去。

"太谢谢你了！"他喊道。

　　"你为什么要把爸爸妈妈的事告诉他们？你还说了奶奶的事？"她也冲他喊道，"我们都说过多少次不要告诉别人了？"

　　"不是我告诉他们的！"詹姆斯抗议道。他把手臂从艾莉手里抽出来，"你真是太扫兴了。你毁了一切。你知道我有几个朋友吗？两个。他们都在那栋房子里。现在我连一个朋友都没有了。你不让我去参加科学比赛，我已经够惨了。你现在是不是要毁掉我的全部生活？"

　　艾莉再次抓住他的手臂，把他拉向自己怀里。他挣扎一番，最后还是任由她在巴士车站拥抱了他。"嘘。"她说，"我们不需要科学比赛。我们不需要朋友。我们很好。我们非常好。我们只靠我们自己，一直以来都是如此。一切都会好起来的。"

第十七章

迷　　路

电话里的那个声音急促不清，他觉得说话的人带着北方口音。托马斯说："你是谁？是地面指挥中心吗？"

托马斯听到对方用嘶哑的声音抽噎几声，做了个深呼吸，他还听到了车来车往的声音："是我，格拉黛丝。"

托马斯用力捏着鼻梁。"格拉黛丝。听着，格拉黛丝，你打错电话了。我现在要挂了。"

"我知道我打错电话了。"格拉黛丝提高声音说，"我还以为我是打给艾莉，但我拨通了最前面的号码，却打到了你那里。你是那个宇航员。"

"我要挂了。"托马斯说。他又高傲地补充道，"我必须保持这条通信线路通畅。"

"我迷路了。"格拉黛丝哭道。

"我要挂了。别再打这个号码了。"

他按下按键，切断了电话，把听筒放好。

如果推迟，会引发心绞痛，比方说——无人不知。四个字母。

他又看看电话。

四个字母。四个字母。

她说她迷路了。

他轻轻地用铅笔写上"LOST①"这几个字母。倒是能填满四个空格，只是感觉很不对劲儿。他苦笑起来。

听声音，格拉黛丝是个老人，而且非常糊涂。托马斯想到了她的母亲，想到她在人生最后几年的样子。恐惧。绝望。迷失。

他叹了口气，又拿起铱电话，端详着按键。有个按键上印有两个呈环形的箭头，像是两条蛇要吃掉对方的尾巴。他按下这个按键，听着信号嗒嗒地从卫星网络发射出去，然后，夹杂着嘶嘶声的响铃声响起。铃声刚一响起，对方就接听了。

"艾莉？"同一个声音尖声喊道。

"格拉黛丝吗？"托马斯谨慎地说，"你刚才给我打过电话。"

"我不知道我在哪里。"她说，"我去市政厅办事，但等我走到罗德尼大街，才发现市政厅已经拆了。我不知道该去哪里。所以我就上了一辆巴士回家，可我回到家，却发现另外一家人住在里面。我觉得他们是波兰人。我都忘了。我去的是我和比尔以前住的房子，我忘了我们不在那里住了。我忘了比尔已经死了。"她说着说着就开始痛哭起来，声音都哽咽了。

"好吧。现在你必须冷静下来。你知道我是谁吗？"

电话里传来抽鼻涕的声音，随即响起擤鼻涕的刺耳声音。格拉黛丝小声说，"你是宇航员汤姆少校。你昨天给我打电话，要找珍妮特·克罗斯韦特。"

托马斯又开始捏鼻子，这次他很用力，在皮肤上都留下了压痕。这个老

---

① 意为迷路。——译者注

妇显然有些神志不清。"是的。"他慢慢地说，"我是汤姆少校。你能不能给别人打电话？你刚才说到了艾琳？是你女儿吗？"

"是艾莉。她是我儿子达伦的女儿。但我只想回家。我还要给他们做下午茶。现在这个时候詹姆斯应该已经回家了。"

托马斯看得出来，让她给别人打电话简直是难如登天。"听着，我可以给地面指挥中心的人打电话。如果你能告诉我你的电话号码，他们会帮助你的。"

"不行！"格拉黛丝惊恐地说，"不行！不能让别人知道！艾莉就是这么说的。我现在必须回家。"

托马斯把电话夹在颈窝里，慢慢飘到控制台，气哼哼地关掉了克劳迪娅为他申请的推特账号，在电脑上打开谷歌网页。他调出谷歌地图，说："那你知道你现在在哪里吗？"

"我在波尔斯托克区。我要去桑托斯大街十九号。"

"你在哪座城市？"

格拉黛丝说了一个名字，听来像是"乌斯利美因斯"。托马斯怀疑地问道："是个小镇吗？"

"在威根。"她现在听起来冷静了一些。

"好吧。"托马斯输入了大街的名字和"威根"。地图出现了几条大道，而根据平面图上显示，那个居住区域名叫沃斯利梅森斯。他摇摇头。真不知道怎么说才好了。"我想我找到你了。"

"啊！你能从太空里看到我？你有望远镜吗？"

"当然没有。"托马斯嘲笑地说，"我用的是……"他停顿下来，琢磨他是否有那个时间和耐性解释一遍他使用的互联网科技，毕竟这个老妇显然糊里糊涂的。他叹了口气："是的，我有个望远镜。而且我的望远镜很特殊。现在再说一遍你真正的住址，不要是天知道你多少年前住过的某个地方的地址。"

一阵短暂的沉默过后，格拉黛丝喃喃地说："桑托斯大街。"托马斯把街道名字键入地图，仔细看着这两条大街之间出现的虚线。"你走十分钟大约能到家。现在沿着你所在的那条路向北直行，走到尽头后左转，过马路，在第二个路口向右转，然后在第一个路口左转。这样就能到家了。好吗？"

格拉黛丝把指示重复了一遍，只是她重复的内容与他刚才对她说的完全不一样。她说道："能不能等我到家了你再挂电话？"

"这可不行。毕竟我在太空里。"

格拉黛丝又哭了起来，托马斯小声说了句："老天。"然后，他尽可能欢快地说道，"好吧。现在向北直行。走到这条路的尽头。快点走。"

"你知道的，我马上就七十一岁了。"她嘟囔道。

"你走到路尽头了吗？"五分钟后，托马斯问道。

"我正在看二十九号的房子呢。那家房子正面用的是电镀涂层。我可不喜欢。"

"老天。"他这次都没有费力压低声音。

"我可不会这么说话。"格拉黛丝责怪道，"不要动不动就哭天抢地。"

"对不起！"托马斯喊道，"我现在要指示你回到家，我好继续操作我的航天飞船！你过马路了吗？"

"别催了。"格拉黛丝说，"我马上就……"

"是的，你马上就七十一岁了，我知道了。不过，你能不能快点？"

地图上方浮现出一条信息，是鲍曼发来的，主题是：你在打电话吗？！附件是一份舱外活动备忘录 PDF 文件。托马斯关掉信息。格拉黛丝说："你刚才说是从第一个路口还是第二个路口右转来着？"

"第二个。然后在第一个路口左转。"

电话里再度传来车流声，然后是急促呼吸的声音，格拉黛丝说："是的，是的，现在没事了。我到家了。真是非常感谢你。"

"太好了。我要挂了。你能不能叫那个叫艾琳什么的把我的号码从你的手机里删掉？你总不能每次迷路都给我打电话。"

他的拇指悬在按键上方，听着格拉黛丝和另外两个年轻人的含糊声音。"是那个宇航员。"他听到格拉黛丝高兴地说，"那个宇航员帮我找到了家。"

托马斯终于挂断电话，盯着听筒看了良久，假装没听到地面控制中心发来的电子邮件发出的急切叮叮声。

第十八章

坐 以 待 毙

"每当面对困难，托尔斯泰笔下的人物都有三个选择。"巴伯小姐说道。她坐在她的讲桌一角，用一只手捧着一本平装本《安娜·卡列尼娜》，她用拇指压住书，不让书合上。她环顾教室："有人知道是什么吗？"

艾莉坐在椅子上不敢动。不要叫我，不要叫我。她看看同学们。一半人都在桌子下面偷偷玩手机或是发短信，其余的则在发呆或是交头接耳。"有人知道吗？"巴伯小姐二十七八岁，长相甜美，一头黑发向后梳成马尾。她穿着紧身裙和女士衬衫，领口的扣子没系。艾莉曾见过男孩子们用奇怪的眼光看她，他们想的可不是什么托尔斯泰，他们的思想更阴暗，更隐秘。

巴伯小姐笑了："德利尔。"

艾莉回头看看坐在教室后面的那个男孩。他留着圆蓬式发型，戴一副黑框眼镜，只是相对于他的脸而言，那副眼镜显得太大了。他叫德利尔·阿莱恩。有时候在走廊里，那些白痴会对着他这么唱："为什么，为什么，为什么，黛丽拉？"她隐约记得，在几年前，当时他们上七八年级，一个脸颊消瘦的饭堂女服务员当着他的面管他叫星期五①，因为他在午饭时间在饭厅里闲逛，艾莉听了后很惊讶。艾莉想起她当时只是低下头，默默地走过，不由得满脸通红。大多数时候她甚至都注意不到他，事实上，她从不注意任何人。

"第一个选择是克服困难，迎难而上。"德利尔说。

有人朝他扔了一块橡皮，橡皮正好落在他的头发里，大家哄笑起来。"书呆子。"一个男生用嘶哑的声音邪恶地说。

"安静。"巴伯小姐说，"说得很好，德利尔。哪个角色会用这个方法？"

"康斯坦丁·莱温。农活什么的很多……他只是拼命干。"

巴伯小姐又笑了："因此他取得了成功。说得好，德利尔。还有别人回答吗？"她的目光瞟向艾莉，后者只希望找个地缝钻进去，"艾莉？"

"我不知道，老师。"艾莉小声道。

"我知道。"德利尔说道。教室里爆发出一阵嘘声。艾莉现在才注意到班上那些男孩子睾丸素过高，浑身散发着汗臭味。"他们选择放弃，结束生命。比如安娜。"

"你为什么要抢别人的词？"一个男生喊道，德利尔一猫腰，躲开了一阵纷纷向他投来的笔帽、嚼过的口香糖和纸团。

"安静！"巴伯小姐喊道。她说，"太棒了，德利尔。你提前看了书，做得好。"她低头看看她手里的书，"托尔斯泰的角色有的会直面挑战，还有的会自杀。还有一种呢？这次换德利尔以外的人说。"

教室里顿时安静了下来，偶尔有手机发出的嗡嗡声或是有人小声打嗝的声音。

"那就是坐以待毙。"最后，巴伯小姐说道，"什么都不做。只是妥协。就像是卡列宁或渥伦斯基。"她一一扫过教室里的每个人，最后，她的目光

---

① 《鲁滨孙漂流记》中鲁滨孙的忠实仆人。——译注

落在艾莉身上，"就像是你们中的某些人。"

有人说了句"太迷人了"。巴伯小姐走到讲台边上，俯身向电脑。大多数男学生都发出了深深的吸气声。黑板上出现了他们这星期的家庭作业。

"托尔斯泰笔下的角色为什么要用死亡来了结生命？"她读道，"一个星期之后交作业。而且，要两个人一组交作业。"

同学们开始按照自己的意愿组对。艾莉又往塑料椅子里坐了坐。要是幸运，巴伯小姐不会注意到她没组对，那她就可以自己完成作业了。但老师说："这一次由我来决定分组。"大家全都呻吟起来，她开始说名字，"艾莉·奥默罗德和德利尔·阿莱恩一组。"

"好得很。"德利尔说。

艾莉皱着眉头看着巴伯小姐，后者扬起一边眉毛看着她："有问题吗，艾莉？"

"老师，他是个怪胎。"艾莉横抱双臂，望着窗外。

坐在角落里的几个男孩子开始齐声喊道："怪胎！怪胎！怪胎！"还朝德利尔丢东西。巴伯小姐让他们安静下来，愤怒地看着艾莉："下课后过来找我。"

☽

"我对你有很高的期待，艾莉。"巴伯小姐说道。此时，教室里空无一人，下课铃一响，同学们就一拥而出。桌子和椅子被随意丢弃，巴伯小姐从她最喜欢的书中抄写了一些章节，用蓝丁胶贴在漆皮已经剥落的墙上，鼓励学生学习。

"对不起。"艾莉嘟囔着说，"我不是故意的。"

"那样更糟。你觉得德利尔会怎么想？就算没有你的参与……"她冲着空椅子的方向摆摆手，"……也已经有很多人为此欺负他了。他不是怪胎。他就是有些与众不同。我一直都以为你会同情他。"

艾莉的眼里顿时冒出两团怒火："什么意思？你是说我也是个怪胎？"

"我的意思是，你和其他人不一样。"

"你一点也不了解我。"艾莉不高兴地说。

"你的《安娜·卡列尼娜》看得怎么样了？"巴伯小姐改换话题。

艾莉努力回忆她从水石书店偷来的那本"约克文学作品辅导丛书"里的内容，只可惜她只是匆匆扫了几眼。她盯着鞋面，只见自己的鞋子又破又脏，都开胶了，这时候，她忽然想到了什么。她说道："这本小说内容丰富，前所未有。我说的对吗，老师？"

巴伯小姐露出紧绷的笑容。"没错，"华兹华斯经典系列丛书"的封底确实有这么一句简练的广告语。不过，你的记忆力倒是不错。"

艾莉望着窗外，尽量不去注意巴伯小姐打量她的目光。最终，她耸耸肩，"我真的没有时间仔细读那本书，老师。"

等她回头看着老师，老师则牢牢地注视着她的眼睛："恕我直言，艾莉，你看起来很累。我知道你十五岁了，不是小孩子了，但睡眠很重要。你是不是很晚才睡觉？"

艾莉耸了耸肩膀，不置可否。巴伯小姐咬着下嘴唇，犹豫了一下，说："你是不是遇到了什么困难？你知道的，你可以随时来找我私下里谈。我知道年轻人的感受。我知道外面有很多诱惑。年轻人都急于尝试。我知道……在我们的社区里，很容易就能买到毒品……"

艾莉闭上眼，叹了口气。想要解释并不容易。有时候，她琢磨着是不是真该去弄点毒品，比如海洛因什么的，可以让她暂时忘记眼前的困境，哪怕只有几个钟头也是好的。巴伯小姐似乎把她的沉默当成了默认，于是她继续往下说。

"艾莉……换作在去年，我会毫不犹豫地说，你的英文课一定可以拿到优异成绩。我其实对你寄予了很大的希望。可现在……"她没有把话说完，任由沉默在空荡的教室和她们之间蔓延，"我知道年轻人的心态。"

艾莉注视着她："别再说这种话了。你或许很了解年轻人的心态，但你不会明白我的感受。"

巴伯小姐向前探身，目不转睛地看着她："那就和我说说吧。"

这么久了，她一直对外隐瞒家里的事。没有人听她倾诉。想象一下，要是她吐露了这个秘密，让大坝倾倒，会怎么样。要是她一股脑儿说了出来，会怎么样。

艾莉说："我妈妈去世了。我爸爸在坐牢。我弟弟整天在学校里被人欺负。我奶奶得了老年痴呆。下学后，我要打三份工，这样我们才不会挨饿。我没有朋友。我从没出去玩过。我一直在尽力不让我们一家人分开，但我都不晓得这么做值不值得。我只想好好睡上一天。睡一个星期。我真想长睡不醒。"

但这些话她统统都没有说。她只是又看着她那双破烂的鞋子，小声说："我很好，老师。"

巴伯小姐叹了口气，轻拍一下大腿，做出屈服状："好吧。你可以走了。"

艾莉提着背包向教室门走去，听到巴伯小姐说话，她转过身来："我一直在这里。我希望你能和我聊聊。聊什么都可以。说说你心里都在想什么。"

艾莉用评判的目光打量了她一会儿，说："你该想的是把衬衫领口的扣子系上，不然，班上的每个男孩子每个晚上都会一边想着你，一边手淫。"

然后，她走出教室，去上别的课，在那节课上，她可以浑浑噩噩地熬到下课。

第十九章

六十亿人同意，一个人不同意

托马斯把这堆垃圾叫小屋一号，并且永远都不会改变这个称呼。船舱里一直使用的是格林尼治标准时间，不过对他而言，在太空舱里这个很小的部分，他睡觉、吃饭、如厕和工作，用什么时间都是一样的。除了主舱，还有其他几个小空间，用来储存补给品和电子板。他现在已经离开了地球轨道，正在霍曼转移轨道上，而这表示他并不是沿直线从地球前往火星，而是以环形前进。他这是一路看着风景前往火星。当然了，托马斯知道，他是不能直视没有经过地球大气层过滤的阳光的，有一扇颜色很深的窗户可以保护他的视力，但是，他有时候还是喜欢用眼角余光瞥一眼太阳，向他自己保证太阳就在那里，在无穷无尽的黑夜中释放着光芒，而此时英国正值寒冬，太阳在那里投不下一点阴影。

鲍曼主任打电话来："线路是不是有问题了？我们给你打了好几次电话，可你那边一直占线。"

"应该是吧。"他并不愿意说起和威根的格拉黛丝通电话的事，"肯定是……太阳耀斑的缘故。"

"我有一个好消息，还有一个……别的消息。"鲍曼的口气过于欢快，托马斯立即就机警起来。

"先说坏消息。"

"我可没说有坏消息，托马斯，我们现在有一个非常令人兴奋的机会。"

如果是别人强加给你的机会，那就丝毫谈不上叫人兴奋。他这辈子做的工作让他对这一点深信不疑。他听天由命地说："那就说说看吧。"

"有人要和你通话。要是视频通话，就太理想了，可是……算了，都一样。"

"又是那个孩子吗？从我的母校挑选的？她这次能不能问个更高明的问题？"

"等会儿你就知道了。我现在要把电话交给那个人了。"

接下来是一阵沉默，然后，一个熟悉的声音响起："托马斯，真是太荣幸了。"托马斯琢磨着是说话的人觉得荣幸，还是他自己该觉得荣幸，"你知道我是谁吗？"

托马斯当然知道他是谁，他一向都很少看这个人演的电视剧，只是他和他的影响力简直无处不在，此人就像一只诡计多端的章鱼，伸着触手，要让这个世界的每个角落都充满虚假平庸的祝贺。"西蒙·卡洛。你是我最喜欢的演员之一。"

那人马上哈哈笑了起来："哈哈。他们告诉过我，你这个人爱开玩笑，托马斯。他们还说，你很喜欢听歌……"

"是的，我只听好歌。"

"说得好。好歌。我要和你说的就是这个，托马斯。你……"说到这里，那个人做了个深呼吸，像是在心里为托马斯铺了一张红地毯，"……你愿不愿意从太空为我们唱一首经典歌曲《太空怪谈》，同时，还要把你唱的歌录下来。"

过了一会儿，托马斯才想到该怎么呼吸。"你在开玩笑吧。"

那人又笑了："不是，我没开玩笑，托马斯。我很认真。你坐在你的太空舱里，唱一首《太空怪谈》。我给你打包票，这可是世上最棒的圣诞礼物。"

"不行。"

"行。"那人说道，"不光是我一个人说行，六十亿人都说行。世界上的人都会买这张单曲的，托马斯。我百分之一百万肯定。这首曲子一定大卖。绝对会成为镀金版，成为销量冠军。"

"不行。"

"行，行，一千一万个行。我们要把你打造成巨星，托马斯·梅杰。此时此刻，我要给你按'金色按钮①'。要是我现在有十亿个金色按钮，和十亿个人可以按动金色按钮，那我们就会同时按响。你现在不光是要踏上前往火星的不归旅程，你还要坐着由星尘和无数人的追捧制造而成的火箭，一路冲到榜首。"

"我要说两点。"托马斯说着把听筒夹在颈窝，用力一推，从电脑边离开，"第一，百分之一百万这种说法是不对的，所以，你还是不要这么说了。第二，我说不，并不是表面上装出难以置信的样子，实际上却在心里偷着乐。我说不，就是不，不行，绝不，没门，快给我滚开，别来打搅我。"

托马斯在电脑上找到了他要找的歌：《花钱，花钱，花钱》，时长三分十八秒，这首歌是低保真度，听来很刺耳，歌词刻薄，唱的是反消费主义，出自裂缝乐队在 1979 年推出的首张专辑。托马斯把听筒贴在扬声器上，一直把歌放完，到最后，他很肯定那个讨厌的男人已经挂断了。

有那么一刻，托马斯想到鲍曼主任说他有两个消息，就在此时，他的收件箱里收到了另一封邮件。主题是"准备出舱活动"。托马斯随手将邮件删除，转而去找填字游戏书。

---

① 《英国达人秀》给评委的特权，按动金色按钮，选手就可以直接晋级。——译注

第二十章

你本可以赢得这一切

放学了，艾莉走出学校大门，发现起风了，大风吹动着她那件过紧的上衣。她对巴伯小姐说了那些话，现在感觉很后悔。她不该那么对巴伯小姐。巴伯小姐只是想帮忙而已。但巴伯小姐的言行让艾莉愤怒不已，让她思绪纷乱，心中像是火烧火燎的。她敢说巴伯小姐从未像她这样疲于奔命。巴伯小姐的一切都是手到擒来。好学校，按时写作业，上大学，接受教师资格培训。这一切是艾莉永远都无法拥有的。

她的手机嘟嘟响了起来，是色拉布照片分享平台发的通知。艾莉不明白她为什么依然会登录这个软件，毕竟那上面都是她的朋友——从前的朋友——发的照片，有约会照片，购物照片，还有一些琐碎且无关紧要的事情的照片，而艾莉再也没有时间和精力，也不愿意再去做那些事。他们给买过的东西和去过的地方拍照，不断上传到网上。艾莉看着那些照片，心中却燃烧着一团熊熊怒火，让她无法把目光从照片上离开。*你本可以赢得这一切。你本可以过这样的生活。看看吧。*信息是亚历克斯发来的。艾莉以前和亚历克斯是好朋友，他们从上小学开始就一直很要好。可当你不再出去玩，不再接受别人的邀请，就好像你成了幽灵，成了局外人。就好像人们把你忘了，而且，每过一天，无论是在现实生活还是在他们对你的记忆中，你都会消失得更多一点。

星期六要不要一起去曼彻斯特？我们一起去疯狂大购物吧？

艾莉惊讶地意识到这条信息竟是发给她的。手机又嘟嘟响了一声，另一位老朋友加入了对话。是梅齐。

去吧，艾莉，我们都很久没见了。

就这样，艾莉感觉她自己又多了一点点实在感。或许他们并没有彻底把她忘记。或许她还是可以出去玩的。收到朋友的邀请感觉棒极了，但她自然是去不了的。她用拇指飞快地键入了回复信息。

我现在很忙，或许下星期有时间，吻你们。

寒风阵阵，艾莉连忙低下头，结果差一点和德利尔·阿莱恩撞了个满怀。这小子像是一直藏在栏杆边上一样。他咧开嘴对她笑笑："你好，学习伙伴。"

艾莉从他身边挤了过去。"你是在等我吗？"

"是的。"他说，"要不要去我家，我们一起准备准备作业？"

艾莉摆出一脸厌弃的表情："不要，谢谢。"

"那我去你家？"

艾莉继续往前走。"我看不行。"

艾莉迈着大步往前走，德利尔与她保持一致的步调。"那我们可以去图书馆？明天午休时，可以吗？"

她猛地停住脚步，狂风把她的头发吹到脸上。"听着。"她说，"你显然很喜欢那个俄国人说的废话。能不能你一个人做作业，说是我们两个一起做的？在最上面留一处空白，以便我把我的名字签上。"

艾莉没有等德利尔回答，就继续往前走，她低着头，感觉到有雨水落在自己身上。她原以为这次对话到此结束，可过了一会儿，他喊道："明天放学后，我们一边吃汉堡，一边讨论作业，好吗？"

☾

"我们有这个闲钱吗？"朱莉问道。她依旧穿着她打工的那家车行的两件套工作服，坐在沙发上，拿着一杯比诺葡萄酒。达伦站在她前面，他的工作服裤子上粘着干掉的石膏和油漆，他挥动着小册子。

"我觉得孩子们的年纪都差不多了。艾莉十一岁了，很快，她感兴趣的东西就会变成男孩子啦，化妆啦。詹姆斯还相信这世上真有圣诞老人。"

朱莉喝了一口葡萄酒。"你知道的，艾莉很聪明。她不只是个头脑简单的芭比娃娃，她还有着光明的前途。"

他蹲在她前面。"你知道我不是这个意思。是的，我们有这个钱。这几个月我一直在不眠不休地工作。我收到的工作太多了，我都不知道该怎么安排时间了。"

朱莉拿过小册子，看了一眼。"巴黎迪士尼乐园。好像很好玩。"

"没错。"达伦说，"我们已经很久没度假了。"他环顾四周，"孩子们呢？"

朱莉把绑住她一头棕色头发的发圈拿下来，把它抖开："在楼上。詹姆斯在玩化学实验套装。艾莉可能是在上网看衰败城市。"

达伦皱起眉头。"那是什么？是合法网站吗？我们需不需要和她谈谈？"

朱莉把宣传册扔向他。"衰败城市是一个化妆品品牌，你这个土老帽。而且，我那么说只是在开玩笑。"她又喝了一口，"你中午去看你妈妈了吗？"

达伦点点头。"老实说，我有点担心她。我觉得她有点糊涂。她一直说起我爸。像是她早晨还和他说过话。"

"她自己一个人肯定很难熬。"朱莉说，"我知道我们的家不大，但我们还有个储藏间空着……"

达伦做了个鬼脸。"她太独立了。这就是她的问题。她觉得她自己可以应付一切。还记得我给她买的那个手机吗？她把手机放在黄油碟里，又把黄油碟放在冰箱里。天知道黄油哪里去了。"

"你说她还能不能在暑假看管孩子们？"

"她又不是得了老年痴呆。暂时还没有这么严重，只是有点……我要不要去叫孩子们？"

艾莉和詹姆斯一听到父亲叫他们，就咚咚跑下楼。艾莉九月就要上高中了，朱莉觉得一年来她长大了很多。再过一个夏天，她就是个大姑娘了。她是那么聪明，那么漂亮。朱莉很担心她，担心她的青春期，不过谢天谢地，她会按照她自己的经验，引导她乘风破浪，安然度过青春岁月。至于詹姆斯……詹姆斯就是詹姆斯。只要给他试管和一些硫酸铜溶液，他就开心得不得了。是达伦坚持让詹姆斯去上圣马太小学的，这样他才能有更好的机会。他以后一定会有出息。两个孩子站在他们面前，达伦把宣传册藏在背后。

"我们做错事了吗？"艾莉警惕地看着父母说。

达伦板起脸。"那就要由你们来告诉我了。"

艾莉和詹姆斯交换了一个内疚的眼神，然后，詹姆斯开始大哭："都怪艾莉！她把放了木虱的水杯放在冰箱里，想看看会怎么样！"

"你这个小谎话精。"艾莉说着给了他一拳。

"你们犯的错不小啊，看来要好好惩罚你们一顿。"达伦说道，"去法国迪士尼乐园这个惩罚怎么样？"

孩子们先是目瞪口呆，随即欢呼起来，詹姆斯跑过去拥抱朱莉，朱莉赶紧把酒杯举到一边，免得他把酒弄洒。艾莉搂住达伦，从他身后拿出宣传册。

"我明天休息的时候就去报名。"朱莉说，"购物中心里有一家很大的旅行社。"

"现在我们能喝下午茶了吗？"达伦说，"今晚趁天气干燥，我得去把那面山墙搞定。"

"冰箱里还有剩下的比萨饼。"

他们一想到比萨饼，就想起了冰冻木虱，然后异口同声地说："还是叫外卖吧。"

◖

"你要是不喜欢吃汉堡，我们可以去肯德基。"德利尔喊道，"好吧，那里不算是肯德基。好像叫南方风味炸鸡。就在公园附近。不过卖的食物都差不多。我以前听说他们把老鼠肉混在里面，因为老鼠肉吃起来和鸡肉差不多。那这样说来，所有东西的味道都跟鸡肉差不多了。他们甚至说人肉吃起来也跟鸡肉差不多！不论你想吃什么，我都没问题！"

艾莉一直往前走。邀请她去逛街？邀请她一起吃快餐学习？人们都在想什么啊？他们还觉得她是个正常人？

第二十一章

单一高压环境

选自：准备进入太空，欧洲航天局 128 号公告，2006 年 11 月

在舱外活动（即太空行走）期间，宇航员身着航天服，离开提供保护的宇宙飞船，在国际空间站或是用哈勃太空望远镜进行工作。

舱外活动是宇航员的职业生涯中最具挑战性的任务。舱外活动十分复杂，要求很高，将宇航员置于单一高压环境中，要求很高的情景感知能力和协调能力，同时要拿出巅峰工作状态。宇航员要进行精心和充分的准备工作，唯有这样，才可以安全、顺利且成功地完成舱外活动。在地球上，水下是进行舱外活动训练的最佳环境，利用中性浮力来替代微重力。因此，准备工作就以特殊设施为中心，比如美国宇航局詹森太空中心（休斯敦）的中性浮力实验室，加加林宇航员培训中心（莫斯科）的水下实验室，以及欧洲航天局欧洲航天中心（科隆）的中性浮力设施。

在基础训练过程中，所有宇航员都要进行水肺潜水课程，这之后，才能进行舱外活动训练。对于美国宇航局和国际空间站的合作伙伴，宇航员要接

受航天飞行任务专科培训，然后在詹森太空中心进行综合舱外活动技能课程，这也有助于甄选出最合适的舱外活动船员。

成功的舱外活动要求心理运动、认知和行为的技能。心理运动技能包括穿着航天服移动，使用扶手在国际空间站移动，通过障碍，还包括操作课程、做简报和水下练习，让受训者认为他们是在进行真正的舱外活动，并拿出相应的表现。

"胡说八道。"托马斯翻到这本小册子的卷首，"2006 年？"他开始气哼哼地给鲍曼发邮件，告诉鲍曼，要是英国宇航局真想要他走出太空舱，进入太空，就不要给他十年前的指南。可他又不愿意费力去写邮件，只是小心翼翼地把小册子撕碎，扔到他的头顶上方，看着碎屑像是五彩纸屑一样飘浮着。

而这只是让他再次想起了珍妮特。

☾

铱电话不可避免地再次响起。或许是鲍曼想要说服他给那个可怕的人唱朋克乐。他拿起电话，冲着听筒大喊道："我一点也不抱歉！"

短暂的沉默之后，一个声音响起："喂？是汤姆少校吗？"

是个孩子。托马斯叹口气。"那个……听着，我不记得你的名字了。你叫莎伦？还是斯蒂芬妮？你是我母校的那个孩子吗？你是不是有问题要问？"

又一阵停顿，接下来对方说道："不是。我叫詹姆斯。"

"女孩子会起这种名字吗？"

"我不是女孩，我是男孩。"

"啊，不好意思。都怪电话里噪声太大了。不过你是谁？他们要你做什么？"

"我叫詹姆斯·奥默罗德。"那孩子说，"他们没要我做任何事。没人知道我打电话给你。"

托马斯把电话从耳边拿开，盯着它看了一会儿，然后把听筒放回耳边，说道："老天，是不是有人把这个号码贴在了社交网站上？我在这里收到的骚扰电话比在地球上还多。"

男孩抽了抽鼻涕。啊，老天，千万别哭。他已经受够了哭鼻子的小孩。"我奶奶说她和你通过话，但艾莉觉得奶奶是老年痴呆。她现在睡着了，所以我就拿了她的手机，重拨了她打过的最后一个号码。是你吧？你真的是汤姆少校？"

"是的。"托马斯唉声叹气，"我真是汤姆少校。但我其实不是少校，我叫托马斯。你奶奶？是格拉黛丝吗？迷路的老太太？"

"是。谢谢你帮她找到家。要不然，我们就麻烦大了。不过她已经给我们制造了很多麻烦。"

托马斯揉搓着太阳穴。"听着，詹姆斯。你不能再给我打电话了。我需要你为我做件事。从你奶奶的手机里把这个号码删除了，可以吗？"

"我就是想和你说说话。"詹姆斯小声道，"我看过维基百科，他们说你是个化学家。"

"是化学技术员。反正我以前是。现在我是个宇航员。而且是个很忙的宇航员。"他琢磨着他的填字游戏书哪里去了，"我要挂了。你会删除这个号码吧？"

"我想当个化学家。我本来可以参加全国学校青年科学比赛。但艾莉说我不能去。"

"啊，你……真能干。"他情不自禁地停顿一下，"不能去？什么意思？艾莉是谁？"

"是我姐姐。她最讨厌了。不过我觉得是因为我们现在麻烦缠身。好像我奶奶做了不该做的事，但我也不知道是什么。"

托马斯摇摇头。不行。不行，不行。他不能牵扯到这件事里。"真遗憾。接着说。"

"你不了解我的感受。维基百科上说你没有兄弟姐妹。所以，你没法了解我的感受。"

托马斯没说话。但也没挂电话。他只是坐在那里，想着他牛仔裤口袋里的那块电子表，想着很久以前那个潮湿的夏天。最后，詹姆斯说："我能问你一个问题吗？问完我就挂。我保证不会再打扰你。我只是想看看奶奶说的是不是真的。就一个问题。"

"什么问题？"托马斯叹气道。

詹姆斯清清喉咙说："如果你在航天飞船里把屁点燃，会怎么样？"

托马斯张开嘴巴又合上。他感觉身体里的血液直冲脑袋，头皮刺痛不已。他用一只手捂住嘴，一言不发地轻轻把电话放在支架上，挂断了电话。

第二十二章

我们要成为有钱人了！

这一天发生了太多事，艾莉真不想去便利店上班。但他们需要钱，而且，她虽然很累，却必须离开那栋房子。再说了，伍兹奈克先生需要她。她乘坐的巴士没有暖风，她被冻得瑟瑟发抖。她终于走进波兰便利店的大门，只见伍兹奈克先生正站在三个收银抽屉边，一如既往地穿着时尚，头发上抹了百利发乳。

"晚上好，艾莉诺。"他说。伍兹奈克先生这人很刻板，总是称呼她的全名。他说只有这样，才能在生意场上遥遥领先，对波兰人而言更是如此。伍兹奈克先生担心，等到英国投票通过脱欧，他会被驱逐出境，但这种事一直没有发生。幸好随着他的生意越来越好，他已经开了三家波兰特产商店，销售各类东欧食物，为移民和本土居民供应伙食。伍兹奈克先生说，尽一切可能满足所有人的需要，就是成功之道。他计划做成波兰的莫里森超市 ①。

---

① 英国第四大连锁超市公司。——译注

"尽一切可能满足所有人的需要。"伍兹奈克先生喜欢这么说。

艾莉很了解他的感受。

"晚上好,伍兹奈克先生。"艾莉说着脱掉外套,走过去把衣服挂在员工室。这家商店很大,任何一班都需要雇十来个人。她看了看值班名册,很高兴看到她负责守仓库和补充货架,她估摸他今晚应付不来收银的工作。她来到布告栏边,伍兹奈克先生让消费者在那里张贴出售物品的信息和寻猫启事。她看到有人请保姆,而且工作地点距离桑托斯大街不远;她把电话号码记在手机里。就算薪水再微薄,对他们而言也是有用的。

"你今天过得还好吗,艾莉诺?"伍兹奈克先生问道,艾莉诺正拿着一篮奶制品回到店内,要放在货架上。

她尽全力挤出一丝笑容。

☾

十一点多了,艾莉回到桑托斯大街,惊讶地发现詹姆斯和奶奶都还没睡觉。她把背包扔到那堆待洗衣物旁边。"你该上床睡觉了。太晚了,明天还要上学呢。再说了,我还要和奶奶聊一聊她今天去了哪里。"

然后,她才注意到詹姆斯脸上的表情。他跪在奶奶所坐的椅子边上,奶奶看起来像是哭过了。火前那张小咖啡几上放着一堆牛皮纸信封。

詹姆斯说:"艾莉,答应我一件事。你不能发脾气。答应我。"

她感觉自己顿时面色发白。"我不会答应这种事的,詹姆斯。你明知道我不会。出什么事了?是和奶奶今天下午出去有关吗?"

他严肃地点点头:"今晚我去她的房间找她,发现她正坐在床上哭,这些信就摆在她身边。"

"你们这样说我,好像我不存在似的,你们不能这样。"格拉黛丝气哼哼地说。

"五分钟后，你就该希望你真的不存在了。"詹姆斯小声道。

艾莉坐在沙发上，拿起信封，像剥豌豆一样剥掉信封，到最后，她的腿上摆了一摞信纸。信都是拥有他们所住的这套房子的住房互助协会寄来的。她一一看完所有信，而且，她能感觉到詹姆斯和奶奶越来越紧张。她做了个深呼吸，强压下能将整栋房子烧毁的怒火。

"奶奶。"她尽可能心平气和地说，"这六个月的租金为什么没付？"

格拉黛丝用手捂住脸，开始猛摇头。

"奶奶。这可是六个月啊。我用的是定期代扣委托。出什么事了？"

"我从网上取消了。"奶奶在指缝间哭道，"我上了银行的网站，我不知道那笔钱是做什么用的，不过看起来是很大一笔钱，所以我就取消了。只按一个键就行。"

艾莉揉揉太阳穴，看着最上面的信。"你还把信藏起来了？"

奶奶伤心地点点头。

"不过他们怎么没打电话，也没上门来找？"

"他们来了。"奶奶说，"我拔了电话线。一个男人来了三次。第一次，我告诉他们我们不在这里住了。第二次，我假装我是个外国人，听不懂他的话。最后一次……"

詹姆斯把一封他一直攥在手里的信交给她。"最后一次，他们的人把这封信从大门塞了进来。"

"老天。"艾莉说，"他们把我们告到法院了。他们要强制我们迁出……"她把信又看了一遍。"老天。他们让我们三个星期之后迁出。"她看着詹姆斯，后者的五官皱成一团，马上就要哭出来了。她又看看奶奶，只见她的面色惨白如纸。"三个星期。"

艾莉站起来，在小客厅里踱来踱去。她腿上的信都掉落在咖啡几上，她用手扶着头。"好吧。想一想。想一想。"她又拿起那张强制搬迁通知。"这上面说了，如果我们能在规定日期之前付清拖欠的全部房租，他们就会让我们继续住下来。"她双手握拳，敲着额头，"我们能做到这个。我们能解决这件事。"

她蹲在正号啕大哭的詹姆斯身边。"没事了。"她轻声说，"我们可以搞定这件事。奶奶，我们现在要上一下你的网上银行。这封信上写明了支付信息。钱还在，只不过是没有支付而已，对吧？所以，我们只需要把六个月的租金交给他们，重新设立定期代扣委托。我很肯定我们只要上一下网，就能搞定这些事。就算不行，我明天假装是你，给银行打电话。你把密码和重要信息都写下来了吧？"

格拉黛丝只是看着她。艾莉摇了摇头说："怎么了？怎么了？"

"那笔钱……"

"是的。"艾莉说，尽可能保持冷静，不去理会她感觉自己像是站在一根又高又细的杆子上，"那笔钱。那笔钱是妈妈的保险金。是他们在她死后付的。爸爸进监狱之前，把那笔钱存入了你的账户。他还用你的账户设置了定期代扣委托，支付各种账单。有好几千英镑呢。"

格拉黛丝高兴起来。"啊！没事了！我差点都忘了！"

艾莉闭上眼睛，舒了一口气。"你动了那笔钱？存进储蓄账户了？你能拿回来的，对吧？"

格拉黛丝哈哈笑了。"我可以把钱拿回来，而且可以拿回更多的钱！很多很多钱！我把钱拿去投资了！"

这下子，艾莉像是又回到了那根在狂风中摇晃的细杆上。"投资了。"她喃喃地说。她拿起那些信，盯着它们，像是她能够通过意志力改变上面的内容。

"是的！"格拉黛丝说，"稳赚不赔的投资。一个很可爱的男人发邮件给我。他是尼日利亚的王子呢。我们成了很好的朋友。"她咯咯笑了起来，"我管他叫我的小男友。不过那只是个玩笑。人家都结婚了。但他遇到了点麻烦。我想我不是太明白，好像就是他想把钱转出他的国家，可他们不允许他这么做。有人不让他把钱转出来。所以，他需要把这笔钱放在另一个国家的另一个人的账户里。"

艾莉感觉头有些晕，眼看着就要昏倒。"求你了，告诉我你没有……"

格拉黛丝举起一只手。"等等！听我给你讲。我就把我的银行信息告诉了他，他让我汇点钱给他，这样他就能从他那边转钱了。这件事都过去好几个星期了。"

"你汇了多少？"艾莉虚弱地问。

"全部。"格拉黛丝停下，皱起眉头，"大部分吧。但有一点最好了，你猜猜，我们能得到多少回报？"

艾莉没有说话，她能做的只是瞪着格拉黛丝。詹姆斯把脸埋在手臂里，痛哭不止。

"四百万美元！"格拉黛丝得意扬扬地说，"四百万美元！我们要成为有钱人了，艾莉，有钱人！"她唱了起来，"谁想成为百万富翁？我想！谁想成为百万富翁？我们想！"詹姆斯不住地抽噎，而艾莉只是站在那里，信纸犹如秋叶，从她的手里掉落下来。格拉黛丝站起来，跳了几个舞步，唱歌庆贺。詹姆斯抬起头，用通红的眼睛看着艾莉。

"我们是不会成为百万富翁的，对吗？"

"谁想成为百万富翁？我们想！"格拉黛丝唱道。

"是的。她被骗了。肯定被骗了。真想不到还有人会陷入这种骗局。"

"艾莉？"詹姆斯说，"艾莉，我们会怎么样？"

艾莉没有看他。她只是望着壁炉架上她父母的结婚照片。等她开口说话的时候，她的语气很平淡，她都认不出那是她自己的声音。

　　"我们会怎么样？三个星期之后，就会有人来收走这所房子。他们会拿走钥匙，把我们的东西丢到大街上。到时候，我们就无家可归了。但那不要紧，因为社会福利部门会像沉重的砖块一样，找上我们。等他们看到她现在的状态，就会把她送到别的地方去。我们也会得到照顾。要么是找寄养家庭，要么是进孤儿院。要是运气好，我们还能在一起，但最好别打这个如意算盘。等到爸爸从监狱里出来，这样的情况才能结束。"

　　詹姆斯继续号哭。奶奶在他周围又唱又跳。艾莉只是继续注视着她父母的照片。她感觉异常冷静。

　　"见鬼。"她轻声说道，"真他妈的见鬼。"

第二部分
持续通话

几天以来，艾莉始终感觉黑暗将她包围，
未来就像是无形的静电，是她无法穿透的，但此时此刻，
她看到远处有一个很小却明亮耀眼的光点。

第二十三章

1988 年夏。水塘。

一代代的孩子、情侣和瘾君子都喜欢水塘。从梅杰家步行二十分钟才能到水塘。那里是托马斯住过的第三栋房子，每一栋房子都比前一栋更大更气派（都是在中产阶级的基础上），因为他父亲在他工作到去世的那家大型保险公司里表现优异，一路升迁。他们一直住在卡弗舍姆，只是居住条件越来越好。弗兰克·梅杰让家人过上越来越优越的生活，这样就不会有人细究他不检点的私生活。*我星期五晚上去哪儿了？别管这么多，看看这个吧！一栋新房子！一辆新车！一张切斯特菲尔德皮沙发！*

托马斯还没见到皮特和他的朋友们，就听到了他们的声音。雨已经停了，但是天空中依然乌云密布，让人感觉十分压抑，他穿过一条又短又窄的小路，周围长了很高的草，青草闪动着光泽，再往前走，就是长满杂树林的水塘了。说是水塘，其实就是一道很宽的水沟，不过那里的水很深。水塘位于一栋房子边上，人行道上有一个红色电话亭，看到这个标志，就算是到了这个深受几代小男孩喜爱的地方。

如果托马斯不是有了劳拉，不是订好了稍后去约会，他肯定会非常嫉妒他弟弟。皮特到了八月才满十岁，可他轻而易举就能交到朋友，他或许没有学习的天赋，但他人缘很好，毫不费力就能让别人喜欢上他，对托马斯而言，这个本领完全是个谜，他马上就能吸引陌生人，能和所有人聊得热火朝天。托马斯好学，天赋很高，但他就是对社交不在行，他同样不擅长的还有足球、抛石子和单手解开胸罩。他试过单手解胸罩，虽然失败了，却还是感觉自己像个英雄。

托马斯穿过树丛，看到皮特和四五个朋友（那些孩子总是乱动，所以他也数不清到底有几个）脱得只剩下内裤，浑身滴水。一条破旧的粗绳子系在一根很高的树枝上，就这么悬在水塘上方，水是深色的，很深，不过水塘只有三十英尺宽。看来他们不听大人的话，在水里游泳来着。关于这个水塘的谣言满天飞，说是这里是黑色的深渊，危险重重，布满陷阱；水里有超市手推车、自行车，甚至还有一辆橘红色的拉达汽车。但现在他们都聚在皮特周围，而皮特则光着上身，背靠一棵树坐着，双脚悬空，双腿岔开。托马斯停下，提高了警惕。

"来啦来啦！"皮特喊道，他穿着一条湿透了的阿森纳球队的内裤。他的一个同伴拿着从母亲的厨房里偷来的一盒厨师火柴，划亮了一根，举到皮特的裤裆处。皮特咬紧牙关，放了一个响屁。结果屁把火柴吹灭了，所有人一起呻吟起来。

"你过来。"托马斯说，"妈妈让我来找你。待会儿你要去看牙医了。"

皮特做了个鬼脸。"我的屁为什么点不着，托马斯？说呀，你可是个科学家。"

托马斯把头歪向一边，想了一会儿说："硫化氢是可燃的。顺便说一句，屁之所以会臭，也是因为这种物质。而且，你的屁真的很臭。"

拿火柴的那个孩子纤瘦白皙，正在穿T恤衫。"你的屁臭极了，他说得对，皮特。你的屁简直臭气熏天。"

"甲烷也是可燃的。氧气也一样。你的屁中含有的其余物质主要是氮气、二氧化碳和氢气。"

"可为什么不能燃烧呢，托马斯？"皮特说。他看着另一个男孩拉着绳子荡了起来，在荡到水面上方的时候，他松开手，一头扎入水中，溅起一大片水花。

"可能是你的内裤太湿了。水溅到了火柴上，把火浇灭了。甲烷含量得很高才能燃起漂亮的蓝色火焰。现在快过来，该去看牙医了。"

"你说，在航天飞机上能把屁点着吗？"

"谁知道？"托马斯说，"快走吧。我待会儿还要去见劳拉呢。"

"最后荡一次。"托马斯还没来得及阻止，皮特就跑开了。他一把抓住绳子，将它拉到岸边，一下子跃向空中，烟斗通条一样细的双腿盘在绳子底部，大叫着"杰罗尼莫[①]"，把身体呈现出星形，然后，他松开绳索，画出弧线飞过水塘，在最后一刻，他合拢身体，双脚朝下，扎入水中，几乎没溅起任何水花。

托马斯忽然很羡慕皮特这么无忧无虑，无所畏惧，这与他正好相反。托马斯在皮特这样的年纪，绝对不会冒险拉着一根绳子从水塘上方荡过去，绝对不会这么大胆地跳下水。托马斯很想知道，是否就因为这个，父亲才一直都很喜欢皮特。或许是因为皮特更像个正常的男孩子，喜欢疯跑，轻率，会把脸弄脏，会跳进危险的地方。或许弗兰克·梅杰从皮特身上看到了他自己的影子，而他在托马斯身上却从未找到过。他们同样都很鲁莽。所以他父亲很容易就把投射在托马斯身上的感情转移到皮特身上。他与小儿子的关系更

---

① 杰罗尼莫是美国西南部阿帕切印第安领袖。"二战"期间，美国军队要组织伞兵空降作战。在跳伞的前一天晚上，伞兵正好看了一场关于杰罗尼莫的故事片。他们商定第二天每人开跳之时大喊一声杰罗尼莫，借此鼓舞士气。这以后就成为了美国空降部队的传统。——译注

亲密，在小儿子面前他不用那么小心谨慎。皮特不会把化学周期元素表钉在墙上，不会沉迷于老歌。他能信心满满地聊足球，而且已经加入了足球队。自从弗兰克去世以来，托马斯和皮特之间的关系变了，现在他觉得他们之间的年龄差距不仅仅是八岁，感觉像是他越来越多地代替了父亲的角色，而他母亲似乎乐于看到这种情况的出现。我只有十八岁，我尚未准备好做一个父亲。他琢磨着是不是该找个时间和皮特聊一聊，给他讲讲有关性的基本常识。老天，但愿他不必这么做。

托马斯摸到口袋里有个鼓包，是皮特的电子表，便把它拿了出来。不知怎的，这块表让他想起了今天一早收音机里放的那首老歌。他看了一眼时间，吹起了口哨，开始想念劳拉。他又看看表。他看向那几个男孩子，只见他们正从一堆衣服中找出他们自己的套头衫和牛仔裤，看来不经过一番你争我夺，是拿不回衣服的。

皮特浮出水面，喊道："再来一次！"

托马斯叹口气，决定还是给劳拉打个电话，说他晚点到。他沿着那条很短的小路走到电话亭，把手伸进口袋找零钱。

占线。他站在那里，听了一会儿忙音，一半身体在红色电话亭里，一半在外面。他的视线越过树丛，看到纤瘦的皮特再次跃入半空中。托马斯叹口气，挂上电话，就在他穿过树丛的时候，他意识到皮特不见了踪迹。

托马斯看了一眼他手上的手表。他试着回想距离他看到皮特拉住绳子，过了多少秒。

你能闭气多久？

托马斯眺望水塘，就见大片的浮藻都一动不动。他皱起眉头。

他努力回想他自己在游泳池游泳时能在水下闭气多久。时间一秒一秒过去。说不定皮特已经游到对岸了。

托马斯听到远处传来狗叫声。

燃烧煤炭的气味飘过水塘，肯定是近处的人家趁着雨停了，在院子里烤肉。

他拍拍距离他最近的那个男孩的肩膀问："皮特呢？"

那个男孩向四下看了一眼，耸耸肩，继续费力把袜子套在湿漉漉的脚上。托马斯能感觉到自己心里的压力正变得愈发强烈。

皮特一直没从水里出来。他很肯定这一点，不然的话，他肯定能看到他。除非他是在恶作剧。除非他神不知鬼不觉地从水里出来了，藏在树后，这会儿正在嘲笑他。

托马斯又看看表。

一只蜻蜓在平静无波的水面上方盘旋，它的翅膀飞快地扇动，肉眼根本看不到，一束光线从低悬的树枝之间突然穿过来，蜻蜓那彩虹色的蓝色身体在阳光下闪闪发亮。

"皮特！"他喊道，"皮特！"

他明明看到他跳下水了。他对此百分之百肯定。皮特就像刀片，笔直地跳入水中，没有激起任何涟漪。

他并没有看到皮特从水里出来。

"皮特！"他喊道，他的声音都沙哑了。

男孩子们见他这么紧张，就像狗狗一样聚在他的周围。

"皮特没出来！"

"皮特还在水塘里！"

"他淹死了！他淹死了！"

"他必须下水！"

"他怎么什么都不做！"

"他必须去救皮特。"

这就好像托马斯的灵魂已经离开他的身体，却怎么也无法逃离，他此时感觉像是他的灵魂被一根隐形的松紧带拉回了他的身体。他意识到他们说的是他。

他必须下水。

他怎么什么都不做。

他必须去救皮特。

托马斯知道他该做什么，但他就是无法动弹。他只是盯着水面，看着漆黑水面上倒映着乌云，看着一只昆虫懒洋洋且毫无规律地飞动，水面上的浮藻一动不动。

"快去找人帮忙。"他小声说，他的整个身体都发僵了，唯一能动的就是干燥皲裂的嘴唇，"去叫救护车。"

男孩子们一起冲进树林，只剩下托马斯一个人待在水边，四下里一片沉寂，电子表的灰色显示屏每显示过去一秒，都是在谴责他的袖手旁观。最后，他终于动了，走进冰冷的浅水区，那根绳子在他头顶上方摆动，他徒劳地把手伸进水里，像是能在他的脚下找到皮特。跟着，他脚下出现了一个陡坡，他一个没站稳，摔进水里，水塘里的水轻轻地拍打着他的双脚。他把头钻到水下，闭上眼睛，嘴里憋了口气，脸颊鼓鼓的，他在他下方摸索着，跟着，他摸到了一片织物。托马斯开始用力拉，这时，他感觉到有强有力的手抓住了他的肩膀。水塘里的水和水草模糊了他的视线，但他能看到一群成年人正下水来帮忙。

"我找到他了。"他气喘吁吁地说道，总算想起了该如何呼吸，此时，他低头一看，才发现他一直抓着的只是一件旧衣服，一件被人丢在水下的长袍。根本就不是他的弟弟皮特。

◖

他们把他从水里拉出来，后来，警方的蛙人最终把皮特的尸体打捞了上来，可以看到他的尸体已经发白肿胀，因为太冷，他的尸身呈现出淡青色，他们告诉他，现在已经来不及抢救了。水塘底确实有一辆旧拉达汽车，皮特的一只脚卡在了碎裂的车窗里，出事的地方在水下十五英尺处。原来，这个水塘并不像当地传说的那样是个无底深渊，却是他弟弟的水下淤泥坟墓。警方自然会做笔录，托马斯必须提供证词，和皮特一起在水边玩的男孩子也要做证。验尸官表扬托马斯派其他男孩去报警，并且尝试去救弟弟。但是，当所有证据都被拼凑在一起后，他们才知道，从皮特在水下消失，到托马斯下到水塘里找他，已经过了整整两分钟。托马斯站在光亮的木质证人席上，能感觉到她母亲的灼灼目光。如果在皮特下去一分钟之内去救他，他或许还能活。在场的人完全可以想办法救人。

你为什么不早点下水救人？

他已经问过自己一百次这个问题了。不，应该是一千次。他母亲坐在公众旁听席上，双眼通红，他能感觉到她的坚定目光正把这个问题抛向他。

你为什么不早点下水救人？你本可以救他的。你为什么要去电话亭打电话？

"皮特没出来！"

"皮特还在水塘里！"

"他淹死了！他淹死了！"

"他必须下水！"

"他怎么什么都不做！"

"他必须去救皮特。"

☽

　　托马斯得到允许，可以带一些他很珍惜的个人物品，这些东西装在一个小塑料箱子里，就固定在他每晚把自己绑住睡上几个钟头的床铺的底面。此时，他在零重力的舱内游到箱子边上，打开箱盖，飞快地把手伸进去，以免为数不多的几件小玩意儿飘出来。他摸到了一个东西，把它拿出塑料箱，然后把盖子固定住，把塑料箱放回原处。托马斯盯着那个东西看了许久，然后，他把那个东西从手上滑过，可弯曲金属带紧紧地贴在他的手腕上。他看着电子表的表盘，真不可思议，上面指示的时间依然很准。是皮特的表。

　　你为什么不早点下水救人？你本可以救他的。你的动作太慢了。

　　那块表一直在记录着皮特离去的时间，一秒秒，一分分，就这样过去了几个小时，几天，几个星期，几个月，几十年也弹指而过。托马斯盯着那只表。但如果时间在一个悲剧发生后便停止呢？如果时间只是朝着另一个悲剧移动呢？

　　他很想知道，如果这一次他赶在太迟之前采取行动，会有什么结果？

第二十四章

五 千 英 镑

  艾莉在一张 A4 纸上写了一些要点，并且召开了紧急家庭会议。她坐在奶奶常坐的壁炉边的那把椅子上，格拉黛丝和詹姆斯坐在小沙发上，满怀期待，像是等着见校长的孩子。

  "第一项会议要点是这样的。事实上，这也是唯一一项。我们能不能脱离眼前的麻烦，如果可以，我们该怎么做？"

  "这么说，"詹姆斯缓缓地说，"只要我们能还清拖欠的钱，就没事了？"

  "我仔细看过那些信了。"艾莉说，"是的。如果我们在强制迁出日期前把钱还清，就没问题了。当然，法院的诉讼费和给我们寄这么多信的钱也要由我们来支付。"她用锐利的目光看着格拉黛丝，"有什么主意吗？"

  "能不能去贷款？"詹姆斯说。

  艾莉真高兴他至少想到了这一点，但她说："不行。谁会贷款给我们？你得先证明你有能力还贷款。"

  "那电视广告里的发薪日贷款呢？"

"不行。他们都是坏人。利息高得很……那样的话，我们会惹上比现在更大的麻烦。再说了，人家说得很明白了，发薪日贷款顾名思义，就是要在发薪水那天还贷款。我们都没有发薪日。"

"你有三份工作。"詹姆斯指出。

艾莉叹口气。"我们得用这三份工作赚来的钱买吃的，还要支付煤气费和电费。而且，如果我们能解决眼前的危机，我们还得有能力支付以后的租金。所以，我们现在要紧缩预算。不能买甜品，不能买漫画，什么都不能买。"

詹姆斯呻吟起来，扑通一声倒在沙发上。格拉黛丝说："我本来想去地方议会解决这件事。你们说，我是不是应该再去一次？"

"不过，我肯定不会去的。不到万不得已不能那么做。听着，我们还有选择。现在来投票吧。第一，我们可以不再硬撑，把事情交给社会福利部门，让他们把我们分开；第二，我们再努力三个星期，看看能不能想办法筹到钱还清欠款，并且支撑到爸爸出狱。那么……谁同意放弃？"

她环顾客厅。詹姆斯坚定地坐在那里，把手压在身体下面。格拉黛丝双臂抱怀，流露出挑战的眼神。"好吧。那我们就想办法解决这件事。你们还有其他建议吗？"

"艾莉。"詹姆斯说，"我去参加科学比赛怎么样？"

她揉揉额头。"詹姆斯，亲爱的。听着，他们邀请你参赛，我觉得这已经说明你很厉害了，但我们现在还有其他事要操心。我看你还是把这件事忘了吧。"

"可是……"

"詹姆斯。不行。我说过不行了。"

"可是……"

这时，格拉黛丝的电话突然响了，老歌《钻石与铁锈》响起。艾莉警告性地瞥了她一眼。"如果是有人要钱，那就挂断电话，屏蔽这个号码。"

格拉黛丝礼貌地接听电话。"喂？我是格拉黛丝·奥默罗德。"她听对方说完，便把电话交给艾莉。"他要和你说话。"

"是谁？"艾莉问。

"那个宇航员。汤姆少校。"

"老天，奶奶。"艾莉说道，"我们现在真没时间开玩笑。"

"是真的！"詹姆斯脱口而出，"我给他打过电话了。就在你回来之前。真的是他。"

艾莉瞪了詹姆斯一眼，接过了电话："这就是个愚蠢的恶作剧。八成是在学校里欺负你的那些孩子干的。"她看了一眼电话屏幕上的一长串号码，"听着，我不知道你是谁，但我现在没工夫搭理你，好吗？"

"你是艾莉吗？"一个男人说道。

"你是谁？"她看看另外两个人，把电话开到了免提模式。

"是我。我叫托马斯·梅杰。报纸上管我叫汤姆少校。我正在去往火星的路上。"

"啊，听起来就好像他在隔壁呢。"格拉黛丝惊异地说。

"打死我也不信你说的是真的。"艾莉道，"告诉你吧，我们受的骗已经够多了。"

"我不是在故意逗你。"托马斯说，"你奶奶那次迷路了，是我帮她回家的。那天，我无意间把电话打到了你奶奶的手机上。她的号码以前属于我的前妻。"

"那你想怎样？"艾莉说。

"啊。"听起来像是他琢磨着该怎么说出他从前很少说的话，"我只是想要帮忙。"

艾莉环顾着房间。"你们都告诉他什么了？我说过，不要把家里事告诉外人，你们把我的话当成耳旁风了？"

"我们什么都没说！"詹姆斯道，"我就是……我就是告诉他我们遇到了一点麻烦。当时我还不知道租金的事。我就是感觉我有麻烦了。但我要说的是科学比赛的事……"

"闭嘴。"艾莉说，"好吧，宇航员。你想知道什么？"

"一切。"托马斯道。

艾莉明知不可以，却还是把家里的所有事都告诉了他，因为终于有除弟弟或奶奶以外的人听她倾诉了。一开始，她说得很犹豫，但说着说着，她就像是竹筒倒豆子似的一股脑儿都说了出来，大坝一旦被毁，她就再也无法停止。她说家里拖欠了租金，被尼日利亚人骗了钱，她母亲为什么死，她父亲为什么正在坐牢，还说他们现在他妈的已经走到了绝境。

奶奶啧啧两声："注意语气，艾莉。"

艾莉说完，眼泪扑簌簌向下掉，她用手捂住脸，轻轻地哭了起来。等她冷静下来，她说道："就是这样。你有没有太空魔法棒，可不可以挥动一下？"

"你爸爸为什么坐牢？"托马斯问。

"你知道了又能怎样？"艾莉说，"你会因为我们的爸爸是个罪犯就改变主意吗？他会去坐牢，完全因为他是个傻瓜。他是个建筑工人，或者说，他以前是个建筑工人。他找工作很不容易。一天晚上，他去酒吧，他的几个熟人问他想不想找点活干。他们找上他，都是因为他有一辆面包车。他们打劫了一家批发商店，他负责开车。他们把很多酒装在他的车里。他本来是不用进监狱的，但是另外几个家伙被一个保安拦了下来，其中一个用铁锤打爆了那个保安的头。后来，这帮人都被抓住了。一群傻瓜。全都是蠢货。"

"你们为什么不找别人帮忙？"

"那是因为，"艾莉道，她解释这件事已经无数次了，"爸爸让奶奶照顾我们两个。我十五岁，詹姆斯十岁。麻烦的是，她现在的身体每况愈下。她得了阿尔茨海默病。只要有人发现这件事，社会福利部门就会找上我们，到时候这个家就散了。所以，不能让任何人知道这件事，不是吗？你不能透露出去。你得保证。"

"我保证。"托马斯说，"你们欠了多少租金？"

"大约五千英镑。"艾莉说。她停顿一下说，"你能借给我们这笔钱吗？你去火星，他们肯定给你钱了。"

"他们确实给我钱了。我把其中大部分都给了我的前妻。好吧，我其实是把一张支票给了她的律师。她甚至都没给我个回信。至于剩下的钱，我把它们捐给皇家预防事故协会了。"

"为什么？"艾莉问道。

"什么为什么？是为什么给珍妮特还是为什么给皇家协会？"

"他是把钱给了珍妮特·克罗斯韦特吗？"格拉黛丝有所怀疑地说。

"艾莉，"詹姆斯说道，"科学比赛……"

"安静，奶奶。"艾莉说，"别说话了，詹姆斯。我问的是皇家事故协会。"

"是因为……我弟弟。"托马斯道，"这件事说来话长了。但我没钱了。我觉得我在上面是用不到钱的。我可以找地面控制中心帮忙……不过他们肯定会问为什么，非得调查清楚才行。"

"那不行。"艾莉坚定地说，"我们还是想别的办法筹钱吧。"

"艾莉！"詹姆斯喊道，"我一整天都想要告诉你这件事，可你为什么就不能听我说！全国学校青年科学比赛！"

"詹姆斯！"艾莉也对他喊道，"你能不能别再提那个该死的比赛了！你不能参加，就是这样！"

"等等！"托马斯思索道，"等等。詹姆斯，那是个什么比赛？"

"奖金是五千英镑呢！"他喊道，然后坐回到沙发上，闭上眼睛，"我一直都想告诉你来着。"

所有人都沉默下来。艾莉说道："五千英镑？"

"你需要做什么准备，詹姆斯？"托马斯问道。

"实验。原创实验。就是这样。要让所有人都叫绝。我已经进入决赛了，因为我是个穿破烂鞋的穷小子。现在我需要做的就是想出一个能赢的实验。"

沉默片刻后，托马斯说道："听着，我每天都要做一件事……本来我应该每晚都抽几个小时看介绍材料，了解怎么种植番茄。老实说，一看这个我就头痛。或许我可以利用那段时间和詹姆斯聊聊科学，看做什么实验合适。或许我可以……你知道的，或许我能帮忙上。"

几天以来，艾莉始终感觉黑暗将她包围，未来就像是无形的静电，是她无法穿透的，但此时此刻，她看到远处有一个很小却明亮耀眼的光点。

"是的。"她拿起电话慢慢地说，"是的，或许你真的可以帮上忙。"

第二十五章

舱 外 活 动

托马斯放下电话，感觉……很奇怪。过了一会儿，他才感觉到后脖颈有些刺痛，心情很轻松，嘴角不由自主地向上翘。叫他自己惊讶的是，他竟然在狭窄的太空舱里飞快地翻了个筋斗。

他震惊地意识到，他感觉很满足。

他不清楚怎么会这样，也不清楚是否真的是这样，但他体会到了全新的使命感。有人需要他，他真的可以帮到别人，这样的情况对托马斯·梅杰而言很陌生。铱电话响了。托马斯拿起电话，几乎有些上气不接下气，他喊道："喂！这里是小屋一号！"

片刻停顿之后，鲍曼主任说道："啊，托马斯？"

"当然是我！"托马斯喊道，"你以为是谁？巴克·罗杰斯 [1]？"

"你是不是吸了一氧化二氮？"鲍曼主任满腹狐疑地说。

---

[1] 太空科幻作品中的人物。——译注

"我们有一氧化二氮吗？"

"是的。用作着陆舱火箭推进器的氧化剂。算了，别管这个了。我需要和你谈一谈？还记得吗，我说过有一个好消息和一个别的消息。"

"是的。好消息是什么？"

"什么？"

"好消息呀。在我看来，让我唱《太空怪谈》这个疯狂要求就是别的消息。是坏消息。"

"这是好消息。"鲍曼有些恼火地说，"现在我要说另一个消息。是关于通信的。我们找了欧洲航天局的人来检查。他们找到了症结所在。你还记不记得我告诉过你，你附近会出现流星尘？"

"好像记得吧。"他能感觉到他的好心情开始烟消云散，"我记得你说那玩意儿不会给我造成任何影响。"

"是的。但很不走运，它确实造成了问题。流星尘摧毁了卫星接收天线。我们认为天线需要重新校准。"

"那就去做呀。"托马斯说。

"距离这么远，我们做不到。所以必须由你去做。"

托马斯叹口气："小册子里写没写操作指南？你知道的，一半小册子都是俄文的。"

"托马斯。"鲍曼说，"你现在必须进行舱外活动了。"

托马斯没说话。鲍曼继续说道："那表示……"

"我知道那表示什么。"舱外活动。他看向窗户，只见黑暗无边无际。太空行走。他们想要他出去。光是看着那黑暗，他就情不自禁地颤抖起来。他像是能感觉到虚空从四面八方压迫着他，要让他蒸发。他想象他自己飘进无边的黑暗中，看着太空船渐渐远去，变成一个小点，最终消失不见。他只有傻了才会去外面。

　　"你要是以为我会这么做，那你就是疯了。"托马斯在挂断电话前这么说，"鲍曼主任，你还是自己去做舱外活动吧，那样你就出大名了。"

第二十六章

多元文化的威根有一颗跳动的心脏

艾莉在汉堡店里最喜欢做的就是操作烤架。她做那份工作能进入一种节奏，让她感觉她与自己的身体分离了，操作烤架是个机械过程，把两排冰冻牛肉饼放在烤架上，翻动已经放在烤架上的汉堡包，把轻便电炉其他部分上的油脂和焦肉刮去，撒上盐和洋葱，等到定时器一闪，就翻动半熟了的牛肉，再放上一排牛肉饼，把烤熟的牛肉饼放在已经准备好的圆面包上，就算她做着这些，也可以魂游天外。

她可以一整天都弓着背站在烤架边，让自己的身体进行机械工作，与繁忙厨房里的其他精密设备保持一致。这项工作也很辛苦；等到下班的时候，她的小臂肌肉不仅酸疼，还会发肿。

艾莉最不喜欢的工作就是收款，尤其是在晚上，会有一拨拨男人来吃东西，再去酒吧喝啤酒，他们在柜台边你推我搡，做下流的手势，问她的屁股有多大。店里规定员工不可以回答这些问题，晚上会有一个保安在餐厅值班，免得这些情绪激动的人搞出大事，但这种情况一般都会演变成在她看来的无害的玩笑。

再有就是被值班员工称为"大厅服务"的工作了，她对这个名字响亮的工作既谈不上喜欢，也谈不上讨厌，而这天艾莉来上晚班，发现她的排班就是大厅服务。艾莉每次做这份工作，总会想到穿着考究的男人，他们留着大侦探波罗式样的胡子，彬彬有礼地站在高级酒店的大厅里，但事实并非如此。一般她面对的都是空桌子，上面摆着一堆堆只剩下一半的饮料杯和揉皱的汉堡纸盒，她要把餐桌塑料贴面上的酱料和丢弃的腌菜都擦干净。她有时候会藏在厕所里，假装在填充厕纸或给皂器，她还会躲进储藏室，装着去拿黑色垃圾袋或吸管，在里面耗上半个钟头。

大厅服务有个问题，那就是她只要站在收款机后面，焦虑就会不停地困扰着她。她害怕见到熟人，特别是学校里的人。就跟在便利店工作一样，艾莉谎报了年龄，用的也是詹姆斯用电脑仿造的文件，这才在汉堡店找到了工作。她的第三份工作在工业区，是做点焊条购物篮的，她在那里能拿到现金支付的薪水，有十几个各种各样的人和她一起在那里打工，他们每星期日出现，工作十个小时，那家店从没要过年龄证明，她也从未主动出示过年龄证明。她怀疑那些肤色各异的工人并没有在正式的员工名册上。管事的是一个胡子拉碴的男人，总是用干巴巴的嘴唇叼着手卷烟。此人像是只有一件 T 恤衫，无论刮风下雨，他都穿着那件衣服，上面印着一个裸女，只是画面很粗糙，还印着猫头鹰餐厅几个字。但她一直都提心吊胆，生怕学校里的人，特别是老师，会看到她在收款。她承担不起失去工作的后果，尤其现在不可以。

艾莉一边擦着楼上一张桌上特别顽固的干番茄酱痕迹，一边想着汤姆少校。如果她能抽出时间好好想一想，肯定会觉得现在的情况古怪之极。但她抽不出时间。她要应付三份工作，并且尽量不能在学校里打瞌睡，还要照顾詹姆斯和奶奶……她除了继续向前，根本没有时间做别的。她曾在电视上看过一个关于鲨鱼的节目，鲨鱼如果停止游泳就会淹死。艾莉现在就是这种感受。如果她停下来，就会溺毙。他们都会溺毙。这时候，有人轻轻拍了她的肩膀一下，她吓了一大跳。

"你好。我就说我没看错。"

是德利尔。他穿着酒红色 V 领短上衣，里面是一件皱巴巴的衬衫，下身穿黑色紧身牛仔裤。他不穿校服倒是挺帅，不过她估摸这纯属偶然。就在德利尔脸上的笑容开始消退的时候，她疲倦地对他一笑，说："啊。你好。"

德利尔单手拿着一托盘食物残渣。他看看几乎都已空荡的顶楼，说："我不知道你在这里打工。我觉得我们的年纪太小，还不能在这里得到工作。你说他们会用我吗？"

她扭头看着他，轻声说："我本不该在这里工作的。请你不要把这件事告诉别人。"

德利尔点点头，用一根修长的手指敲敲鼻子一侧。"我会替你保守秘密。"他又看看四周，但没有任何要走的意思，"你看过《安娜·卡列尼娜》了吗？"

艾莉眯起眼。"是巴伯小姐要你来查我吗？"这话刚一出口，她就意识到这些话听起来有多疯狂。

德利尔的眼睛在他的眼镜后面眨了几下。"什么？她为什么要那么做？我只是想知道你到底看没看。我觉得那本书不错。你没看？"

"我……我喜欢看书。"艾莉说，她心里的敌意正在消解，不过她还是觉得自己处在不利的境地，"我就是没时间。那你喜欢《安娜·卡列尼娜》吗？"

"那本书很棒。我喜欢阅读。"他一歪脑袋，端详了她一会儿，"你好像很惊讶。"

"还好。只是……班上的同学大都对那本书兴致寥寥。而且，你这个人平时对任何人都话不多。"

德利尔耸了耸肩膀。"通常我一张开嘴巴，就会有人粗暴地对待我。我这样的人，最好就是保持低调。这是我在学校里学到的一条经验。你们都说威根是个多元文化的城市，而我们并不是这座城市的跳动的心脏，对吗？"

艾莉情不自禁地轻笑一声："你是从哪里听说这句话的？"

"《卫报》。我每天都看。我毕业后想当记者。当个作家也可以。"

"啊。"艾莉道，"那你很有创造力啊。"她从他手里接过托盘，放在桌上。

"谢谢。我的家人都很有创造力。我哥菲尔迪在一个玩格莱姆音乐①的乐团里，他是麦手。他们下周末在市中心举办大型派对。"

"真好。"

德利尔看看手表。"我该走了。给你。"他从汉堡包装盒撕下一角，把手伸进短上衣里面，从衬衫口袋里拿出一支笔，在纸上写了什么。

艾莉接过来："是什么？"

"我的电话号码。我没指望你在学校里和我说话，不过我希望你能给我打电话。"

"为什么要给你打电话？"

"第一，我们有作业要做。老实说，我已经完成大部分了。不过我觉得你至少得表现一下你是愿意帮忙的。第二，你给我打电话，我才能把派对的详细情况告诉你呀，就是我哥演出的那个派对。"德利尔说道，他像是在和一个小孩子说话，"再见。"

艾莉看着他向楼梯走去，低头看看电话号码，摇了摇头。那家伙抽什么风？她把那张纸片团成一团，扔到托盘上，走向最近的垃圾桶。

---

① 格莱姆音乐：grime，一种音乐流派。21 世纪初出现于伦敦。

第二十七章

这里没有别人

"是汤姆少校吗？"詹姆斯问。

"你难道不知道这里没有别人？你不必每次都叫我汤姆少校。其实，你要是不这么叫，我更高兴。我压根儿不是少校。我叫托马斯。"

"噢。"奶奶坐在椅子上睡着了，詹姆斯把汤姆少校的号码输入了他自己那部即时支付的旧诺基亚手机里，这手机是艾莉用过的，他在学校里也因为这部手机受过欺负。"不过我喜欢叫你汤姆少校。"

"你知道汤姆少校这个名字是从一首歌里来的吧？"

"知道。"詹姆斯说，"唱歌的那个人去年死了。"

"那个人？"托马斯说，詹姆斯觉得他的声音里夹杂着轻蔑的语气，"那个人？你指的是大卫·鲍伊吧，英国最伟大的音乐天才之一？"

"是的，就是他。就是他唱的《汤姆少校》，对吧？"

叹息声在电话里回荡着。"那首歌不叫《汤姆少校》，歌名是《太空怪谈》。这并不是一个很难理解的概念吧。"

"很好！"詹姆斯喊道。奶奶说起了梦话，还流出了口水。"很好。我打电话给你，就是为了感谢你说要帮我做科学实验。我就是不明白你的脾气怎么这么臭。"

接下来是很长一段时间的沉默，詹姆斯还以为是断线了，但最后托马斯终于说道："好吧。谢谢你打来电话。你很有礼貌。你这个年纪的孩子都不知道天高地厚。事实上，按照我的经验，他们大多数都是小恶魔。"

"你经常和十岁小孩打交道吗？"

"自从……自从我弟弟死后就没有了。不说了。那都是很久以前的事了。"

詹姆斯吸了一口气。"你可能是对的。他们大部分都不知道天高地厚。特别是我学校里那些十来岁的孩子。"

"他们经常找你麻烦吗？"托马斯问，"他们欺负你了？"

"我没事！"詹姆斯喊道，"如果你他妈的继续表现得像个成年人，我们就没必要再说下去了！"

"我就是个成年人！"托马斯也喊了起来，"还有，注意你的用词！"

"你他妈的不是成年人！你他妈的是个宇航员！"詹姆斯说，"成年人只会做无聊的事，比如天天他妈的去上班，没时间陪你，然后就像他妈的白痴一样去坐牢！而你则去了他妈的火星！"

"别再说他妈的这几个字了，不然就没有下次通话了，你这个满口污言秽语的小坏蛋！"托马斯喊道。

"好吧！"詹姆斯做了个深呼吸，"你打算怎么帮我赢得比赛？"

"你知道的，我其实并不能帮你赢。我不能这么做。你得靠你自己去赢，不然就是在作弊。"

"那你有什么主意吗？"詹姆斯哀号着，"我想不出什么好的实验创意，能在评委们面前一鸣惊人。我太没用了。"

"他们要是觉得你不行，肯定不会找你参加比赛的。"托马斯指出。

"那是因为我们是穷人，所以我才能直接入围决赛。那样能给学校增光。所有人都是这么想的。"

"嗯。"

"'嗯'是什么意思？"

"嗯就是嗯。"托马斯说，"这表示，除非你自己真的开始做实验，否则我不知道我们能做什么。你认为你可以做什么？"

"我不知道！我什么都不知道！我只是想做一个很厉害的实验！能叫所有人都惊艳！"

"好吧。你家的门牌号是几号？"

"什么？你打听这个做什么？"

"因为我会去你家吃晚饭！快把你家的门牌号告诉我。"

"十九号。"

"好吧，原子序数为十九的元素是什么？"

"什么？啊，老天……氩？"

"还不赖。接近了。"托马斯说，"氩的原子序数是十八。原子序数为十九的元素，也就是你家的门牌号，是钾。"

"太棒了。"詹姆斯叹口气道，"这样的话，比赛第一名肯定是我的啦，没问题了。"

"别再发牢骚了。现在告诉我，如果把钾放在水里，会发生什么？"

"我他妈的怎么知道？"

"他们在学校里什么都不教吗？"托马斯喊道，"而且，不要说脏话了！我说真的！"

"我还是不知道。那又有什么关系吗？"

"我只是想测试一下你知道多少，好确定我们可以从何处开始。"托马斯说，"你对钾了解多少？"

詹姆斯用手背一抹鼻子。他确实记得关于钾的一些知识。"它是碱性的？"他壮起胆子说。

"碱性金属。非常好。"托马斯道，"还有吗？"

"它含有一个电子。而且……而且它很容易消失。不不，我想起来了。那个词怎么说来着，对了，钾会很快氧化。"

"你还挺懂的。非常好。我们的课就上到这里了。"

詹姆斯皱起眉头。"就这样？重点是什么？"

"现在就说这些吧。"托马斯道，"至于重点，那就是你要思考。思考反应。因为科学就是反应。一个东西和另一个东西以某种方式结合在一起，会产生什么结果。你现在要弄明白的是，你想要创造出什么样的反应，为什么你想要那么做，以及怎么实现你希望的反应。"

"你就不能告诉我该怎么做吗？"詹姆斯央求道。

"不能。"托马斯说，"现在我要挂线了。明天等你想到了什么创意，再给我打电话。现在你是不是该上床睡觉了？你家里人呢？"

"艾莉在打工，奶奶睡着了。我明天可以给你打电话吗？"

"可以。只要你有了进一步的想法，就可以。现在上床去吧。通话完毕。"

"他妈的通话完毕。"詹姆斯说完就挂断了电话。

第二十八章

晚上睡不着

格拉黛丝现在很清醒，没有一丝睡意——刚才她真不该睡觉的。她坐在椅子上，穿了两件羊毛衫，因为艾莉说了，他们必须省着点花钱，只要受得了，就不能开暖气，也不能生火，虽然现在正值深冬时节。格拉黛丝打算只开一根供热电阻丝，可这样一来，电暖炉变热后会发出很大的噪声。艾莉半个钟头前才刚下班回家，上床睡觉，她看起来累坏了。现在已经是午夜了，格拉黛丝真想知道那个宇航员在干什么。她估摸他也跟别人一样要睡觉，可如果上面只有他一个人，那他去睡觉了，谁来驾驶宇宙飞船？说不定他是把宇宙飞船停下来，再去睡觉。应该是停在小行星上吧？

她播了一个个频道，希望能找到一个节目，可以让她看着入睡，这时候，楼梯上传来嘎吱的脚步声。

"我可没开电暖炉。"她喊道，"不过天知道，真是太冷了，就跟在冰窖里一样。"

不过从楼梯走下来的不是艾莉，而是詹姆斯，他的头发竖着，一副睡眼惺松的样子，身上裹着一条羊毛毯子。

"我睡不着。"他压下了一个哈欠。

"过来吧。"格拉黛丝拍拍椅子上的垫子。詹姆斯爬到椅子上和她坐在一起，用薄毯子裹住他们两个人。"怎么了？"

詹姆斯又打了一个哈欠。"我就是睡不着。"

"你可糊弄不了我。我知道你肯定有事。一般情况下，我把你晾在晾衣绳上，你就能睡着了。到底怎么了？又是因为那些坏小子？"

詹姆斯点点头，苦恼地看着电视。"这是什么电影？"

格拉黛丝眯眼看着屏幕。"啊，是《出租车司机》。我上次看还是好多年前了，是我和你爷爷比尔一起去电影院看的。你爸爸当时还是个小婴儿。我们去看电影的时候，比尔的姐姐替我们照看他。那是他出生后我们第一次出去玩。他整晚哭闹个不停。是得了腹绞痛。"

在开头的场景中，詹姆斯看到一辆汽车开了出来，留下一团尾气，片名随之出现。"那是谁？"他问的是一个留着一头黑发、有个大鼻子的男人，"他就是出租车司机？"

"他叫罗伯特·德尼罗。太帅了。"

"这人挺像《拜见岳父大人》里的岳父。"詹姆斯说，"只是年轻一点。"

"听名字吧，我觉得你不该看那种电影。"格拉黛丝震惊地说，"是在网上看的吗？"

这个时候还出车，比克尔？留胡子、戴眼镜的那个男人说道。

我晚上睡不着。罗伯特·德尼罗说。

"跟你一样！"格拉黛丝一边拥抱詹姆斯，一边说。

"这电影讲的就是一个人开出租车？听起来怪没意思的。"

"是的。"说完，格拉黛丝咬咬牙，"不过这也不是孩子该看的电影。他很不喜欢他看到的一切，所以他开始开枪杀人，只不过他杀的都是抢劫犯之流。用你们的话怎么说来着，他是个义务警员。"

"就跟蝙蝠侠一样？他戴面罩吗？"

格拉黛丝想了一会儿。"不，他好像不戴面罩。不过他的发型很帅。"

"义务警员就应该戴面罩。"詹姆斯说，"他叫什么？他有没有一个很酷的名字？"

"他的名字没多酷。他叫特拉维斯·比克尔。"

詹姆斯打了个哈欠："这名字挺有意思。我倒是很希望我认识这个特拉维斯·比克尔。那样他就可以好好教训教训我学校里的那些傻瓜了。今天他们知道了科学比赛的事。他们说，就因为我是个人渣，所以才能进决赛。"

"他们才是人渣。"格拉黛丝说，"总有一天，老天会开眼，下一场大雨，把这些渣滓从街上冲走。"她闭上一只眼，指着电视，"乓！乓！"

詹姆斯看了一会儿电视，眼皮开始向下耷拉。"好啦。"格拉黛丝说，"去睡觉吧。如果你想赢比赛，就得好好睡觉。"

詹姆斯迷迷糊糊地亲了她的脸一下，拖着毯子上了楼。格拉黛丝又看了一会儿电影，一直看到特拉维斯·比克尔说歪点子钻进了我的脑袋里，她才若有所思地上床去了。

第二十九章

见鬼，我们有麻烦了

托马斯正在琢磨填字游戏。如果推迟，会引发心绞痛，比方说——无人不知。这道题的其他空格都填满了，可他怎么也想不出这一条是什么。加油呀。加油呀。见鬼，只有四个字母。就是这些。四个字母。引发心绞痛。无人不知。他皱起眉头。四个字母。

计算机里传来一个很陌生的声音，他在鼠标垫上晃晃手指，然后，屏幕上出现了一个有些震颤的画面，很不清楚。是地面控制中心。他能看到鲍曼和克劳迪娅，他们身后是几排技术人员。一阵缺乏热情的欢呼声响起，托马斯觉得，他们这么做，是因为无论是什么时候，只要情况有那么一点点好转，人们都认为地面控制中心应该欢呼。还真是看电影看多了。

鲍曼的脸上出现了一堆像素杂点。托马斯把填字游戏书藏在尼龙搭扣口袋里，说："这么说，你们从地球上修好了天线？用不着我去太空行走了。总算有个好消息了。"

"不是，还没修好。"鲍曼恼火地说，他的嘴型与他的声音并不同步，给人感觉就像是在看一部配音很糟糕的外国电影，"我们是在用网络电话和你通话。"

托马斯点点头。"我还在想你们什么时候能想到用这个办法。"

鲍曼看看克劳迪娅，随即回头面对摄像头。"什么？你早知道可以用网络电话，却没提醒我们？"

托马斯耸耸肩。"那是明摆着的事呀。这里依然有网络连接，可能与铱电话使用的通信网络是一样的。我确实想到了网络电话，但我没和你们说，毕竟英国宇航局里最聪明的人都在为你工作，所以我觉得肯定有人已经想到了，并且觉得不可行。再说了，我喜欢用电话。那样我就不用看到你的样子了。"

鲍曼正正领带。"好吧。我们现在想到了。不过这只是临时措施，因为你很快就要离开信号覆盖区了……"他看看写字板，"……两个星期后，也许到不了两个星期，你就会出覆盖区。所以，你必须进行舱外活动，托马斯。我再怎么强调这一点的重要性都不为过。这是紧急命令。万分紧急。你即将和我们……和地球失去联系。如果你那里出了什么事，那我们什么都做不了。火星轨道上有卫星网络，等你到了火星轨道上，就可以利用卫星网络。但那样的话，就有六个月是我们联系不上的。所以恢复通信至关重要。你必须那么做。"

"不要。"

"你必须做。"

"滚开。"托马斯说，"我绝对不会到外面去。"

克劳迪娅把鲍曼推到一边。"看在老天的分上，你真像个游乐场上的孩子。"

托马斯向前探身，仔细观察屏幕。自从他们上次视频通话以来，她好像变得不一样了。"你的头发是不是……？"

克劳迪娅停顿一下，忸怩地拍了拍她的头。"啊，是呀，事实上，我昨天剪了头发。没想到你能……你喜欢我的发型吗……？"

　　这下子轮到鲍曼把克劳迪娅推开了。他的眉头都皱成了一个疙瘩。"现在是什么情况？咖啡广告吗？"

　　克劳迪娅扬起一边眉毛，托马斯情不自禁地笑了出来。他好像看到鲍曼主任吃醋了？太有趣了。这么说，他对克劳迪娅燃起熊熊爱火了？他突然玩心大起，说道："我很喜欢。真的很适合你。你是不是也染发了？"

　　"老天。"鲍曼又挑了挑眉毛，"克劳迪娅，把我们的消息告诉他。"

　　"告诉我什么消息？"托马斯眯起眼问道。

　　克劳迪娅看看她的平板电脑。"我们已经通知媒体，你将在下星期进行太空行走。我们告诉他们出了些问题。这就增加了戏剧性。这将成为非常激动人心的宣传。"

　　"你告不告诉他们都无所谓。我不会为任何人那么做。"

　　鲍曼又摆弄了一下领带。"托马斯……你是不是想要全世界都以为你是个……胆小鬼？"

　　托马斯差一点就笑了出来。"这又不是《回到未来》，我也不是马蒂·麦克弗莱。你这招对我不管用。因为，我正巧就是个胆小鬼。所以我今天才是这个样子。"

　　鲍曼疑惑地看着克劳迪娅，问"《回到未来》是什么"，看到这一幕后，托马斯点击关闭窗口，结束了通话。

☾

　　"你好，汤姆少校。"

　　"你好，格拉黛丝。"托马斯说着把电话听筒夹在耳朵和肩膀之间，"你不是又迷路了吧？"

"我不常迷路。我一直在琢磨一件事。就是在你睡觉的时候，你把宇宙飞船停在什么地方？"

"停在什么地方？"托马斯说，"宇宙飞船又不是露营车。太空里没有路侧停车带。宇宙飞船会一直行驶。要等到两百天后到达火星轨道，它才会停下来。"

"是呀。"格拉黛丝说，"我就是胡乱琢磨而已。你吃饭了吗？"

"我从软管里挤了点脱水食品到我嘴里，所以，是的，就算是吃了吧。"他觉得他应该礼尚往来，"你吃了吗？"

"我不记得了！但我可以吃薯条、豆汁和粉子鱼。"

"我只听懂了薯条。豆汁是什么？"

"就是豌豆的汁液呀。"格拉黛丝说得好像他是个白痴，"粉子鱼就是面粉炸鱼。最妙的就是，只要花钱买薯条，就能得到免费的豆汁和粉子鱼。好吃极了。你真该吃吃看。"

"现在是没机会了，除非为我提供补给品的饮食团队碰巧是从威根来的。"

"我要挂了。"格拉黛丝说。

"等等……依我看，你对填字游戏不怎么在行吧？"

"填字游戏……我喜欢玩填字游戏。以前我每年放假都买一本填字游戏书。有一次，我坐在绍斯波特的海岸上玩，都没时间欣赏大海了，那时候正好涨潮，还下起了毛毛雨，把书页都打湿了。"

"太好了。"托马斯说，"四个字母。*如果推迟，会引发心绞痛，比方说——无人不知*。我其实没抱太大希望，不过，没准你的思维方式不一样……"

"这让我想起了主日学校。我们经常在圣灵降临节期间散步。我妈妈总是给我做一条裙子和一个小手袋，让人们在我经过的时候把零钱放在里面。我家比尔是得心脏病死的。"

"好吧。"托马斯说，"恕我直言，我真希望我没问过你，但愿你不会觉得我很粗鲁。"

"你的确粗鲁。非常粗鲁。但你要帮助詹姆斯，说明你是个好人。这倒是提醒我了。我知道他只有十岁，但他真应该好好想想未来了。我觉得他肯定能成为一个出色的宇航员，就跟你一样。你能不能替他说两句好话？"

"那可不行。事情不是这么容易的。这又不是在当地的工厂找工作。"

"噢，那太遗憾了。"格拉黛丝说，"我是觉得那样一来，他好歹有个盼头。不过他在科学方面表现很优秀。如果他赢了比赛，他们是不是就能给他一份工作了？"

"等他长大一点，说不定可以。"

"你是怎么当上宇航员的？"

"原本要去火星的那个人犯心脏病了。"

"真想不到。这么说你是沾了死人的光了。这就跟在工厂里一样。你肯定会说没有。但一定还有别的原因。他们怎么不让张三李四去太空呢。肯定有其他原因。"

"说来也怪，确实还有别的原因。"托马斯说。

第三十章

主 要 目 标

从那次灾难般的记者会（至少对特伦斯·布拉德利而言是一场灾难）后到托马斯再次面对媒体前，在很短的一段时间里，他们在墨西哥帽会议室又举行了好几次会议，而英国宇航局的人都不记得之前曾有过这样的情形。

"关键在于，"鲍曼主任在一次会议上说，"我们依然需要让梅杰站得住脚，不仅仅要向媒体证明，还要向股东和支持者证明。俄罗斯的星城问我们，他在开始培训之前都有过哪些经历。他以前有多少飞行小时？"

员工敬业部主管翻查一下记录，说道："实话实说，只有瑞安航空公司。"

鲍曼一下子高兴了起来。"他开过商业航班的飞机？"

"没有。"她说，"他只是坐飞机去度假。而且，据大家说，他不喜欢坐飞机。"

鲍曼揉揉太阳穴。他最近经常做这个动作。他很想知道他会不会得脑出血。那样的话，他至少能躲开这个烂摊子。

"肯定有特别的地方。"克劳迪娅说，"让我们可以写进公关宣传语中，而且与我们的任务目标一致。"

一阵沉默过后，员工敬业部主管说道："可能还有一个问题。他去火星的主要目标是什么？"

"除了当个性感的怪胎以外的目标？"鲍曼能感觉到他的太阳穴又开始跳了。他已经开始讨厌托马斯·梅杰了。真的真的很讨厌他。他很想知道要是战神一号撞上了小行星或是爆炸了，自己会有什么感受。有没有什么自毁装置？只要在地面控制中心按一个红色按钮，就能启动自毁装置，那该有多好。他很想知道，如果按下那个按钮，是不是就能摆脱眼前的麻烦。

克劳迪娅说："冷静点，鲍勃。我真的认为你应该别再管这件事了。听你说话的语气，一度有点魔怔了。你是不是觉得心里很压抑，要不要说出来缓解一下……"

鲍曼的眼前忽然出现了一个想象的画面：在一个昏暗的房间里，克劳迪娅穿着丝袜和巴斯克衫，示意他到床上去，他很肯定那是旅客之家酒店的房间。他赶紧把这个画面赶走——或许等他一个人的时候，再好好设想一下更多的细节——说："好吧。梅杰去火星的主要目标是建立着陆地点，为未来十年后的载人飞行任务做准备。"

克劳迪娅用指甲敲着桌子。"这一点与公共宣传是一致的。梅杰是伟大的先驱者，是移居者。他将降落在严酷的环境中，此前，从未有人类踏足那里，他将为从地球到火星的移居铺平道路。有点……西部的感觉，是不是？"

"他现在又成了他妈的克林特·伊斯特伍德了？"鲍曼嘟囔着。

员工敬业部主管摇摇头。"是的，是的，不过他可没有那样的背景。他不是贝尔·格里尔斯①那样的人物。我很肯定他的履历中有一些经历会让我感兴趣……主任，他的主要任务是？"

---

① 英国探险家。——译注

　　"建立一系列连通的居住舱，种植和养护各种植物和庄稼，做实验，监控并记录天气变化，组织安装灌溉渠网，将新鲜的淡水引入居住舱，将废水排出居住舱。"鲍曼做了个鬼脸，"其实，他更像是工程师巴布①，而不是克林特·伊斯特伍德。"

　　"有啦。"员工敬业部主管说道，"就是最后一条。算我们走运。"

　　"灌溉渠网？"鲍曼说道。他的太阳穴不再像刚才跳得那么厉害了。"真的吗？他有经验？"

　　"有一年，他受雇于水务污染研究机构，挖了一夏天的沟。"她看着她的记录说。然后，她抬起头来，"老实说，在我看来，这两项工作差不多。"

---

① BBC 于 1999 年开始播出的著名卡通节目。——译注

第三十一章

1988 年夏

在皮特的葬礼的第二天，托马斯在泰晤士河畔的大无畏者酒吧见到了劳拉。那天晴空万里，天气很干燥，人们都来到户外，他们中有的是学生，有的是单车爱好者，还有常去酒吧的人，他们把皮夹克铺在潮湿的草坪上当毯子。托马斯和劳拉坐在一张桌边，小口喝着蛇咬伤酒精饮料和黑酒。劳拉穿着黑色马丁靴和黑白条纹紧身裤，紫色胸罩外面穿了件佩斯利背心。托马斯盯着她看了许久。

"你染头发了。"

她拉了拉刘海。"染了深一点的粉色。怎么样？"

托马斯耸耸肩。"很好看。你可以来的。"

一时间，他们都没说话。托马斯说的是"你可以来的"，但他的本意和劳拉听到的，都是"你应该来"。

她扭过脸，看着草地上的人。"那是家人该出现的场合。你需要照顾你妈妈，而不是照顾我。"

从固定在酒吧外墙上的扩音器里传出了咆哮的吉他声，随即一首劲爆的车库摇滚乐响起。劳拉开始来回摇摆。"我喜欢这曲子。"

托马斯皱起眉头。他从未听过这首歌。她怎么知道的？"是谁唱的？"

"涅槃乐队。"劳拉闭着眼睛说，"这首歌叫《爱情嗡嗡》。他们是从西雅图来的。主唱真让人叫绝。"

他们有八月末雷丁音乐节的门票。伊基·波普和雷蒙斯乐团将在音乐节上演出。托马斯和劳拉曾在他的房间里一边听密纹唱片，一边急切地亲吻，托马斯把手伸进劳拉常穿的一层层背心和 T 恤衫里，到最后，她就轻轻把他的手拿开。"在这里不行。"她总是这么说，"这是你妈妈家。"

还有利兹大学。利兹大学就在地平线上等着他们在秋天前往。到了利兹大学，他们就能在一起了。到了利兹大学，托马斯那双爱抚的手就不会因为他母亲在客厅里而遭到阻挠。利兹大学早已存在，一直都在。他刚要说话，就有两个学生走了过来，他们晃晃手里的桶。"我们正在为在派珀阿尔法灾难中受害的人家筹款。"托马斯把手伸进口袋，掏出一枚二十便士的硬币放进桶里。

"我妈妈希望我在家里待一年。"托马斯在他们走后脱口而出，不然他肯定说不出来。"现在家里只剩下她一个人了。爸爸死了，皮特也……"

"我理解。"劳拉点点头，她依旧闭着眼，仿佛那首歌与托马斯说的话一样重要，不，像是那首歌更重要。

"我联系过大学了。"托马斯说，"我可以推迟一年入学。明年九月再去。"他顿了顿，咬着嘴唇，"他们说你也可以推迟。"

她现在总算看着他了，她的眼中闪过一道亮光。"什么？你还问过他们我能不能推迟一年？"

托马斯点点头。"我觉得……我们是想要一起去上学的……只有一年而已。我们可以玩得很开心，对吗？或许我们还可以去打工。"

"我爱你，托马斯。"劳拉说。

"但是？"

"我要离开雷丁。我还以为你也是这么想的。我觉得我们去利兹上大学简直是完美，我们两个在一起，没有家里人管着。一个全新的地方。就像是在探险。"

"现在依旧可以探险。"托马斯强调，"只是时间换到了明年……"

劳拉再次移开目光。她喝了一口饮料。"我不愿意推迟入学，托马斯。我晓得你现在很难过，所以我不会和你吵架，但你真的无权给大学打电话和他们说我的事。这与你没有任何关系。"

"你是不是跟别人好了？"

她秀眉紧蹙，笑了起来，还摸了摸他的脸颊。"没有，当然没有了，傻瓜！但我确实想遇到别人，我想遇到我自己。而我觉得我在雷丁是无法做到这一点的。我必须离开。我必须现在就离开。"

"所以你今年一定要去利兹上大学？"托马斯麻木地问道。

劳拉轻轻地一耸肩，说："不错。"

他看着他的饮料，说："但我们还是能见面的？你周末可以回家来？我也可以坐火车去看你？"

"当然了。"劳拉说道，在托马斯听来，这就像是她答应了一件含含糊糊且永远都不会实现的事。她喝完饮料，说："好吧。我该走了。我会给你打电话的，好吗？"

托马斯感觉地面好像在摇晃开裂，裂缝越来越大，桌子、皮夹克、学生和酒杯，所有的一切统统掉了下去。他拼命寻找抓握点，却遍寻不获。唯有劳拉好像没受影响，一动不动。他说："你要去哪里？"

她探过身来，轻轻吻了他的脸颊，把她那镶嵌有上百块拉贾斯坦镜子的黑色帆布包背在肩上，说："你该问问你自己这个问题。你需要陪在你妈妈身边，记得吗？我会给你打电话的。"

他看着她走远，然后任由自己坠入脚下的黑洞。

第三十二章

勇敢地留下来

八月，托马斯的脚下出现了很多黑洞，当时，他在水务污染研究机构找了份工作。要到一年后，撒切尔夫人才推行了地区水务管理私有化，届时管理局才将拆分成众多供应商，从相同的管道里提供相同的水。而现在，托马斯是一个公务人员，不过他的职务很低，只是个临时工，被派去和一群人沿路挖沟，修理渗漏的管道和管线，修好后再把沟填满。托马斯的工作主要是在维修现场把装满碎石块垫层和泥土的手推车推来推去。有时候，他还要在车水马龙的公路上挥动停走标牌，这让他感觉他拥有了他这辈子从来都没拥有过的权力。在其余的人中，有在水务污染研究机构干了很久的工人，其他临时工，还有拿着写字板偶尔前来的检察员，这帮人得知他很聪明并且计划上大学之后，就给他起了个外号，叫史波克①。

在春秋两季，托马斯不论刮风下雨都在工作，熟练地抡着鹤嘴锄，挖开

---

① 《星际旅行》原初电视剧的主角之一。——译注

柏油碎石和坚硬的泥土路面，他发现他的身体发生了变化，更加结实，瘦了下来，还长出了肌肉。

"史波克，你希望哪个队能赢得联赛冠军？"一个瘦长结实、面颊粗糙的男人问他，托马斯只知道别人都管他叫圣伊维尔，五杯啤酒下肚，他要么和别人大打出手，要么就是搂着一个女人走掉。

托马斯压根儿就不清楚圣伊维尔说的是哪个联赛。他只好大胆猜测："热刺队？"

圣伊维尔若有所思地点点头，如同这是个需要认真思考的问题，而这倒是正合托马斯的意。他用水瓶附带的塑料杯喝了一口茶，说："他们花了大价钱买曼城队的斯图尔特，你当然会这么想。但是，这周末，我看完热刺队的比赛，就去看阿森纳队。"

托马斯不置可否地耸耸肩。"距离周末还早着呢。"他说，但愿这么说合适。

"是呀。"圣伊维尔说，把剩下的一点茶倒进排水沟，把盖子拧在水壶上，"我甚至还想押五块钱赌切尔西今年能升入甲级联赛。你觉得呢？"

托马斯抡起鹤嘴锄，说："啊，我觉得你肯定能赢。"

圣伊维尔眯起眼，说："没错。好吧。我会押的。但如果他们升不上去，你就输给我五块钱。"他晃晃他的水壶，"我喝完茶了。史波克，去马路那边的小餐馆买点啤酒来。快点去呀，你在你的世界里或许是个天之骄子，可在这里，你就是个小听差，伙计。"

到了第二年的五月，托马斯不再为水务污染研究机构工作，因为在即将进行私有化之前，所有临时工都被解雇了。他母亲很不情愿地接受了托马斯九月去上大学这个事实。然而，他没有去利兹大学，他谢绝了学校里给他留的位置。并且，托马斯很高兴地了解到切尔西真的晋级了。

自从劳拉去了北方后，他就再也没有见过她，也没有和她说过话。在她父亲开车送她去约克郡的前一天晚上，他们在他的床上做爱了，他们做爱的时候很安静，没什么特别。即便在他力尽后气喘吁吁地趴在她身上的时候，他也知道，这不过是分手前最后的亲密而已。第二天早晨，她说她一安顿下来，就给他写信。

但那封信自始至终都没有到来。

托马斯申请晚了，可以选择的大学并不多。他很想去一个地方藏起来，去学化学，不再想劳拉。事实上，他是想尽可能远离利兹，远离劳拉。一天，他下班回家，发现他母亲站在厨房里，手里拿着雷丁大学的宣传册。

"我知道你想离开这里。"她说，"但我觉得……如果你去上雷丁大学，依然可以住家里。如果你想住宿舍，周末回家也行。平时的晚上也可以回来。"

他没精打采地看着宣传册。"我都不知道他们有没有化学工程系。"

"有的。我今天打电话问过了。"

托马斯重重地呼出几口气，听来像是在笑。真是讽刺呀。报应来得真快，谁叫他当初给利兹大学打电话，询问劳拉推迟入学的事？她说得对。若是有人想要摆布你的命运，那感觉还真是很不爽。

不过，和劳拉不一样，托马斯只是点点头。"好吧，我会给他们打个电话。"

一个星期后，雷丁大学接受了他。

在他离开水务污染研究机构之前，老员工带他和其他遭到解雇的临时工去喝啤酒。喝了酒，他像是进入了一个未知世界，在那里，有些人对他们自己和别人都很真诚，这对托马斯而言是一种安慰，而在圣伊维尔身上，这样的情况尤为突出。

托马斯喝了啤酒之后，感觉舌头发软，脑袋嗡嗡直响，甚至都不知道他说了什么话惹圣伊维尔不高兴了，但他肯定是说了什么话，不然也不会在他刚喝完第五品脱啤酒之后，圣伊维尔的拳头就狠狠砸在了他的脸上。

"史波克，不要见怪。"圣伊维尔说，托马斯则重重坐在地板上，鲜血流到了他的衬衫上，"如果我没弄错的话，这一轮该你请客了。"

第三十三章

门　　铃

　　艾莉今天晚上没有工作，这样的情况既令她担忧——毕竟眼下每分钱都很重要，也让她有种夹杂着内疚的快乐。她真的很累，只想坐在沙发上，什么都不干，或许她可以看看《安娜·卡列尼娜》，做她应该做的事：写作业。但她其实只想做她的朋友们一直在做的事：不写作业，只看《加冕街》，然后在社交媒体上讨论这部电视剧。她很想去想衣服啦、男孩子啦、化妆啦、奈飞网啦、朋友啦。她不愿意去想奥默罗德家即将被赶出家门，无处容身。她需要制订计划，可她就是厘不清思绪，暂时还不行。再过一个星期吧。看看詹姆斯的科学比赛会怎么样。看看他们能不能赢得这张彩票。看看奶奶能不能有一段时间脑筋清楚，可以去联系银行，把她汇给骗子的钱要回来。但艾莉想过了，除非去报警，否则是不可能把钱要回来的。如果他们选择这个办法，只会让这个家更早地四分五裂。警察做的第一件事就是把社会福利部门那些爱管闲事的家伙请来。

　　"艾莉。"詹姆斯跑下楼来说，"我需要一些钾。"

"那就吃香蕉吧。"她蜷缩在沙发上，书打开着朝下放在她的腿上。奶奶正在看情景喜剧，不过她并没有笑，只是愣愣地盯着屏幕，犹如正在看一部需要她好好研究的人类学纪录片。艾莉心软了，同意开一个小时的暖气，好让房子里能暖和一点。

"不是那种钾。"詹姆斯说，然后停顿下来，把手放在沙发背上，"其实就是那种钾。不过不是那种形态。你能找到吗？"

"要去哪里找？阿尔迪超市？"

"老天，艾莉。你得从学校里找。我的学校里没有。我问过了。不过规模大的学校里有。你可以从实验室里偷点。"

"别借债，莫放债。"奶奶说，她不再盯着屏幕。

"她倒是也能说点有道理的话。"詹姆斯喃喃地说。

"我不会从学校里偷东西。"艾莉把她的书放正。**所有的幸福家庭都是一样的，但愚蠢又不正常的家庭各有各的愚蠢和不正常。**

"这么说，你没法给我弄到钾了？"詹姆斯道，"我是用来做实验的。你难道不希望我赢，好他妈的叫我们脱离现在的困境？"

"别说脏话，詹姆斯。"奶奶说。

"他妈的。他妈的。"

"别说了。"艾莉不由得叹息连连。

詹姆斯把身体探过沙发，一把抓起她的书。艾莉冲他咆哮一声，过去追他，詹姆斯又是笑又是叫，围着沙发跑了起来，最后跑进厨房，艾莉把他逼到冰箱边上，叫他无法再跑。

就在此时，门铃响了。詹姆斯和艾莉对视一眼，奶奶喊道："我去开门！"

"见鬼。"艾莉说道。詹姆斯把书塞进她手里，他们赶紧走出厨房，来到客厅。门铃每响一下，艾莉都感觉自己的心脏漏跳了一拍，她感觉自己的脸已经失去了血色。

有可能是社会福利部门的人。

有可能是老师来家访。

有可能是奶奶在大街上闲逛碰到的人。

任何人都可能毁掉他们的世界。

奶奶已经走到门边了，她扭过头来看着他们，看她的表情就知道她很着急。

"是找你的，艾莉。"

"老天。"奶奶此时清不清醒，能不能让奥默罗德家安然渡过眼下的难关？

"门外站着一个小伙子。"奶奶说，"而且……"

"而且什么？"詹姆斯说。

奶奶夸张地移动嘴唇和舌头，只是用口型表达着。最后，她又是打手势，又是做口型，所以她很肯定她传达出了她要说的意思。

是个黑人。

什么？詹姆斯也用口型表达道。

奶奶用手搓着脸，仿佛是在涂保湿霜。黑人。是个黑人。

"我觉得她说的是杰克。"詹姆斯对艾莉说，"你认识叫杰克的吗？"

艾莉慢慢地绕过沙发，向大门走去，轻轻地把奶奶推到门边。奶奶的肩膀垮了下来，她大声说："老天，你们两个是榆木疙瘩吗？我是说，门口有个男孩子来找艾莉……"

艾莉又把门打开，她看到德利尔站在门阶上，他穿着校服，靠在一辆脚踏车上，那是一辆很旧的竞赛自行车，车把是下垂弯曲的，轮胎很细。

"你好。"他说着露出了灿烂的笑容。

"……而且，他是个黑人。"奶奶最后大声说道，"黑鬼。"

第三十四章

朱莉·奥默罗德去哪儿了

"真对不起。"这是艾莉第十五次道歉了。她、德利尔和詹姆斯坐在小餐桌边喝超市自制可乐。格拉黛丝在客厅,艾莉给她下了死命令,只许她坐在那里看电视,任何情况下都不可以打扰他们。

"不要紧。"德利尔环顾厨房,"我听过更难听的话。"

"她上年纪了。"詹姆斯说,"还有点……"他用手指在太阳穴边上晃了晃。

艾莉瞪了她弟弟一眼。"詹姆斯,别说了。"

"这是实话。"詹姆斯抗议道,随即大叫起来,因为艾莉在桌子下面踢了他一脚。

"我了解她那代人。"德利尔耸耸肩,"在她小时候,威根的少数族裔并不多。我看过人口统计资料。即便是在20世纪80年代,威根也没有多少黑人。集市上的商人除外。"

"那你是为了好玩才去看人口统计资料的?"詹姆斯问。

德利尔耸耸肩，瞥了一眼艾莉。"我们是在圣诞节前的地理课上看的。你不记得了吗？"

艾莉说："那个……你来这里做什么？"

德利尔把一张纸滑过桌面，交给她。"这是我的电话号码。你给我打电话，我给你说说下星期派对的事。我在汉堡店看到你无意中把写了我电话号码的纸团成一团，丢进了垃圾桶。"

艾莉顿时满脸通红，詹姆斯注视着她说："你要去参加派对？"

"我大哥菲尔迪是麦手。"德利尔说，"他很棒的。我觉得你太小了，不然你也可以去。"

"我才不去参加任何派对。可你是怎么知道我家地址的？"她板起脸，"你该不会是跟踪我回来的吧？"

德利尔哈哈笑了起来。他的笑声深沉浑厚："天哪，不是那样的。我是从校务处的档案里找到你家地址的。"

艾莉眨眨眼。"什么？就为了拿到我家的地址，你偷偷溜进了校务处？"

"我没有。"德利尔说着喝了一大口可乐。他打了个嗝，冲詹姆斯眨眨眼，"有时候，我午休时间去那里帮忙。整理文件什么的。"

艾莉做了个鬼脸。"午休时间在那里帮忙？"

德利尔热情地点点头。"如果你在班上注意过我——但你显然没有——那你就会意识到，无论是在课间休息还是午休，都看不到我的影子。那是因为我一直在忙。我在学校里其实都没有几个伙伴。事实上，我连一个朋友都没有，所以我主动提出帮忙。校务处、艺术系、英文系、科学实验室……我就是做一些清洁、整理和归档的工作。我能了解到很多有趣的东西。我能看到档案，而根本没人注意到我在看档案。事实上，有些时候，大多数老师都忘了我也在。你真该听听我听到的对话。"

艾莉举起一只手，"等等。你从校务处里拿到了我的地址。这真是太扯了。你到底想干什么？"

德利尔耸耸肩说："我也不清楚。我就是想再见见你。你都没感觉到我今天上英文课时一直在看你？"

艾莉不安地动了动。"你想说什么，德利尔？"

"我也不知道！"他咧开嘴笑了，"我估摸是我体内的激素在作祟吧。我浑身上下都是激素。我这个人有点晚熟。有段时间，我还以为自己是同性恋，后来我才意识到我并不喜欢男人，但我总是情不自禁地想起你。"他举起手掌，"就是这样。"

"等一下。"詹姆斯说道，"你刚才说你能进科学实验室？"

"是的。事实上，明天午休时间我就会去那里。"

"你能不能给我找一点钾？"

"詹姆斯！"艾莉惊诧地喊道，"你怎么能叫德利尔去给你偷东西！"

"当然可以。"德利尔若无其事地说，"我可以给你弄点钾。他们不会发现的。科学实验室乱七八糟。你要那玩意儿做什么？"

"做实验。我要参加全国学校青年科学比赛。我已经进决赛了。"

德利尔一拍桌子。"听起来值得一试。说好了。我明天给你送来。"

"等等。"艾莉说，"我可没说你放学后来我家。事实上，对于你去校务处偷查我家地址这件事，我还很生气。我可以去举报你。"

德利尔向后一靠。"你是可以，但你不会那么做。"

艾莉盯着他说："你怎么如此肯定，激素先生？"

他喝完最后一点可乐。"我也不肯定。但我觉得……你的所作所为有点奇怪。像是你不愿意别人注意到你。"

艾莉把德利尔从桌子上递过来的纸团成一团，丢向他。纸团砸在他的眼镜上弹了回来。她说："给我出去。"

德利尔举起手，做出投降状，他把椅子向后一推，站了起来。

"那我的钾呢？"詹姆斯说。

德利尔打开门，格拉黛丝正弯腰驼背地贴着门，结果整个人差一点跌到了厨房里。她抬头看着他，大声说："我可没偷听。"

德利尔扬起一边眉毛看着艾莉，后者则用两只手捂着脸，喃喃地说："天呐。"

詹姆斯拉拉艾莉的衣袖。"他还会不会给我弄点钾来？"

格拉黛丝直起身体，上下打量德利尔。"你是从什么地方来的？"她喊道。

"吉尔德罗巷。"德利尔也喊道。

"太有意思了！"格拉黛丝慢慢地喊道，"这个国家里就有一条吉尔德罗巷。距离这里不远。"

"我知道。"德利尔说，"我就是从那里来的。"

詹姆斯说："奶奶，你为什么要对他喊？"

"他是外国人。对外国人就得这么说话。"

"奶奶，他是土生土长的威根人。他和艾莉是同学。他听得懂你说话，是不是，德利尔？"

"啊。"格拉黛丝用正常的音量说，"德利尔。这名字怎么这么怪？"

"我的外祖父母来自巴巴多斯。他们是在二十世纪五十年代来这里的。他们希望能融入当地的环境里，于是就给我妈妈和我的舅舅们起了地道的英国名字。可他们给他们的孩子都起了古老的巴巴多斯名字。我想这表示要回归我们的根。我或许会给我的孩子取名叫阿尔夫和梅布尔。"

格拉黛丝哈哈笑了起来，对艾莉说："啊，他真有趣。"她看着德利尔，说："你还会再来吗？"

他把手背放在嘴巴一侧，模仿美国口音道："明天我送钾来，但你看不到我，好吗？"

奶奶笑了，德利尔向大门走去。他在边柜边上停下来，拿起达伦和朱莉的相片。"这就是你爸爸妈妈吗？"他问艾莉。

她移开目光："是的。"

"他们在哪里？"

艾莉没说话。詹姆斯说："我爸在坐牢。"

"啊。"德利尔说着小心翼翼地把相框放回原处，"那你们的日子一定过得很不容易。你妈妈呢？"

艾莉无论到哪里都随身携带那份剪报。那张纸现在都已脆弱发黄，她每次换新钱包——现在不常换了——总会先从旧钱包里拿出剪报，放在新钱包里。她把剪报拿出来，交给德利尔。

两子之母命丧醉酒驾驶员之手

威根晚邮报，2013 年 7 月 13 日

一名两子之母在车祸中重伤不治身亡，根据调查，肇事司机喝了四杯烈性啤酒，并闯了红灯。

朱莉·奥默罗德现年四十一岁，是一家汽车经销公司的后勤管理员，家住威根的沃斯利梅森斯区，事发时是六月，她在下班开车回家途中遭遇了不幸。

特雷弗·布莱克曼五十二岁，是一名会计，提早下班后和同事去酒吧喝酒，然后开车回家。他在事故后的问询中告诉警方，他并没有注意到波尔斯托克路上的信号灯变成了红灯，就继续驾车穿过马路。

事发地点限速三十英里，而他驾驶的宝马车达到了车速每小时四十三英里，此外，他血液里的酒精浓度是法定限制的三倍。

奥默罗德太太驾驶的沃克斯豪尔科莎汽车被撞毁，消防员经过了半个小时的努力，才将她从汽车残骸中解救出来，但医务人员宣布她已当场死亡。

她的丈夫达伦·奥默罗德是一名建筑工人，他们育有两个孩子，分别是十一岁的艾莉和六岁的詹姆斯。

威根法医霍华德·史密斯在审讯时说，奥默罗德太太拥有充满期盼的生活，事发时是午休时间，她是要去订旅行团，带家人去巴黎迪士尼乐园游玩。

布莱克曼被控危险驾驶致人死亡，并且将在下个月接受审判。

在德利尔看剪报的时候，艾莉没有说话。德利尔若有所思地点点头，把剪报交还给她。这是她第一次见到他有无话可说的时候。最后，德利尔轻声说："真惨。"

"是的。"艾莉说着陪他走到门边，"太惨了。"

第三十五章

寻找蓝色天使

"你为什么要对他这么残忍？"詹姆斯在艾莉监视他刷完牙后问道。他很想上厕所，他已经憋了一整天了。他的肚子都有点疼了。他觉得他必须一蹴而就才行。那才叫厉害。

"他去教务处查我们的地址，还不请自来。"艾莉说着靠在卫生间的门框上，"我们才不需要这样的关注。"

"他这人看起来还挺靠谱的。"

"就因为他说他要给你偷钾。话说回来，你要那东西做什么？"

"做实验啊。他是你男朋友吗？"

"他才不是！就算我想交男朋友，也有时间交男朋友，我也不会选他。他是个怪胎。不光怪，还是个跟踪狂。"

詹姆斯用法兰绒毛巾擦擦脸，然后把毛巾挂在暖气边的毛巾杆上晾干，说："我喜欢他。"

"因为他给你偷东西？"艾莉疲倦地重复道，"现在去睡觉吧。"

艾莉吻了他的额头之后就去睡觉了，当听到艾莉上床时把床压得嘎吱直响的声音时，詹姆斯就把毯子丢到一边，从床垫下面拿出他夹在一个小笔记本里的一次性打火机。他的肚子现在疼得厉害，他尽可能把双腿向后扬起。詹姆斯攒了一个星期的零钱，好去买一顿校餐。他本可以去吃免费午餐，但艾莉太骄傲了，没有去申请。她总说那样一来，人家就会问东问西。他把一把铜板和几个十便士硬币交给食堂，要他们能给他盛多少卷心菜，就给他盛多少卷心菜，他们很高兴这么做，并且很惊讶一个十岁的男孩竟然愿意吃卷心菜。

詹姆斯这么做自然是别有用心。他是为了甲烷。卷心菜在他的身体里已经消化一天了，他祈祷已经有足够多的甲烷在他的身体里积聚，让他能够实现终极目标，在点燃他的屁时制造出蓝色天使。

他一边看着他的笔记本，一边等着屁在他的结肠里形成。他在上个星期尝试了一次，制造出了大约七厘米高的火焰，不过不是他盼望的蓝色。那次他吃的东西里的硫黄含量并没有多到足以产生甲烷。但这一次他吃了很多卷心菜，自从午饭时间以来他就没去过厕所。他感觉肚子里翻江倒海的。就像是他的肚子里有一台大型强子对撞机。

"准备发射。"詹姆斯轻声对自己说。他把手伸到抬起的大腿下面，点燃打火机，尽可能举到贴近他那条美国队长短裤的地方。

反应。梅杰就是这么说的。科学就是反应。化学是反应，比如钾在水里的反应。物理是反应，比如打开开关后，灯就会亮起。就连生物也是反应，比如他问艾莉，德利尔是不是她的男朋友，她嘴上说不是，但她的身体出现了微妙的生理变化，她的脸红了，瞳孔出现瞬间膨胀，由此可知她心里想的与嘴上说的不一致。这就是反应。

詹姆斯感觉到自己的拇指火烧火燎得疼，于是，他倒抽一口气，释放出了身体里的气体。他向前探着脖子，看到打火机的火焰忽然闪耀起来，黄色的火焰渐渐变色，不过并没有变成真正的蓝色，但比他之前见过的效果要好。

詹姆斯向后瘫倒在枕头上，有些筋疲力尽。他差一点就做到了。差一点就得到了传说中的蓝色天使。这是个好兆头。他一定会在比赛中折桂，赢得五千英镑，留住这座房子。不让他们一家人四分五裂。

他笑了，把这次实验的结果记在笔记本上，然后把本子和打火机塞回床垫下面。他嗅了嗅。

"噢。"他说道，"真够臭的。"

"这话倒是不假，你这个叫人恶心的小怪胎。"听到艾莉说话，他吓了一大跳。

他打开床头灯，就看到艾莉靠在门边的墙上。"你在那里待了多久了？"

"很久了。"她坐在床尾，"请你告诉我这是科学，而不是你在做一些变态的怪事。"

"这的确是科学。你知道人的屁有不同的特征吗？这要取决于他们的生化特征。而且，你知道吗，如果我点燃你的屁，那很可能火焰的颜色与我的不一样？"

艾莉用一只手捋捋他的头发，仅此一次，詹姆斯没有退缩或是把她的手推开。她说："你真能做到吗？我是说比赛的事。"

"我想我可以。"

"我满脑子想的都是这件事。我想不到其他办法了。只有你赢得比赛，我们才能自救。詹姆斯，这样的情况让我很害怕，毕竟我并不习惯依靠别人。自从爸爸坐牢以来，我就不再依靠别人了。我只靠我自己。我照顾你，照顾奶奶。我去打工、上学。我现在什么都做不了了，詹姆斯。我只能寄希望于你能赢得比赛。这让我感觉很愤怒，同时又伤心、害怕。"

他轻轻地打起了鼾。艾莉再一次轻柔地用手指划过他的头发，然后悄悄站起来，把他刚刚坐皱了的毯子抚平，走出他的房间。詹姆斯早就睡着了，她刚才一直是在对她自己说话。和往常一样，依然只有她一个人。

◖

德利尔是个不错的外国人，格拉黛丝心想。她正在照衣橱门内的全身镜。她穿着她的黑色羊毛开衫和詹姆斯的运动长裤，她脚上的小拉链靴子在靴口处有一圈皮毛。不过是人造皮毛。假的。她用艾莉从圣诞集市上给她买的围巾裹住嘴巴和鼻子，用一个黑色发网罩住了她的眉毛。

"你在和谁喋喋不休？"她问自己在镜中的影像。停顿片刻，她环视卧室，"这里没有别人。你是在和我说话吗？"

她的左前臂鼓鼓囊囊，她用右手食指敲敲胸口。"你在和我说话？"她再次环顾左右，"你在和我说话吗？好吧，你还能和谁说话呢？"

她之所以戴围巾和发网，是因为詹姆斯非说义务警察应该戴面罩，但她在这栋房子里没找到任何一个像面罩的东西。她这样打扮肯定行。八成就连比尔也认不出她。

她笑了，只是她的笑容被围巾遮住了。然后，她摇摇左臂，从鼓囊的羊毛开衫里掉出了一根擀面杖，正好落在她手里。

听着，你们这些浑蛋，这些败类，罗伯特·德尼罗在她的脑海里说道。这位老奶奶再也受不了了。

格拉黛丝把擀面杖塞回衣袖，又做了两次抽出擀面杖的动作，最后总算满意——她可以一气呵成地把擀面杖滑到手中了。然后，她把身上的衣物脱下来，叠整齐，把发网和擀面杖放在最上面，这才穿上她自 1973 年以来就一直穿的棉绒睡衣，上床盖上了被子。

第三十六章

本质上是个好人

艾莉放学回到家，看到德利尔正坐在奶奶常坐的椅子上，她并不特别惊讶。詹姆斯坐在沙发上，捧着几个白色罐子。她说："你还是来了。"

"我带了礼物。"德利尔说。

"他给我拿来了很多！"詹姆斯说，"钾，过氧化氢，锂……"

艾莉啧啧两声。"你最好不要给我们惹上麻烦，德利尔。"

"他们绝不会发现的。"

"我能去做实验了吗？"詹姆斯央求道，"求你了？"

"但你要小心点。"她看看德利尔，"这些东西危险吗？"

"我怎么知道？"德利尔说，"但如果危险的话，他们就不会放在学校里了。"

"奶奶呢？"艾莉在詹姆斯收集瓶瓶罐罐时问道。

"在睡觉。我把头探进她的房门，但她没醒。"

詹姆斯飞奔上楼，艾莉把她的书包放在一角。德利尔说："要不要喝杯茶？"

"你可以走了。"她说，看也不看他。然后，她又说，"谢谢你给詹姆斯搞来了那些东西。但我不想有任何人会因此惹上麻烦。"

德利尔端详了她一会儿。"你是不是已经有麻烦了？"

"詹姆斯都跟你说什么了？"

"没说什么。好吧，是我不相信他说的。他说他和那个要去火星的人说话了。"德利尔摇摇头，"小孩子就是想象力丰富。"

"我们很好。你是怎么来的？靠在墙上的那辆脚踏车是你的吗？"

"是的。我骑车比坐巴士快多了。"他用一只手捋捋头发，"可你为什么常去汉堡店打工？"

"不只是那里。我还在一家波兰特产商店打工。我今晚和明天都去那儿上班。到了星期日，我还会去一家焊条店工作。"

"看起来好像你要照顾一家子。"德利尔说，"你奶奶……她有点……糊涂，是吗？"

"这不关你的事。"

"你爸爸为什么坐牢？"

詹姆斯咚咚跑下楼梯，冲进厨房，片刻后，拿了一个装了半罐水的混料罐走了出来。艾莉对詹姆斯说："你该学学怎么保持沉默。"

詹姆斯看着德利尔，说："能把你的眼镜借我用用吗？"

"他这就走了。"

"当然可以。"德利尔说着摘下眼镜，交给詹姆斯，"你要眼镜做什么？"

"当护目镜。"詹姆斯说完就上楼了，不见了踪迹。

德利尔眯眼看着艾莉。"我不戴眼镜看你真是美极了。"

"滚开。"她坐在沙发上，"我妈妈出车祸死了。我爸爸在坐牢。我能告诉你的就是这些。"

"可他为什么坐牢？"

(

那天，艾莉打发詹姆斯去上学，但她让奶奶打电话给学校，说她生病了。他们的父亲因为参与抢劫斯凯尔默斯代尔附近一家批发商店将在利物浦刑事法庭接受宣判。没有进行陪审团审案，因为五名案犯在案发转天被抓后全都对他们的罪行供认不讳。那是一个早晨，达伦·奥默罗德把艾莉和奶奶都叫到了客厅。

"现在出了一些事。"他说，"我不想说太多，但我把我账户里所有的钱都转到了你的账户里，妈妈，我设置了定期代扣委托，来支付房租和各种账单。所以，你们不要做任何改动。那些钱足够支付你们的各类开销，反正能撑上一阵子。保险金也在里面。"

"你在说什么？"艾莉道，"出什么事了？"

"我以后再和你说吧。快去上学。可能有事，也可能什么事都没有。"

"你今天去上班吗？"艾莉说。达伦的面包车停在房子外面。他的建筑工具都堆在厨房里。他现在有时能找到工作，有时候找不到。

"我今晚再和你谈。"

等到艾莉放学回家，就看到奶奶坐在椅子上哭。"警察把他抓走了。"她说，她双眼通红，"他们把你爸爸抓走了。"

利物浦刑事法庭的法官戴上眼镜，看了看卷宗。艾莉坐在公众旁听席上看着她父亲，自从四个星期前他被逮捕以来，就一直在押候审。现在是七月，学校就快放假了。达伦·奥默罗德看起来面色苍白，已吓破了胆，他和四个艾莉并不认识的男人一起站在被告席。

法官清清喉咙："根据此次开庭和之前听证会上呈交的证据，事实已经清楚明了，你们五人从一开始就做了一个错得离谱的行为。你们蓄意偷窃一家经营场所，盗得大量酒水，并计划将其卖掉，为你们自己谋得一笔可观的利润。如果你们曾对目标做过踩点，就会知道你们意欲实施盗窃的那家商店雇用了一名保安，他整晚在该经营场所巡逻。然而，这名保安的存在对你们而言是一个意外，当时，你们正将偷盗物资装车，却看到了这名保安。

　　"如果你们当时就停止盗窃行为，那你们今天或许就不会站在法庭之中。然而，在面对保安斯蒂芬森先生的时候，你们的同伙之一，也是被告加里·威尔金斯使用一把铁锤攻击了他，致使他身受重伤。

　　"你们之间产生了分歧，而缺乏周密计划的越轨行为历来如此，然后，你们带着为数不多已经搬到面包车里的赃物离开了现场。你们在车上安装了假牌照，只可惜技法拙劣；在你们逃离之际，假牌照滑落下来，而斯蒂芬森先生虽然身受重伤，却还是记下了真正的车牌号。"

　　戴着眼镜的法官一一看看他们每一个人，说道："总而言之，你们把这次盗窃案件搞砸了，先生们。但不仅如此，因为被告威尔金斯对斯蒂芬森先生的恶意攻击，本案从抢劫上升到了严重的犯罪行为。你们都是一经逮捕就已服罪，本庭在量刑时会考虑这一点。"

　　法官清清喉咙，拿着卷宗看了很久。艾莉感觉自己像要爆炸了，也像是要昏倒。奶奶紧紧拉着她的手。法官说："首先说一下达伦·奥默罗德。奥默罗德先生，在这起犯罪案件中，你牵扯得并不深。是其他几个人拉拢了你，而你与他们只是泛泛之交，他们找上你，是因为他们知道你有一辆平时做建筑工人时使用的汽车，可以供他们使用，还因为他们知道你最近手头紧，不好找工作。"

　　法官摘掉眼镜，直视艾莉和格拉黛丝，然后又看着达伦。"我知道你太太去世不久，你要独自照顾两个孩子。我理解世事艰难，奥默罗德先生。但为让家人过上更好生活并不是接受引诱去犯罪的理由。”

艾莉并不信教，但此时此刻，她发现自己正向无形的神明祈祷，而这个神只是源于她童年里的模糊形象。求你了，求你了，求你了。求你不要让他们把我爸爸关进大牢。

“你将所做之事都向警方交代了，没有任何保留，我很肯定，你必定是受到了威逼利诱，才会参与此事。”法官说道，“然而，这只是我的直觉和意见；你没有提供证据揭发同案被告，由此可见，不管如何不得其所，你还是甘心做贼。但是，在本庭考虑事实和证据的同时，我依然情不自禁地把我的直觉和意见考虑进去。达伦·奥默罗德，你是被逼参与了犯罪。你的同案被告知道工作不好找，而你需要赚很多钱来养活两个孩子和老母，在你外出工作的时候，是你的母亲帮你照顾孩子。他们利用了你的艰难处境，提出了你无法拒绝的条件。你应该拒绝的，因为你本质上是个好人，奥默罗德先生。但你没有。因此，你参与了这个盗窃团伙，即便你有充分的理由，并且是一心为了家人的幸福，但你也犯了严重的错误。”

求你了，求你了，求你了，艾莉心想。我以后每个星期日都去教堂。

法官翻翻卷宗，将它们平放好。“基于上述原因，我倾向于对你宽大处理。”

艾莉意识到自己屏住了呼吸后，赶快让自己缓缓地呼气。

“但这并不意味着可以无视法律，而法律是为了保护公众的利益，遏制危害公众利益的行为。达伦·奥默罗德，我宣判你入狱两年。”

艾莉失声痛哭起来。

☾

“那是什么时候的事？”德利尔说，“他肯定只需要服刑一年就可以了。”

"去年夏天。"艾莉说，"也就是说，再过六个月，他就能出来了。"

德利尔笑了。没有眼镜，他的眼睛看起来很小。"很好。不会等太久了。"

"但还是太久了。你怎么老说'很好'这两个字？"

德利尔耸耸肩。"我们巴巴多斯人都喜欢这么说。我外公的口头禅就是这个。我喜欢这两个字。就好像……这两个字在任何场合都可以说。我们能从老人那里学到很多东西。"

"但我奶奶不在这样的老人之列。"艾莉说。

德利尔若有所思地看着她。"她有能力照顾你们吗？"

"我们没有选择。"艾莉站起来说，"在我父亲坐牢之后，她的身体情况就开始每况愈下。不要对任何人说起这件事，好吗？你不能对任何人说起她的事……"她环顾四周，皱起了眉头，"平时这个时间奶奶都不睡觉的。"

艾莉冲上楼梯。德利尔紧随其后。她跑到奶奶的卧室门口，推开门。德利尔站在她身后。她能感觉到他的呼吸拂过她的脖子。奶奶卧室的窗帘拉着，她能看到毯子下面有个人形。

"奶奶。"她小声说。那个人形并没有动。她抬高声音说："奶奶。"

"你说会不会……"德利尔轻声道。

恐慌感向艾莉席卷而来。此刻她的感觉与她父亲坐牢那天她的感觉一模一样。她只觉得一会儿热一会儿冷，像是很快就要昏倒，脑袋嗡嗡响。"奶奶？"她喊道。

下一刻，她冲进卧室，从床上掀开毯子，就在此时，整个房子摇晃了一下，爆炸声随之响起，艾莉感觉她的世界终于坍塌了，一切都结束了。

但德利尔紧紧抓着她的手；他也听到了，也感受到了。她低头看着床。两个枕头纵向摆在床垫上，上面盖着毯子。这是书中都用烂了的花招。跟着，詹姆斯走出他的卧室，穿过楼梯平台，出现在奶奶卧室的门口，艾莉和德利尔都扭头看着他，一团白色烟雾从他的卧室里传出来，他的头发上都是石膏碎片，德利尔的眼镜上糊了一层白色粉末。

"真是太棒了！"他咧开嘴笑了。

然后，前门开了，奶奶在楼下愉快地喊道："喂！家里有人吗？"

第三十七章

自 由 落 体

"真他妈的过瘾。"詹姆斯对着电话说。这会儿，他躺在床上，盯着天花板上的大洞。

"别说脏话。"托马斯道，"你做了什么？"

詹姆斯大致说了说他把一碗水放在他的卧室地板上，又放了一勺钾进去后的情形。

"什么？"托马斯喊道，"老天！那说不定会要了你的小命！你为什么那么做？"

"是你要我做的呀！"詹姆斯喊道。

"我没有！"托马斯也冲他喊道，"我只是问你知不知道把钾放在水里后会发生什么！我并没有让你去那么做。老天。你很可能把整栋房子都炸毁。"

"差一点就炸了。但是，如果我不亲自尝试一下，又怎么能知道会发生什么呢？"

"这是理论。"托马斯平静地说。他断断续续地唱道，"阿尔伯特说 e 等于 mc 的平方。"

"你说什么？"

"爱因斯坦的相对论。"托马斯叹息道，"老天，你该不会什么都不知道吧？"

"我知道 $E=mc^2$ 是什么意思。"詹姆斯喊道，"我是说，你刚才唱的是什么该死的玩意儿。"

"啊。那首歌是《爱因斯坦加油》。风景乐队唱的。我就知道你没听过。"

"我听过那首汤姆……啊不，我是说那首《太空怪谈》。大卫·鲍伊唱的。是在视频网站上听的。"詹姆斯道，"挺好听的。就是有点伤感。我喜欢别的歌。比如《星光侠》和《火星生活》。他是不是只唱关于太空的歌？"

"他只是在那个阶段喜欢创作太空歌曲。你听过《钻石犬》吗？"

"一个阶段？就跟青春期一样吗？艾莉说我有点早熟，所以我才这么暴躁。我告诉她应该多和你说说话，那样她就能知道什么才是暴躁。"

詹姆斯听到托马斯做了个深呼吸。他轻轻地打了个哆嗦，想象着汤姆少校坐在太空舱里，与地球相距遥远，就跟歌里唱的一样。詹姆斯赶在托马斯开口前说道："你都接受过什么宇航员培训？"

托马斯停顿片刻，说："我去过俄罗斯一个叫星城的地方。"

"你上没上过呕吐彗星①？"詹姆斯问。

"我早料到你想知道这个。"托马斯啧啧两声，"真搞不懂你们小男孩都在想什么。"

---

① 美国宇航局对零重力飞机的昵称。——译注

❮

"有人知道用俄语怎么说'去你妈的，没可能？'吗？"托马斯说道。

"用不着说俄语。"一个大块头男人说道，他留着光头和浓密的大胡子，满眼都是笑意，"我的英语还不赖。不管可不可能，你都得去火星。"

大块头男人叫谢尔盖，不过他喜欢别人叫他猫鼬，因为从前有个受训的宇航员告诉他，他长得很像英国保险公司的电视广告里的人物，而在托马斯看来，这些广告这么受欢迎，就是西方文明走下坡路的促成因素之一。猫鼬详细介绍了那天早晨将在莫斯科附近的星城进行的失重训练。托马斯在未来六个月都将待在那里，为进行历史性的火星之旅做准备。当然了，去火星的前提是他能全须全尾地熬过整个培训期。

在这个曾经被称为一号军事封闭小镇的地方，天气寒冷刺骨，冷风呼呼吹过飞机跑道的柏油碎石路面。他们面前停着一架巨大的伊尔-76飞机，飞机已经装满燃料，准备起飞。猫鼬骄傲地说："呕吐彗星，我们来了。"

这架昔日的商业运输机的机身里空无一物，像极了20世纪70年代科幻电影里的走廊。机身里设有齐腰高的扶手，头顶上方也有扶手；托马斯穿着绿色飞行服，猫鼬指导他戴好头盔，这时候，引擎发出嗡嗡声，开始启动。托马斯在轰鸣的机器声中喊道："你的头盔上有护面罩，我的为什么没有？"

猫鼬咧开嘴笑了，就在此时，飞机突然向前倾斜，托马斯连忙抓住扶手。"你很快就知道了。"他拉下塑料护面罩。"飞机将以四十五度角呈抛物线起飞。在达到攀升最高点之后，我们就会进入失重状态。只有几秒钟，但就跟在太空里一样。"

飞机轰隆隆地向前飞去，托马斯紧紧抓着扶手，以免他自己沿着机舱滑走，舱壁上用链条系着一台旧CD播放器。猫鼬按了播放器上的一个按钮。莱昂纳尔·里奇的《在天花板上起舞》从小扩音器里传了出来，音乐声很小，与此同时，飞机达到了攀升顶点。托马斯感觉自己飘了起来，在空中旋转。他抓着栏杆，猫鼬发出了嘶哑的笑声。"太空！失重！"

接着，飞机开始下降，托马斯的胃里突然一阵翻腾，紧跟着就开始呕吐，呕吐物正好落在猫鼬的头盔上。"现在你知道我的头盔上为什么有护面罩了吧？"他笑着用衣袖擦掉了呕吐物。

"老天。还要做多少次？"

飞机又开始攀升。"直到你不再呕吐！"猫鼬喊道。

托马斯在猫鼬的 CD 播放器里找到了下一首歌，是汤姆·佩蒂的《自由落体》，这首歌比莱昂纳尔·里奇的歌好听，但这也没能阻止在第二次攀升的时候，他的胃再次剧烈地搅动。

一直到第七次进入失重状态，托马斯才保住了他胃里仅余的一点早餐，而且，他竟然开始享受失重状态。当然了，这时候播放的自然是大卫·鲍伊的《太空怪谈》。猫鼬给了他一个大熊抱，大声说道："看到了吧？简单得很！"

❮

"太棒了。"詹姆斯说，"伙计，我也想体验一把。"

"那就去英国宇航局申请加入宇航员培训项目，他们会让你天天体验失重。"

"真的？你这么认为？"

"一切皆有可能。你要是能赢得这次的比赛，就更有可能了。现在，你到底想到了什么主意？"

詹姆斯想了想："除了爆炸，什么都没想到。你就不能告诉我该怎么做吗？"

"不行。因为那样赢得比赛的就是我，而不是你了。"

詹姆斯望着天花板上的洞。"我做不到。我想不出别人从没想到过的创意。没这个可能。"

"那你就算不上科学家。"托马斯道，"对不起，但这是事实。如果你要放弃，那就告诉我一声，我好去玩我的填字游戏。"

"你一点也不在乎！"詹姆斯喊道，"我们对你来说一点也不重要！我们就是威根的一家子穷人！你八成正在太空里嘲笑我们呢！"

长久的沉默过后，托马斯说道："我没有嘲笑你们。"

"但你不在乎。"

"那你想要我说什么？"托马斯喊道，"我不是只对你们这样。在我心里，没有一个人是有分量的。就算关心你，又能怎么样呢？科学与关不关心没关系。科学讲求务实，可以用来解决问题。现在好好想想吧。科学可以解决问题。科学能为你解决什么问题？此时此刻，什么能让你的生活变好？想一个问题，然后用别人都想不到的办法解决它。什么会让你的生活变得更好？"

詹姆斯继续盯着天花板上的洞。然后，他轻声说："我爸爸回家。"

第三十八章

或许你将成为第一个登上火星的人

托马斯在确定父亲再也不能回家后去医院探望了他。弗兰克·梅杰躺在病床上，瘦得皮包骨，已经不成人形。他每天都要抽三十根忍冬牌香烟，最后得了癌症。癌细胞最早出现在他的肺部，多年来，癌细胞慢慢发展，转移到了他的身体其他部分，到最后，他的身体里到处都是癌细胞。

一段时间以来，托马斯用一个十六岁男孩所能拥有的最阴沉、阴森和诗意的方式，想象着他父亲身体里的癌细胞，托马斯没有带花来，也没带巧克力。他只身前往，穿着破旧的牛仔裤和军用夹克，坐在窗边的塑料椅子上，眯眼看着他父亲。医院里弥漫着消毒剂、厕所、死亡和幻灭的气味。

"我就要死了。"弗兰克呼哧呼哧地说，每一次呼吸对他来说都是一次惩罚，每说一个字都像是在攀登珠峰，"就是这样。"

"没错。"托马斯说。

"就这样？"弗兰克说，"你要对我说的就是这个？"

母亲今早带皮特来见父亲最后一面，他们红着眼回到家，一直在哭。她央求托马斯也去医院。这是他见父亲的最后机会了。"去把事情当面讲清楚。"她说，虽然她并不知道有什么事需要讲清楚。托马斯活这么大，在前半部分岁月里，他是那么热爱他的父亲，好像这世上只有他一个小男孩有父亲，而在后半部分，他则恨他入骨。

托马斯捏着下嘴唇，注视着盖在他父亲干枯身体上的绿色毯子。他真希望此刻自己不在这里。恨不得现在是明天、下个星期或是明年。他希望这一切赶快结束。

"我们父子俩……以前……很好。"

"是吗？"托马斯冷漠地说，"我想不起来了。"

有那么一刻，痛苦遮住了弗兰克眼中淡淡的光芒。他伸手去拿松松垮垮放在他瘦弱胸口上的呼吸罩，放在脸上，呼哧呼哧地吸着面罩传送的氧气。托马斯环顾小小的病房，这才意识到一直用来向他父亲身体里输入各种药物的输液支架不见了。

弗兰克摘下氧气罩，顺着他的目光看去，然后说道："是我让他们给我停药的。"

托马斯终于与他四目相对。"为什么？"

他父亲轻轻地耸耸肩。"那让我感觉糟糕透顶。"

"但可以延长你的生命。"

弗兰克又吸了一大口氧气。"延长有什么用……该来的依然会来。多活几天，又有什么意义呢？"

托马斯想起那天早晨，他母亲带皮特从医院回来后说的话。*他的时日不多了，托马斯。就是这一两天的事。要是我们能和他再多待几天，该有多好。我现在只有这一个心愿。*

他对他父亲说："这是你自己的决定。"

弗兰克伸出一只瘦骨嶙峋的手，放在托马斯的夹克衣袖上，托马斯猛地一缩。弗兰克说："你必须告诉我……趁我现在还有口气。我们之间到底是怎么了？"

托马斯冷笑一声。"你是真要我相信你不知道吗？"

"告诉我。"弗兰克说着微微拉紧他的衣袖，"求你了。"

托马斯闭上眼。"《星球大战》。"

弗兰克松开手，拿起面罩，又吸了一大口氧气。"啊，是那件事。我还以为……我还以为你不记得了。"

托马斯瞪大眼睛。"你以为我不记得了？不记得你把我一个人丢在电影院？不记得我跑进黑夜里找你？不记得看到你和你的……不记得你摸那个女人？"

弗兰克沉默下来，一边通过氧气罩深深地吸气，一边看着他的儿子。托马斯说："在开车回家的路上，你说那个女人只是你的朋友，你和她在车里玩摔跤。因为朋友都会这么做。摔跤。开玩笑吧。你以为这样就能瞒过去？你以为我是痴呆吗？"

"你当时还小……"弗兰克说，"我以为……"

"你以为你能骗到我？'别告诉你妈妈。'你当时是这么对我说的。'这是个惊喜。她并不知道我背着她和别人练习摔跤了。'真的吗，爸爸？真的吗？"

"你……没有告诉她。"弗兰克说，"你为什么没说？"

托马斯举起两只手。"因为当时我虽然只有八岁，却也很清楚你犯了个大错，知道你是个爱撒谎的浑蛋，我很清楚她知道了以后会怎么样。所以我一直守口如瓶……结果呢？你以为你的胡说八道哄住我了？摔跤。老天。"

弗兰克没有说话。托马斯伸出两只手。"现在轮到你说了。为什么？你为什么要那么做？"

弗兰克悲伤地摇摇头。"我不知道。我解释不清楚。你妈妈……当时怀了皮特。事情不太……我并不……指望你现在能理解。或许等你……长大一点……就能明白我的感受了。等你有了你自己的孩子……说不定你的理解会加深一些。"

托马斯哈哈笑了起来。他的笑声干巴巴的，夹杂着几分疯狂，毫无笑意："有孩子？我吗？还是算了吧。"

"你才十六岁。你现在还小……"

托马斯向前探身，尽可能把他的脸贴近弗兰克的脸，咬牙切齿地说："你觉得我还会有孩子吗，毕竟我也可能成为你那样的父亲？"

"托马斯……"弗兰克说，但托马斯已经站了起来。

"我要走了，爸爸。"

"托马斯。"弗兰克的呼吸变得急促起来，"你一定……一定要照顾你妈妈。你能向我保证吗？"

托马斯耸耸肩。"诺言对你来说又值几个钱呢？再说了，我也不需要你来告诉我那么做。"

"坚持学习科学。"弗兰克说着，他挤出一抹笑意，"或许有一天你会找到治疗癌症的办法。"

"也许吧。"托马斯冷笑道，"或许我还会成为第一个登上火星的人。奇迹总会发生。"

"你妈妈……她希望我继续用药。"弗兰克说。

"你想干什么就干什么吧。你一向风格如此。"

"只要你这么说，我会照做。"弗兰克小声说，"只要你说你能原谅我，或者至少愿意和我说话。只要你能听……听我说。让我……解释。"

托马斯移开脸。"我想，我们把该说的都已经说完了。"

◖

他走到等待室的时候见到了母亲。她站起来，抓住他的胳膊。"他怎么样了？你和他聊过了吗？"

托马斯环顾四周。"皮特呢？"

"十二号的詹金斯太太在照顾他。我说你回家后会去接他。你爸爸……告没告诉你他停止用药了？"

托马斯点点头，他母亲说："我求他继续服药。这样我们还能和他多待几天。我知道服药会让他感觉很不好，但是……关于停药的事，他有没有跟你说过什么？"

"那是他自己的决定。"托马斯生硬地说。他无法直视母亲那灼热的目光。他很清楚，他现在需要做的就是回病房，告诉他父亲他会听他说话，那样弗兰克·梅杰虽然会感觉糟糕，但也会继续服药，他母亲也能心想事成。但他只是说："我还是去接皮特吧。"

他母亲点点头，用一只手捂住嘴。托马斯快步走出医院大门，来到广场，他跑了起来，穿过停车场和院门，来到大路上。他从未像现在这样奔跑过。但他停不下来。他感觉自己内心的内疚和悲伤都已随风而去，再也不会跟着自己了。他很清楚，如果他不再跑，他就会回医院，让他父亲继续服药，让他母亲得偿夙愿。但托马斯不愿意那么做。他只希望弗兰克·梅杰快点死，快点被遗忘。于是他继续跑，将所有的一切都留在风中，他感觉到了从未体验过的快乐，感觉到内啡肽流经自己体内，推动身穿牛仔裤和军用夹克的他。他强忍两肋和肺部火辣辣的疼痛，跑个不停。如果跑步可以让他远离恐惧，那他可以一直跑下去。于是他决定以后就这么干。他会永远奔跑下去，逃离所有人。

"他犯了一个错误。"詹姆斯说,"但他不该为此受一辈子惩罚,对吗?其他人也不该受这样的惩罚?"

"是的。"托马斯沉默了很久,这才意识到詹姆斯和他说的是达伦·奥默罗德,而不是弗兰克·梅杰。他摇摇头,甩掉回忆,说道:"好吧。我们来想一想。你想要你爸爸回家,但他在坐牢。怎么才能叫他回家呢?"

詹姆斯停顿片刻,说道:"或许我可以找一架直升机,飞到监狱上方,我再用重型武器把监狱的墙炸出一个大洞,等他从洞里逃出来,我再放下绳梯……"

"你这是拍电影,不是做科学实验!"托马斯喊道。

"好吧!"詹姆斯也喊了起来,"你有没有什么好主意?"

"没有。"托马斯比较平静地说,"但你有。你有了一个很棒的主意。你只需要把这个创意延伸一下。快呀,好好想想。我们来梳理一下。你爸爸在坐牢,但从本质上来说他还是个好人,这就是你要说的,对吗?"

"他很聪明!"詹姆斯说,"他是最好的爸爸,只是他有时候会犯傻,所以我恨他。"

"好吧。他在监狱里。但是……怎么样呢?你觉得他不应该为他所做的事受到惩罚?"

"那倒不是。"詹姆斯轻声说,"我是说,我并不是这么认为的。他应该受到惩罚。但是,他也许不一定非要去坐牢。反正不该一直坐牢。"

"为什么不应该?"托马斯追问,"你来说说看。"

"因为如果他在坐牢,怎么能证明他是个好人呢?他在监狱里,和抢劫犯、杀人犯为伍。没人关心他是不是好人。他们只想要他吃面包喝水,透过铁门看外面的阳光。"

"那么，如果当局能了解到你爸爸是个好人，会怎么样呢？"

"那说不定他们就会提早把他放出来。"

"那你爸爸该怎么证明他是个好人？"

"当然是通过当个好爸爸来证明啊！"詹姆斯说，他的声音里夹杂着一丝愤怒，"我们现在是在绕圈子。"

"不是的。我们是在沿直线从问题走向解决办法。"

"他不该坐牢的。"詹姆斯又说道，"他们应该……不是有一种情况，虽然判了一个人坐牢但还允许他在家里，那个词怎么说来着？"

"居家监禁？"

"对，就是这个。他们应该让他居家监禁。这样一来，他既能当爸爸，他们也能看到他是个好人。他可以……"

停顿片刻，托马斯笑了。他知道詹姆斯说到了重点。托马斯感觉后脖颈有些刺痛。詹姆斯轻轻说："老天。"

第三十九章

至少是两倍

朱莉·奥默罗德下葬那天，天气异常燥热。詹姆斯当时只有六岁。比他都高的大人们压低声音说个不停，泪流满面的朋友和远亲总是抓着他，揉他的头发，说什么真是太遗憾了，还说他根本就不懂。

但詹姆斯什么都懂。一个坏人撞了他母亲的汽车，现在她死了。

"她在天堂里。"一个女人这么说，虽然很热，她依然穿着皮毛大衣，在她旁边，人们在备受炙烤的土地上挖了一个长方形的洞，准备用来安放朱莉的棺材，"她是个天使。"

詹姆斯好奇地看着她。"我不信上帝。"他说。那个女人随即捂着嘴，点了点头。

"我能理解。我能理解你很生气。"

詹姆斯耸了耸肩。"我不生气。地球是在四十五亿年前形成的，不是上帝用六天创造出来的。我相信科学。"他向前俯身，拾起一把黄土，泥土很干燥，就跟灰尘差不多，然后，他把土撒在棺材上。他回头看着那个女人，他甚至都不晓得她叫什么。"我不生气。我只是很难过。"

自从朱莉死后，艾莉就在没完没了地哭。此时，她和父亲站在一起。送葬者排成一排，从他们身边走过，离开坟墓。他们有的拍拍达伦的肩膀，有的亲吻艾莉的头顶。他们要返回桑托斯大街，奶奶在那里为他们做了三明治，他们会喝一罐罐温热的啤酒，说一些关于朱莉的事，他们会笑会哭，一直要待到午夜过后。詹姆斯走过去和艾莉、父亲站在一起，达伦伸手搂住他们两个。

"我想要妈妈回来。"艾莉说。

达伦用强壮的手臂紧紧搂住他们。"我也想要你们的妈妈回来。但只要我们还记得她，她就会一直和我们在一起。"

詹姆斯把干土从他的手上拂掉。"但那不一样。"

"是的。"达伦说，"是的。但我们必须熬过这段时间，我们必须一起熬过这段时间。现在只有我们了。我，你，还有艾莉。"

詹姆斯想了想。"我们放学回来，谁来给我们泡茶？你不去上班了吗？"

"我也希望我可以，但我必须更努力地工作。我在想……让奶奶来和我们一起生活，你们觉得怎么样？"

"以前到了节礼日我们去她家，她总让我们喝没气了的可乐，她来了之后，还会这样吗？"

达伦笑了。"不会的。我保证不会有没气了的可乐。"

艾莉抬头看着她，说："你为什么要更努力地工作？"

达伦亲亲她的头顶。"现在只有我这一份收入了。我必须做双倍的工作。但你不用担心这个。我们不会有事的。"

最后几位送葬者正穿过林立的墓碑，向马路走去。詹姆斯说："我们现在没有妈妈了，你就要做双倍的工作，那这是不是意味着，你也会加倍地爱我们？"

达伦·奥默罗德消沉下来，靠在孩子们身上稳住他自己，他用沙哑的声音道："是的，就是这个意思。双倍。至少是双倍。"

◖

"我需要一些东西。"詹姆斯在艾莉穿着便利店工作服下楼来时说。她今天早晨要去工作，一看到詹姆斯在沙发上上蹿下跳，她不由得担心起来。

"我成功啦。"詹姆斯说，"我想到该做什么实验了。我的实验棒极了。我需要一些东西。"

"我只希望你不会再炸房子。"奶奶坐在椅子上说。

艾莉阴沉着脸看着她。对于昨天下午的失踪，格拉黛丝并没有给出令人满意的解释，只说了句"想出去走走"。艾莉是很怀疑，但似乎并没有什么不好的事情发生，而且奶奶也自己回来了。用枕头来做假象是很叫人担心，但格拉黛丝只说她需要呼吸新鲜空气，而且不愿意让孩子们担心。

"她说得对。"艾莉对詹姆斯说，"不可以再有爆炸。"

"就是需要一些橡皮泥。"詹姆斯说，"还要纸箱和 LED 灯。我肯定德利尔能从科学实验室找到灯。"

"我可以从店里给你拿几个纸箱。"艾莉说，"我还可以从玩具柜台给你找点橡皮泥。你要做什么实验？"

詹姆斯把他的计划大致说了一下，奶奶说："听起来妙极了。"

"事实上，"艾莉说，"你这个主意真的很好。"她看过比赛网站，那上面建议进行"实用且具有社会应用性"的实验，这样才有望赢得比赛。詹姆斯的创意很符合要求。"是汤姆少校想出来的吗？"

"不是！"詹姆斯说，"是我自己想出来的！他只是把我引到了正确的轨道上。"

艾莉想了一会儿。"你的主意太出色了。干得好，詹姆斯。"她咬着嘴唇，"天哪，有了这个实验，我们的胜算就大了。"

"我们还是得告诉学校我要参加比赛。"詹姆斯说，"而且，他们想要见我们的父母或监护人。"

艾莉点点头。"我星期一早晨去一趟。让奶奶写封信说明由我代替她去，我就说她忙着……做慈善工作，所以不能去见他们。"

奶奶在椅子上轻轻欢呼一声，唱了起来："我们是冠军，我的朋友们！我们会奋战到最后！"

艾莉笑笑，用手肘捅了詹姆斯一下，也唱了起来："我们是冠军，我们是冠军！"

"这世界不属于失败者！"詹姆斯一边挥动着拳头，一边喊道。

"因为我们是世界之王！"他们一起唱完，奶奶用颤音唱着最后一个音符，就在此时，前门传来一声响亮且正式的敲门声。

艾莉和詹姆斯看看对方。奶奶说："不知道是谁来了？"

詹姆斯小心翼翼地把头探出窗帘，先是看到一辆车停在街上他父亲的面包车后面，又看到一个人站在门前。他回头看着艾莉，吞了吞口水。

"是警察。"

第四十章

不明身份的人

那个警察四十来岁，个子高大，他摘掉帽子，把它夹在腋窝下面，艾莉看到他的一头花白头发有些稀疏。她认识他，至少是看着眼熟。他站在门边，一一看着艾莉、詹姆斯和格拉黛丝，登时就成了小客厅里的主宰。

"不介意我坐下吧？"他冲沙发一点头。

格拉黛丝皱起眉头。"我认识你。就是你抓走了达伦。"

艾莉就是这么认识他的。他在法庭上做证说达伦·奥默罗德立即承认参与了抢劫，并且从一开始就主动和警方合作。但他现在来这里做什么？

跟着，她的脸顿时变得煞白。"老天，是不是我爸出事了？"

一时间，打斗、粗糙自制刀片刺进腹部、有人在淋浴房里挨打、达伦鼻青脸肿浑身是血地躺在牢房里的画面，不断地闪现在她的脑海里。她连忙用一只手撑着边柜，稳住自己。

如果他死了呢？他们将面对什么样的命运？他们会被送进孤儿院，永远都别想出来。若是达伦还在，他们或许只会在孤儿院里待到他出狱。一时间，她心中思绪万千。有保险吗？他们会支付保险金给他们吗？奶奶会不会挺不过这个打击？噢，老天，他父亲死了。还要举行葬礼。他们会把他葬在监狱墓地吗？他们会把他和母亲合葬在一起吗？谁来埋葬他？这件事是不是也将落到她的头上？这些情况是艾莉统统应付不来的。她很可能此时此刻就会瘫倒在地毯上，再也无法支撑下去。

"我能坐下吗？"警察又问。艾莉还记得他的名字。警员凯尔德班克。不是应该由他来叫我坐下的吗？她心想。在电视上，警察送来坏消息，不都是这么做的吗？警员凯尔德班克对格拉黛丝笑笑。"要是能来杯茶就更好了。"

格拉黛丝深深地坐在椅子上。"詹姆斯，去把水烧上。"

警员凯尔德班克盯着詹姆斯。"是呀，伙计，去把水烧上。但是过一会儿我也要和你谈谈。"

"出什么事了？"艾莉说，"是不是我爸爸出事了？"

警员凯尔德班克清清喉咙，拿出一个黑色小笔记本。"有人向我们投诉。非常严重的投诉。我来看看能否搞清楚事情的真相。"

噢，老天，艾莉心想。是德利尔偷学校化学品的事。他们抓住了他，他就出卖了他们。警员凯尔德班克先是看看格拉黛丝，又看看艾莉。"有人声称遭到了攻击。"

"什么？"艾莉大吃一惊地说，"攻击？是谁说的？"

他翻翻笔记本。"报案人是尼尔·谢林顿先生。受到攻击的人是他的儿子奥斯卡。"

"噢，老天。"詹姆斯站在厨房门边说。

艾莉瞪着他。"詹姆斯。"她尽可能保持平静的声音，"你做过什么？"

"我什么都没做！我发誓！但奥斯卡·谢林顿……"他咬着嘴唇，看着格拉黛丝，"就是他……他是头头儿。"

警员凯尔德班克眯起眼睛。"什么的头头儿？"

"就是那帮欺负我的人。"詹姆斯喃喃地说。水壶在火炉搁架上吱吱响，他连忙返回厨房。

"詹姆斯都做了什么？"她感觉像是地板正在裂开，即将四分五裂，而他们都将被吞没。他怎么能这么做？詹姆斯怎么可以这么傻？毕竟现在他们刚刚有了一线希望，可以拯救他们自己。

"那个……"警员凯尔德班克一边看着笔迹一边说。他鼓起腮帮子，缓缓地呼出一口气，"他们控诉的人不是詹姆斯。事实上，他们控诉的是……你叫艾莉对吧？"

她点点头，詹姆斯用托盘端着茶走了过来。"不知道你喜不喜欢加糖，我就放了三块糖。"他说着把托盘放在电暖炉前的小桌上。

"太好了。"警员凯尔德班克拿起詹姆斯所指的茶杯。他喝了一口滚烫的茶水，对艾莉说，"事实上，艾莉，他们控诉的人或许是你。"

艾莉瞪着他。"我？或许是我？这是什么意思？或许？我什么都没做！我甚至都不认识这个……"

"奥斯卡。"警员凯尔德班克说道，"奥斯卡·谢林顿。据我们了解，他是圣马太小学的学生，与詹姆斯是同学。"

"艾莉。"詹姆斯说，他牢牢地注视着她，眼神里半是赞赏，半是愤怒，"艾莉，你做过什么？"

"我什么都没做！"

警员凯尔德班克点点头，说："报案人称，昨天下午三点一刻左右，奥斯卡·谢林顿和三个朋友在校门外被一个不明身份的人袭击，而且，报案人有理由相信这件事与你们家有关。那个不明身份的人……"

"怎么会是个……不明身份的人？"艾莉急切地说。

"那个不明身份的人，"警员凯尔德班克继续说道，"戴着面罩，穿着一身黑衣。显然是个女人，不过鉴于天快黑了和昨天的恶劣天气，奥斯卡·谢林顿称他没有看清袭击他们的人，此人装出了……"警员凯尔德班克又看看笔记本，扬起一边眉毛，"装出了美国口音，可能是纽约口音。"

艾莉困惑地摇摇头，看着詹姆斯。詹姆斯惊呆地看着格拉黛丝。警员凯尔德班克说："根据报案人尼尔·谢林顿先生提供的证词，戴面具的袭击者用一个钝器袭击了奥斯卡。"

"胡说八道！"格拉黛丝终于说，她交叉双臂，噘起下嘴唇。"才不是什么钝器。那是我的擀面杖。而且，我只是轻轻打了他一下而已。"

他们都盯着格拉黛丝，警员凯尔德班克这次扬起了两边的眉毛。詹姆斯的嘴巴张得大大的，艾莉用力捏着她的鼻子。"奶奶。"她说，"你到底做过什么？"

第四十一章

谢天谢地下雨了

格拉黛丝先把枕头纵向放在床上，用被子盖在上面，之后，她拉上窗帘，悄悄穿上她藏在床下的衣物。她挑剔地照着镜子，把围巾和黑色发网塞进一个旧塑料手提袋，还把擀面杖也放了进去，然后，她穿上外套，带上雨伞，走出家门。此时正值一月，下午天气阴暗，天空乌云密布，眼瞅着就要下雨。

她步行十分钟，坐了巴士，又走了十分钟，才来到圣马太小学。格拉黛丝不晓得为什么他不能去上他们家转角处的那家学校，艾莉就是在那里上学，但这是达伦的重要计划。把詹姆斯送到更好的学校，他的天赋就能得到更好的施展。在格拉黛丝看来，她更希望送艾莉去上好学校，因为她也很聪明，甚至比詹姆斯更聪明，可惜她没有这样的机会。詹姆斯继承了朱莉的聪明才智。朱莉的脑袋好使得很，格拉黛丝从未对别人提起过，但她真的一直都搞不清朱莉看上达伦哪一点。艾莉更像达伦，就知道埋头苦干。为达目的，他们会倾尽全力。有时候有些冲动鲁莽。她的写作很好，感情丰富，却不像詹姆斯那样在科学和数学方面出彩。达伦所擅长的也和艾利一样。他们在他的学生成绩报告单上是怎么写的来着？从不集中精力学习。但他能在学校里写出最出色的作文。她觉得他本可以当个作家，只是她并不清楚写作是否是一项职业，是否能赚到钱。电视上那个写《哈利·波特》的女人似乎就干得不错。不过格拉黛丝认为全凭他们把她的书改编成电影，她才会成功。

巴士司机在车站耐心等待格拉黛丝小心翼翼地走到被雨水打湿的人行道上。此时只是下午三点左右，但路灯已经亮了，她喜欢看到暗淡的紫色灯光变成橙色，就像是火里的灰烬闪烁着的火光。她想念真正的火。电暖气完全不一样。不过她并不想念每天早晨辛辛苦苦打扫火炉。在她小时候，那一向都是她的任务，除非她打扫干净了，否则妈妈就不让她吃早餐。

詹姆斯学校所在的那条街道上已经停了一排汽车，那些车豪华漂亮，正等着孩子们放学。每辆车里都坐着一位家长，一道道正方形的白光照亮了他们的脸，他们都在看手机，以此显示他们的身份，她不应该对此感到奇怪。现而今讲究的就是地位。不然的话，他们开豪车来学校接孩子，又是为了什么？像詹姆斯那样坐巴士或是步行上学，又有什么不好？格拉黛丝小时候就总是步行，所以她的腿才这么美，穿超短裙才这么好看，不然，她也不能吸引比尔。

不过那些车只能停在这条路一半的地方，无法再往前开，因为路边放着一排锥形标志，兴许就是为了不让人在这里停车。也可能是为了不让孩子们在停着的车辆之间跑来跑去时被撞到，就好像达伦小时候广告里的兔子或松鼠。有一只叫什么来着？泰菲？托菲？对了，是叫塔夫蒂。她还记得，等他跑到路上，才发现他的小毛球早已被一辆车压扁了。

学校大门边有一盏路灯，不过灯不亮了。乌云滚滚，黑暗从四面八方笼罩下来。

这样的天气最适合报仇。她拿出塑料袋，用围巾包住脸，把发网向下拉，遮住眼睛。她把擀面杖塞进衣袖。

死胡同的尽头有一个巴士车场，她看到几个男孩穿着厚夹克，埋伏在金属栏杆边上。埋伏。他们就是在这么做。她发自本能地知道就是他们。詹姆斯书说过，他们总是在巴士车站等他，然后才去找正在豪华轿车里等他们的父母，做出天真无辜的样子。格拉黛丝尽可能挺直纤瘦的肩膀，向他们走过去。

一共有四个男孩子，其中一个比其他几个都要壮实。那孩子甚至比格拉黛丝都高出一头。他转身看着她，扬起一边眉毛。"有事吗？"他说。

"你在看我？"她说，尽可能厉声说道，尽量装出罗伯特·德尼罗的样子。她四下看看。其他几个男孩一边笑，一边用手肘推搡彼此。"我没看到别人。你是在看我吗？"

"我也不知道我在看什么。"那个男孩说，"他们又没在流浪汉身上贴标签。"

几个男孩子哄笑起来，其中一个说："谢林，算了。别理这个疯女人。"

此时雷声轰鸣，大雨忽然落了下来。格拉黛丝抬起头。"好大的雨。"她模仿德尼罗的声音，用嘴角说道，"一场大雨会把渣滓从街上冲走。"

"你管谁叫渣滓？"那个男孩问道，他的眼睛闪闪发光。

"谢林，我们去叫老师吧，她是个疯婆子。"另一个男孩道。

谢林向后靠在栏杆上。"不要。我们和这个土老帽玩玩吧。"

"不许你们欺负他！"格拉黛丝尖声说道，"你们这些可恶的小鬼，不许你们欺负他！"

谢林看着她哈哈笑了起来，声音很刺耳："不然呢？"

格拉黛丝晃了两下手臂，擀面杖才掉进她的手里。其他男孩子睁大眼睛，他连动都没动，就这么看着她举起擀面杖，狠狠砸在他的额头上。

"啊！"谢林喊道，"好疼啊！"

跟着，格拉黛丝听到有人喊了一声，她扭头看到一群孩子蜂拥着走出校门。她连忙转过身，迈着蹒跚的步伐，快步走开，边走边拉下围巾，摘掉发网。她必须赶在詹姆斯和艾莉之前回家，还得想个借口。她可以说她想去给比尔扫墓。一个穿着夜光马甲的女人站在路中心，引导学生们向巴士车站走去。她好奇地打量格拉黛丝。

"你还好吗，太太？"她看了一眼那几个男孩，"那些学生没打扰你吧？"

"没有，亲爱的。"格拉黛丝亲切地说。

老师指挥如潮水般的孩子们向前走，她那被雨水打湿的头发贴在额头上，她又看了一眼格拉黛丝，说："天气真是糟糕。"

格拉黛丝点点头，探身向那个女人，尽量模仿德尼罗的声音说："感谢老天开眼，下了一场大雨，把那些渣滓从街上冲走了。"

☾

警官说道："奥默罗德太太……你承认用擀面杖打了奥斯卡·谢林顿的头？"

格拉黛丝耸耸肩，举起两只手，把手腕伸向警员凯尔德班克。"你这是依法逮捕。把我抓走吧。"她看着艾莉，"说不定他们会把我关在你爸爸的隔壁牢房。那样多好啊。"

警员凯尔德班克在笔记本上写了什么，然后说："奥默罗德太太，你是否介意我问问你的年龄？"

"我马上就七十一岁了。"

他点点头，若有所思地用铅笔轻敲下巴，合上笔记本。艾莉一把抓住他的黑色外套的衣袖。"你是要把她抓走吗？就因为她攻击了别人？"

"我现在要做的是，"警员凯尔德班克道，"去一趟谢林顿先生家。詹姆斯，我不知道你了不了解奥斯卡家里的事，他父亲以前是陆军中校。"

"噢，老天。"艾莉用手捂住脸，"他们会告我们的，是吗？"

"他是个一板一眼的人。"警员凯尔德班克表示同意，"他之所以来报案，是因为其中一个男孩把这件事告诉了自己父亲，而这位家长在高尔夫俱乐部又把这件事告诉了谢林顿先生，谢林顿先生从那个孩子那里了解了事情经过，就来报案了。关键是……好吧，我们直接就说奥斯卡好了，他说蒙面袭击者身材更高大，也更年轻，手段也更加暴力。"

艾莉从指缝间看着他。"那么……"

"那么，我会去告诉谢林顿中校，攻击他儿子的人是一个七十岁的老太太，她穿皮毛靴子的身高是四英尺两英寸，体重约为八十四磅。此外，如果他真要起诉，那么，很可能会对奥斯卡及其几个朋友的欺凌行为进行严肃的讨论。"警员凯尔德班克笑了，"我想在此之后就不会再有然后了。"

他把茶喝完，站了起来。艾莉拥抱了他，连她自己都对她的这一举动感到惊讶。"谢谢！谢谢你！"

警员凯尔德班克板起脸。"奥默罗德太太，不需要我告诉你，这不是解决问题的好办法吧。是有适当的程序的，如果詹姆斯受欺负了，学校里有现成的办法可以解决。达伦在里面的时候，你是詹姆斯的监护人，对吧？"

格拉黛丝亲切地笑了。"是的。"

"我建议你去一趟学校，找他们的校长谈谈。他们可以会从源头上阻止这件事。现在不是从前了。现在人们对校园欺凌很关注，会严办。"他戴上帽子，"不过，等我和谢林顿先生谈过这件事，我感觉小奥斯卡就不会再来打扰詹姆斯了。"

警员凯尔德班克冲詹姆斯和艾莉点点头，说："不用送了。"他在门边停下，转身面对格拉黛丝说，"记住一点，奥默罗德太太，不要再干义务警察这种事了，好吗？不要再说什么'一场大雨会把渣滓从街上冲走'这种话了。我们都很清楚那部电影的结局是什么。"

格拉黛丝严肃地点点头，警员凯尔德班克走出去关上门，艾莉则瘫坐在沙发上，盯着天花板说："天哪。"

格拉黛丝坐在椅子上向前探身。"对不起。我不该这么做的。但詹姆斯和我说那些恶霸的事，我气坏了，我又看了《出租车司机》，所以我就……噢，艾莉，我很抱歉。"

艾莉看着她说："你真用擀面杖打那小子的脑袋了？"

格拉黛丝点了点头，她的眼睛里写满了笑意。"你真该看看那小子的表情。"

跟着，艾莉也笑了，释放压抑的感觉真是太好了。她笑啊，笑啊，眼泪滚下她的脸颊，但这次不是悲伤的泪水，她感觉很新奇。这就好像她一直以来都忘了如何笑，现在一想起来，就笑得停不下来。

过了一会儿，詹姆斯站在厨房门边，喊道："你们都傻了吗？"

艾莉这才深吸一口气，说道："什么？"

"我说，"詹姆斯喊道，"你们是在笑吗？"

格拉黛丝说："詹姆斯，亲爱的，没事了，他们不会把我抓走了。"

"你们觉得这件事就这么完了？"詹姆斯说，痛苦的泪水夺眶而出，"你们以为他们会像那个警察说的，就此住手？你不了解他们，艾莉。他们永远都不会停手的。而且，如果奥斯卡·谢林顿从他爸爸那里挨了一顿臭骂，你觉得他会拿谁撒气？"

詹姆斯向楼梯跑了过去。艾莉喊他，他闻言停了下来，一只脚踏在最底层的台阶上，盯着格拉黛丝。"奶奶，你把事情弄得更糟了。简直糟透了。"

第三部分
蓝色火焰

但这里并不是空无一物。宇宙犹如鬼魂出没的黑夜。

黑暗的宇宙影影绰绰，此时此刻，

三个幽灵像是浅色的鱼从黑暗中游出来，而一直以来，

他们就在黑暗中等着托马斯。

第四十二章

托马斯·梅杰是个小可爱

英国宇航局多平台维护部主管克雷格曾在皇家海军服役，那时候，人们都管他叫锤头，因为他一喝多了，就用头去撞门、撞墙壁、撞其他人的脑袋。那段岁月和克雷格的外号一样，都属于他的过去，不过在上需要匿名的网站时，他就会用这个外号的各种变化形式来当用户名。要是去幽暗的俱乐部或是月光照耀下的荒郊野地，为了识别身份，他就会带一条狗链，虽然他并不养狗。克雷格养了两只猫，一只叫埃塞尔，另一只叫弗兰克。有朝一日，若是有个人知道这是朱迪·嘉兰①父母的名字，那他会知道这个人就是自己的真爱。他仍在等待那个人的出现。

用头顶撞的日子已经一去不复返，但为了鲍勃·鲍曼，克雷格甚至考虑让昔日重现。克雷格对纪律深信不疑，在他撞来撞去的年月里，他所撞的墙、门或其他人的脑袋都是该撞的。身为一个军人，他对等级制度也很

① 美国女演员和歌唱家。——译注

尊重。然而，鲍勃·鲍曼那家伙只会动他那对该死的眉毛，还竟然将克雷格的职务名称从保安主管改成了多平台维护部主管，他对此惊愕不已，以有那么一刻，他真想用头去撞那个鲍曼。所有人都很清楚保安主管是干什么的，而多平台维护部主管听起来则好像他在马戏团里负责安全网。而克雷格觉得，在某些时候，这样来形容他在英国宇航局的工作，倒也没有那么差。

基于上述原因，克雷格在发现了重要情况之后，才会去找公关部主管克劳迪娅，而不是去向鲍曼主任报告。克劳迪娅从未去过保安部办公室，但克雷格给她发了一封神神秘秘的邮件，说是发生了一件事，他觉得她应该来看看。克雷格常穿军装一样的衣服，他的方下巴和一头短发会让人觉得他身体里的睾丸素超高，必须将多余的部分分出来，放在桶里存在他家的地下室。克劳迪娅一直以为保安部办公室像是扫帚间，弥漫着臭袜子和下体弹力护身的气味，会有人一边看着最新的文学作品和英国宇航局不允许看的下流网站，一边恶心兮兮地手淫。

她惊叹着走进一个宽敞通风的办公室，六个年轻帅气的小伙子坐在办公桌边，正用电脑进行着各项工作。远端有一个用玻璃围出来的小办公室，前保安主管站在门口，轻轻地冲她敬了个礼。四周弥漫着轻柔的乐声，克劳迪娅把五官皱成一团，竖起耳朵听。是灭迹合唱团的歌吗？

"你这里真是出乎我的意料。"克劳迪娅说，这时候，克雷格关上他办公室的门，指指一把面冲他办公桌的椅子。一张桌子上摆着一瓶鲜花，旁边是一壶冒着淡淡热气的滚烫咖啡。克雷格咕哝一声，背冲她站着，匆忙地把英国宇航局出的日历挂在门边的墙上。越过他的宽肩膀，她看到那里原本挂的是赫伯·里兹 [①] 拍的黑白美少年日历，现在则被比较乏味的英国宇航局日

[①] 美国最重要的时尚摄影家之一，偏爱黑白摄影。——译注

历遮盖住了。

"我知道十四种不同的杀人办法。"克雷格说着走到桌边，拨弄了一下一朵花，"你知道的。来杯咖啡吗？"

克劳迪娅指着窗外主办公室里的办公桌说："我在大楼里怎么从没见过那些帅小伙？"

"因为他们是安全人员。"克雷格倒了两杯咖啡，"他们可不是……可不是花瓶。我们毕竟是英国宇航局。你知道的，我们就像是个靶子。潜在的靶子。"

"你是一匹黑马。"她坐下喝了口咖啡，"到底是什么重要的事这么神神秘秘？"

"出了个潜在的安全漏洞。和梅杰有关。"

克劳迪娅扬起一边眉毛。"是鲍曼主任让你和我说的？"

"我还没告诉鲍曼。"

克劳迪娅向后一靠。"但我只是公关部主管。我觉得……"

"我是不会为了这件事去找他的，我只会告诉你。我不相信他。我一看到他，就想变成锤头。"

"什么？"

"没什么。关键是，我了解到了一个情况，我不知道该怎么做。但我信任你，我觉得你应该先听听。"

"听听？是什么事？"

克雷格示意她到他所坐的一边，让她坐在他的座位上。他把耳机插在他的显示器上，然后递给她。"准备好之后就按播放键。"他指着屏幕上的媒体播放器说，"我再去给你倒杯咖啡。你肯定需要。"

☾

两个小时后，克劳迪娅摘掉耳机。"见鬼。能不能用电子邮件给我发一份副本？"

克雷格点点头说："你觉得我们应该怎么做？"

"我也不晓得我们应该怎么做。你知道是谁吗？"

"知道。我找人帮忙，追踪到了号码。"他把手伸到她的另一边，打开办公桌的抽屉，拿出一张纸，交给克劳迪娅。"这是地址。你要把这件事通知鲍曼吗？"

"依我看，"克劳迪娅看着那张纸说，"暂时还用不着把这事向鲍曼主任汇报。这可是金子般的机会。公关的金子般的机会。他也不知道该怎么做。"她回头看着克雷格，"你觉得这是怎么回事？"

克雷格耸耸肩。"我觉得他是在弥补。寻找解脱。"

"弥补谁？为什么要弥补？"

"你看过他的档案吗？"克劳迪娅点点头。他继续说道，"他弟弟。他母亲。他父亲。去上大学的那个女孩。他妻子。特别是他妻子和他们的孩子。"

他们都盯着彼此看了一会儿，然后同时皱起眉毛，咬着嘴唇，异口同声地说："啊。"像是他们刚刚发现托马斯·梅杰其实是个小可爱。

第四十三章

2000 年的新年

新年第一天，托马斯一觉醒来，并没有宿醉的感觉，因为他在新年前夕没有外出。他只是做了他常做的事，那就是跑步。

他今年三十岁了；比起在 M25 高速公路边那家生化研究所工作的很多同龄人，他的身材更健美；与他年龄相仿的同事不是秃顶、发福，就是因为不常晒太阳和缺乏营养而面色苍白，戴着眼镜像是头猫头鹰一样。托马斯是一个大型团队中的一员，他们受雇进行一项大型开放性实验，将酶和蛋白质注入夏威夷产的木瓜（托马斯觉得，在巴斯比·伯克利的音乐剧里，应该有一首关于夏威夷木瓜的歌）的基因结构，从而延长木瓜的寿命、饱满度和耐寒性。有些时候，有人集中在铁丝网围栏外面，他们穿着扎染 T 恤衫和走了样的夹克（根据这些衣服的纹理和散发出的气味，托马斯只能认为布料是用牦牛毛编织而成的），他们举着大牌子，上面写着"转基因食品"和"拒绝转基因作物"，不过托马斯倒是认为这些人只是少数，他们很快就将失去兴趣，逐渐散开。他很肯定，英国公众吃了多年外卖的加工食品和鸡肉汉堡，对于在科学的帮助下变得更大、更美味和更耐寒的食物，肯定不会不屑一顾。

有一天，他开着他那辆又旧又破的迷你汽车来到实验室——他的车就是由一堆生锈的零件组成的，而且车尾直向外冒黑烟——他好像看到劳拉在抗议者中间，可等他仔细一看，却没看到她，他觉得不可能是她。或者说，他不希望是她。就算是想到会再次看到她，他都承受不了。

正值圣诞和新年，实验室关闭了两个星期，而且现在是千禧年到了。托马斯懒得告诉人们，要到 2000 年年末，20 世纪 90 年代才算过去，但反正也没人愿意听。事实上，他们只想把现在当成 1999 年来开派对。托马斯一直没出门，他用唱片听大卫·鲍伊，晚上十点上床睡觉，用枕头盖住脑袋，热诚地祈祷预言中的千年虫程序问题真的像人们害怕的那样，让所有电脑都出现问题，将这个世界带回石器时代，而那表示托马斯终于不可避免地可以去一个遥远的地方，找个山洞住下来，余生再也不用见到其他活着的人。不幸的是，等他在新年第一天醒来，就发现这个社会拒绝走向末日，这可真讨厌。于是，托马斯决定在未来一个星期跑步、看书、听音乐，不见任何人。

托马斯沿一条人行道慢跑着，这条大道很长，人行道旁边是一排半独立式连体别墅的小花园，他准备加速。他的随身听别在他的短裤腰带上，他知道他现在听的是磁带这一面的最后一首歌；如果他全速跑，那么在这首歌放完之前，他肯定能回到公寓，不过他会跑得上气不接下气，而且要洗澡。然后，他可以吃午饭，在这一天剩下的时间里，可以看书，再查看一下圣诞电视节目时间表，看看除了无聊的节目，还有什么电影可看。

托马斯的一只脚已经走下路缘石，准备穿过一条小路，正在此时，他用眼角余光注意到一辆黑色菲亚特朋多汽车开了过来，下一刻，只听到急刹车的声音响起，他感觉到冰冷的塑料保险杠撞在了他膝盖下方的小腿上。托马斯脚下一滑，脚步有些蹒跚，耳塞从他的耳朵上掉了下来，他瞪着风挡玻璃后面的那个女人，此时，她正团坐在方向盘后面，瞪着一双圆溜溜的大眼盯着他。

"你……你这个白痴！"托马斯喊道，他的声音在一栋栋房子的墙壁之间回荡着。

那个女人关掉发动机，摇下车窗。"你才是白痴！"她喊道。

托马斯跌跌撞撞地走到她所坐的那一侧车边，摘掉耳机，说道："你差点就把我撞倒了。"

那个女人皱皱鼻子，秀眉紧蹙。"是你跑到我的车前的！"

托马斯双手叉腰，现在才意识到他竟然有些上气不接下气。"听着。"他说。

"天呐。"那个女人翻翻白眼说，"每次只要一个男人一上来先说'听着'，那就表示有个女人即将听到傲慢的解释。"

托马斯没搭理她。她这是在搪塞他。"听着，"他又说，"我不知道你什么时候拿到的驾照……"

"我说得不错吧。"她拉下手刹，双臂抱怀，"傲慢的饭桶。"

"但是，"托马斯说着，尽量不去理会她的话，"兴许你也曾听说过一条交通规则，那就是车辆在右转进入小路时，必须谦让已经在汽车道上走路的行人……"

"啊哈。"那个女人得意扬扬地说。

托马斯说到一半便停下了："'啊哈'是什么意思？听起来好像你听错了我说的话，而且觉得你是对的，一点错也没有。"

"我当然是对的。我当时已经开始转过弯了，而你当时还在人行道上。是你应该让我。"

托马斯轻笑一声。又一辆汽车转过弯来，司机在那个女人的车后猛按喇叭。托马斯冲他比画了一下，喊道："我们正在讨论高速公路问题。说不定我们还会打官司呢。"

那个女人看着他，绿色的眼眸亮晶晶的，闪烁着一丝玩味，这下子托马斯的火气顿时消了一半。"打官司，嗯？"她说。托马斯看见了她的左腿，纤细雪白，又看到她穿着黑色裙子，只见她踩下离合器，把车挂挡。她的皮肤白皙，鼻子和脸颊上布满了雀斑，一头铜色的头发垂在肩膀上，她穿着一件黑色职业上衣，如此一来，他不由得对她产生了片刻的好感。"那样的话，你需要一位律师。"

她把手伸进上衣口袋，拿出一张名片，伸出车窗交给他。"明天下午给我打电话。"她启动车子，后面的男人又开始按喇叭。

托马斯看看名片。珍妮特·伊森。初级合伙人。卡比·钱伯斯律师事务所。还有一个座机号码、一个手机号码和一个传真号码。他又看着珍妮特·伊森。"为什么？"

"那样你才能告诉我，明晚带我去哪里吃饭。"她说。她的车沿街向前驶去，托马斯差点都忘了躲开，后面那个男人开车紧随其后，在从托马斯身边经过的时候还瞪了他一眼。

但托马斯没有觉察到，他只是呆愣愣地站在路中央，在一月中旬的寒风中呼出一团团哈气，他盯着那张名片。珍妮特·伊森。晚饭。明晚。他的第一个念头是他当然不会去，他绝对不会做这样的事，他不知道到时候该说什么，该穿什么，是该请客还是该AA制，不知道他是不是应该在等出租车时采取主动。

跟着，他觉得因为做过的事后悔总好过因为没做过某件事而后悔，在全新的千禧年里，托马斯第一次觉得这个世界没有像广告里说的那样走到末日，这倒也不是一件坏事。

第四十四章

疯魔般等待救赎

艾莉坐在教区教堂外的长凳上，把奶奶编织的围巾和她穿了两年的外套紧紧裹在身上。外套绷在她的背上，袖口才到她的小臂中央。过段时间，她或许会去看看商店橱窗里的新外套，虽然她是绝对买不起的。她把帆布背包抱在怀里。一对三十来岁的夫妇在小花园里轻快地走着，钟楼的阴影投射到他们身上，他们手拉着手，犹如在海上漂浮的海难幸存者，生怕会松开对方，她开始把想象力用在他们身上。

砰！他外出买醉，深夜不归，还去看老电影，因为他受不了和她上一张床。

砰！她上个月两次差点订单程票前往一个温暖遥远的地方，却在最后一刻退缩，收起了她的信用卡、关掉了网页。但她迟早都会这么做。她一定要离开他。她一定要逃离。

今天很冷，天空是墨黑色的，一场暴风雪即将来临，或者说，气温再降个两三度，肯定会下雪。艾莉时不时就把围巾拉起来围在耳朵上，并没听到德利尔走近，所以，当他穿着棉大衣坐在她旁边的时候，她吓了一大跳。

"你经常这样吗？"他挑起话题，仔细查看他手里一根用折叠着的格雷格商店纸袋包着的香肠肉卷，"我是说假装用枪打别人。这么做有点奇怪。我还没吃呢，你要不要先吃一口？"

艾莉接过香肠肉卷，咬了一大口，然后交还给他。她一边嚼着加工香肠肉和千层酥饼，一边说："我不是在假装开枪打人，我是在用我的真相狙击步枪。这把枪告诉我，那些自以为很幸福的人其实只是在假装。他们生活在谎言之中。其实没有人是幸福的。"

"我就很幸福。"德利尔皱起眉毛，"或者说，在你吃了我的一半香肠肉卷之前，我还很幸福。"

"不，才不是。"艾莉说，"这世上就没有幸福的人。"

德利尔想了想说："不，我很肯定你是错的。我很幸福。"

"你只是以为你很幸福。"艾莉坚持道。

"但如果我觉得我很幸福，那我肯定就很幸福啊。"德利尔咬了一小口香肠肉卷道，"你说的是笛卡儿的哲学理论，对不对？"

"你不可能幸福。"艾莉更紧地搂住背包，"因为那不公平。我只有真相狙击步枪。它是唯一可以阻止我发疯的东西。我必须相信其实没有人是幸福的，因为如果事实正好相反，那我就会更加不快乐。"她看着他，流露出央求的眼神，"不要把它从我身边抢走。"

他耸耸肩，把最后一点香肠肉卷塞进嘴里。"你说得对。"他嚼着千层酥饼道，"我非常不快乐。特别是因为你不能来星期五晚上的派对。"

"我去不了。"她叹口气，"你明知我去不了。星期六天一亮詹姆斯就要去伦敦。我星期五还要在波兰特产商店打工，现在那份工作更重要了。"艾莉看着德利尔，"焊条店的工作没了。"

☾

"有点问题。"猫头鹰餐厅监工说道,他用干燥的嘴唇叼着一支手卷烟,边说边把吃早餐时在手上留下的油腻痕迹擦在他的 T 恤衫上,而 T 恤衫那个胸部丰满、眼神空洞、画着眼线的裸女正咧开嘴笑着,感谢他的关注。他把所有星期日早晨的工人都叫到位于工业区的这个厂房里,他们围在电暖气周围,猫头鹰餐厅监工好不容易让步,买了这个电暖气,好让这个地方在深冬时节可以稍微舒服一点。这个厂房很大,充满回音,它由水泥和波纹钢板屋顶建成,边缘摆着长凳。艾莉的工作是组装钢铁支架,再把它们送进点焊机,用一只脚踩动踏板,将接缝处都连接在一起,做成购物手推车的面板。这份工作又脏又热,她的手臂经常被烫伤,她的脸上满是油渍,粗糙的木托盘上的碎屑会扎进她的手指,那些托盘就堆在她的工作站旁边,而她的工作站里有很多需要焊接的钢条。她在星期日要工作上一整天,工作结束的时候,她会收到一个牛皮纸信封,里面装着几张二十英镑的钞票。她有种感觉,这份拿现金薪水的电焊工作八成没的做了。

厂房远端的收音机里正在播放史蒂芬·怀莱德的《星期日情歌》。猫头鹰餐厅监工揉揉鼻子,大声喊道:"把那个娘娘腔的歌关一会儿。"艾莉看看周围那些和她一起在星期日工作的同事,什么样的人都有,有几个中年男人穿着破烂的连体服,总是聊着足球、啤酒和他们的妻子;有几个人是学生,不过圣诞假期过后,这些人就来得少了;还有各种移民工人,来自同一国家的人聚在一起干活,只有一个大个子金发澳大利亚人除外,谁在他附近,他就和谁说话,只是他从未对艾莉投来的赞赏目光给予回应。

"工作和养老金部那些该死的家伙到处找事。"猫头鹰餐厅监工说道。在厂房的远端,《红衣女郎》的歌声响起。猫头鹰餐厅监工喊道:"我说了,把那个娘娘腔的歌关掉。这个更娘娘腔。"说完,他转身看着几个穿皮夹克的拉脱维亚人。"DWP。"他一字一顿地说。"意思是工作和养老金部。那些好管闲事的家伙，该死的。他们就是看不得老实诚恳的商人赚几个小钱。"

猫头鹰餐厅监工拍打口袋寻找打火机，试着把手卷烟重新点燃。他干咳两声，说："所以，现在只能请你们当中的一些人走人了。主要是外国人。"猫头鹰餐厅监工看看那些拉脱维亚人，摆摆手臂。"解雇你们。没有身份证，明白吧？没有国民保险。我们和欧洲再也不是朋友了。把钱拿在手里。"他做了个鬼脸，"我真是太调皮了。"

那个澳大利亚人晃晃一只手。"我们现在是不是该走了？他们是在监视我们吗？"

"没有你，伙计。"猫头鹰餐厅监工说道，"我觉得只需要让外国人走就成了。"

"我是澳大利亚人。"

猫头鹰餐厅监工蹙蹙眉。"你这个外国和他们那个外国相比就不算什么了。"

"不过我没有工作签证。"澳大利亚人兴高采烈地说。

"见鬼。"猫头鹰餐厅监工摇摇头。他看着艾莉。"你呢？从来都没听你说过话。别告诉我你是从该死的乌兹别克斯坦来的？"

艾莉摇了摇头。猫头鹰餐厅监工说："很好。亲爱的，把你的国民保险卡给我就行了。"

艾莉又摇了摇头。猫头鹰餐厅监工眯眼看着她。"驾照呢？宝贝，你到十七岁了，对吧？我在广告上可是写得清清楚楚,只招十七岁及以上的工人。"

艾莉再次摇头。

"老天。那你告诉我你至少有十六岁了。"

艾莉摇摇头。

猫头鹰餐厅监工一拍脑袋："拉脱维亚人，澳大利亚人，见鬼的未成年少女，都给我走。你们这些人真没用。赶快给我滚，省得给我惹事。"

◖

"真倒霉。"德利尔说，"不过听起来那也不是什么好工作。"

"这不是关键。"艾莉抱着她的背包说，"我需要钱。我们需要钱。"

"你们总是为钱发愁？"德利尔说，"啊，快看，那边有一对。"

"有一对什么？"

"一对幸福的夫妻啊。就在那边。用你想象出来的枪打他们呀。"

艾莉仔细打量那个大块头男人，他穿着棉袄，羊毛帽遮住了耳朵，一个女人跟在他身后，她用两只手拖着一个普里马克服装店的牛皮纸袋。她移开目光。"他们甚至都没有假装幸福。"

"就好像你以为我是在假装幸福那样吗？"

"只有一种办法能知道。"艾莉从他们之间的长凳上举起想象出来的真相狙击步枪：她用一只眼透过看不见的瞄准器盯着他。

"是什么？"德利尔闭上眼，准备好挨枪子。

艾莉拿开"步枪"，说："我的枪在你身上不管用的。因为你是疯子。"

"对我来说，真正有意义的是那些疯狂的人。"德利尔站起来说。

"坐下，傻瓜。"

德利尔开始摆动手臂，像是要展翅高飞。"他们疯魔般尽情享受生活，疯魔般高谈阔论，疯魔般等待救赎，同时渴望着世间的一切。"

"德利尔。"艾莉压低声音厉声道，"别人都在看我们呢。"

"他们从来不打哈欠，或言及任何平平的事物。"他仰着头说。

"现在可是上课时间。"艾莉咬牙切齿地说。

"只是全力燃烧，燃烧，就如同熊熊的黄色罗马巨蜡，在星空中四散爆开。"德利尔边喊边转动手臂。一个拖着购物手推车的老妇停下来看着他。德利尔像是在舞台上一样，夸张地鞠了一躬，还冲她脱下了隐形的帽子。

艾莉只是摇了摇头。"你到底在说什么？"

"杰克·凯鲁亚克写的《在路上》。你看过吗？"

"没看过。除了让我丢脸，你来这里还有什么事？"

他把手伸进夹克衣兜，掏出一个折叠的信封交给她。"我给詹姆斯找到了 LED 灯。"

艾莉接过信封，塞进背包。"你怎么知道我在这里？"

"跟踪你呀。"德利尔说，"我看到你在课间去穿外套。你在课间从来不穿外套的。没有必要，你是不会到外面去的。你总是坐在食堂或图书馆，所以我知道你肯定是有事要做。"

"你是福尔摩斯吗？"

"我擅长观察人，所以我才想要当个作家。现在经你这么一说，说不定我还可以当个警探。那样更好。嘿，我们可以一起打击犯罪。就像《哈特夫妇新冒险》一样。我在英国黄金台看过这部电影。还不赖。你看过吗？"

"我没时间看电视。"

他看看手表。"我们还是回去吧。下午还要上体育课呢。"

"我上不了：我现在是生理期。我有奶奶写的字条证明。"

德利尔点点头。"那我也不去上体育课了。你是我最好的朋友，所以我们要同甘共苦。肚子疼，头疼，作业。我真的也很虚弱。"

艾莉本想踢他一脚，结果被他巧妙地避开了。"如果男人也有生理期，那几个世纪前就有治疗方法了。"

她站起来。德利尔也站了起来。"我们去哪里？"

"我去我弟弟的学校。你回去。"她歪着头看了他一会儿，"你很聪明，德利尔。所以你有大好前途。千万别让我拖你的后腿。回教室吧。"

他耸耸肩。"反正他们再也教不了我感兴趣的东西了。我敢打赌，巴伯小姐从没看过杰克·凯鲁亚克的书。我们去詹姆斯的学校做什么？"

艾莉叹口气。"你真是个跟屁虫，甩也甩不掉。那就走吧。我们得好好准备一下。"

第四十五章

扮 演 大 人

　　半个小时后，艾莉和德利尔坐在圣马太小学的接待室里。墙上的告示提醒人们不要给学生拍照，并要提供合适的身份证明。墙上还挂着带框画，有的画是为了庆祝女王寿诞而作，有的是庆祝足球比赛，还有一幅画画的是各种肤色和种族的孩子手拉手环绕着地球。

　　"快看。"德利尔指着最后那张海报上的一个黑发白人女孩和一个咧开嘴笑的黑人男孩说道，"就跟我们一样。"

　　"嘘。"艾莉说。在乘坐巴士来詹姆斯的学校之前，她去巴士车站的厕所换上了黑色裤子、蓝色衬衫，把头发都盘在头顶。她化了妆，涂了深红色的口红，擦了眼影。艾莉让德利尔摘下校服领结，脱掉运动上衣，把他的衣服和她自己的校服都塞进她的背包，然后用评判的目光打量着他。

　　"我们要装成什么人？"他说。

　　"我还是詹姆斯的姐姐，不过我要装得年纪大点。"艾莉答。

　　"那我呢？"

"我看你就扮成我的男朋友吧。"

在接待室里，他们所坐的椅子之间有一张边柜，德利尔透过柜子上的蕨类植物叶子看了看。"很好。我们现在就跟密探一样。"他快乐地说。

"住嘴。"艾莉低声呵斥道。一个女人向他们走了过来，她衣着时尚，一头花白头发剪得很短。艾莉抬起头，笑了笑："布里顿太太吗？"

那个女人点点头。"你是奥默罗德小姐？这位是？"

"我叫德利尔·阿莱恩。"德利尔说着站起来，拉住布里顿太太的一只手，"我是艾莉诺的未婚夫。我们夏天就要结婚了。"

"真好。"布里顿太太说。艾莉也站了起来，狠狠踢了德利尔的脚踝一下，但他没有退缩。"请随我去我的办公室吧。"

布里顿太太的办公室明亮通风，有一张宽大的办公桌，墙上也挂着许多孩子的作品，布里顿太太本人的各种资质证明也镶着框挂在墙上。艾莉和德利尔应邀坐在两张很舒服的椅子上，面冲校长，而校长则向前探身，靠在办公桌上，把手指搭成尖塔状。

"是这样的。"她说，"我们都很高兴詹姆斯受邀参加全国学校青年科学比赛决赛。真是太开心了。他已经和我们说过他的计划了。我必须要说，他真的是认真思考过，并且付出了很大的努力。我们都认为，他的创意很符合比赛在社会意识这方面的要求。"

"是的。"艾莉强迫自己哈哈笑笑，"詹姆斯是个很有社会意识的孩子。"

布里顿太太露出严肃的表情。"确实。我们知道你们家里遇到了一些……困难。"

"可以那么说。"

"你们母亲……去世了。而你们的父亲……你们的父亲……"

"他在坐牢。"艾莉替她说完。

"是的。他正在……服刑。"布里顿太太点点头，"但我必须说，詹姆斯的学业似乎并没有因此受到影响。"

"是的。"艾莉笑着说，"就算他的同班同学也没有影响到他。"

布里顿太太脸上的笑容消失了。"是有一些小……问题。其实我正准备和你提起这件事呢。但是这件事今天早晨已经解决了。"

"你是说奥斯卡·谢林顿的父亲撤销了关于他儿子在校外被蒙面人士攻击的控诉？"

"啊，是的。就是那件事。警察今天早晨来了。你显然理解我们一定会进行调查，但有问题的那个男孩子承认了一切都是他编造的。我不确定他怎么会想到编这个故事。没有其他人看到那个蒙面人士。如果这件事给你们造成了影响，我很抱歉。我也不清楚为什么会发生这种事……"

"可能是因为奥斯卡·谢林顿和他的同学一直在欺负詹姆斯。"

"我们会注意的。"布里顿太太点点头，"但我应该同詹姆斯的正式指定监护人谈这件事。"她看了一眼电脑屏幕，"监护人是格拉黛丝·奥默罗德太太吧？我还以为今天是她来。"

"我奶奶现在……丧失了行为能力。"艾莉笑着说，"所以她才要我来谈比赛的事。"

"丧失了行为能力？"布里顿太太说。

"不严重。她就是扭伤了脚踝。是在做慈善工作的时候摔伤的。她为那些无家可归的人……做汤。"

"她是踩到番茄皮才滑倒的。"德利尔说。艾莉在椅子下面又踢了他一脚。

"啊。"布里顿太太说。

艾莉把手伸进背包，小心翼翼地不让校长看到她的校服。"我在一家保险公司做会计，我今天是请假来这里的。不过我带了一封我奶奶写的信。"

她把信封交给布里顿太太。德利尔推推眼镜："我是记者，在《卫报》工作。如果有必要，你可以去报社的网站上查我的名字。"

布里顿太太笑笑，打开信封，看了格拉黛丝在艾莉的口述下写的信。"看起来一切正常。但我认为我们必须和詹姆斯的监护人奥默罗德太太本人谈谈。如果她不能出门，我可以去你家。今天放学后可以吗？"

"我觉得这个主意不太好。"艾莉立即说道。

片刻的沉默过后，德利尔说道："关于那个在校外攻击孩子的蒙面人士，你能不能详细说说？"

布里顿太太冲他眨眨眼。"抱歉，你说什么？"

"是的。"德利尔说，"我觉得这说不定是个很好的新闻。《蒙面忍者在学校门口闲逛》。"

"但我们已经确认，这只是一个学生乱讲的……"

德利尔笑了。"但无风不起浪啊。那个人戴了什么样的面罩？"

布里顿太太皱起眉头。"我觉得《卫报》对这样的事是不会感兴趣的吧？"

"我还为《每日邮报》写文章。"德利尔对老师笑着说，"还有《太阳报》。我很肯定总有一家会感兴趣……"

布里顿太太的眉头皱成了一个疙瘩。"你确定你在《卫报》工作？你看起来很年轻……"

德利尔用手捂住脸。"我的情况特殊。我得了先天性生长激素缺乏症。我早就听天由命了。但你现在又提了起来。我或许必须去接受治疗了。"

布里顿太太看起来苦恼极了。"哦，我不是存心……"

"没关系。"德利尔咬牙切齿地说，"但你能想象到一个三十四岁的男人却在一个十五岁的身体里是什么滋味吗？简直生不如死。就跟中了诅咒一样。"

布里顿太太看看德利尔，又看看艾莉，随即她的视线又从艾莉身上回到了德利尔身上。"我想我不……"

德利尔举起一只手，让她不要说话，然后，他捏捏鼻子，粗声粗气地做了个深呼吸："我说了没关系。就是请你不要再提了。我还是宁愿聊一聊校园忍者。我们可以这么称呼此人吗？"

艾莉向前探身。"我觉得报道什么的就没有必要了。"他指指布里顿太太那颤抖的手捏着的信，"那我奶奶写的信可以吗？"

布里顿太太看看德利尔，又看看那封信。"嗯。是的，我想可以。"

德利尔向后靠在椅子上。"这么说来，你或许说得对。那件事没什么新闻价值。"

布里顿太太把信叠起来，放回信封。"好吧。我们计划星期六一早出发去参加比赛。我和副校长沃丁顿先生带队。火车票订好了。我们可以去你家里接詹姆斯……"

"我们会把他送到学校来的。"艾莉说，"我觉得那样最好。谢谢。"

"他能不能在星期五完成实验？"布里顿太太看起来有点糊涂，像是刚刚发生了一件她解释不清的事，"如果他需要更多时间来完成实验，那不管是在学校里还是在家，我们都开绿灯。"

"那当然好了。"艾莉点点头，"这下就万事俱备了。谢谢你抽时间见我们。"

布里顿太太交给艾莉一个信封。"这是比赛的详细介绍。詹姆斯所在的年龄组在上午十一点比赛。"他们都站起来握手，布里顿太太不可置信地瞥了德利尔一眼。"你确定你不会……？"

德利尔露出了灿烂的笑容。"如果我觉得有必要，我会回来的。不过但愿不会这样。"

❨

"真是妙极了。"艾莉背靠在学校外面的大门上说，"我还以为她会非去我们家不可呢。那样可就糟透了。但我真觉得你说的那个激素什么的，有些太过了。"

"不过，你能告诉我到底出了什么事吗？"德利尔说，"蒙面攻击者是怎么回事？你到底为什么这么需要钱？为什么这次的比赛不仅对詹姆斯重要，而且对你们也都很重要呢？"

艾莉看着他。"我真不能说。至少现在还不能。但谢谢你刚才所做的一切。"

"我们现在回学校吗？我喜欢扮演大人。"

艾莉望望天，只见天空中阴云滚滚。"不。别费那个力气了。"

"那我们去做什么？不如去图书馆吧。"

"你知道怎么带女孩子共度狂野时间吧。"艾莉说着把手伸进背包，"等一下，我的手机响了。"

"去图书馆就是狂野时间。"德利尔说。他把一只手在身前挥了挥，像是魔术师在展现最精湛的幻象。"图书馆就是一扇大门，可以进入无数个不同的世界。而且……"

"别说了。听着，我现在得回家了。"艾莉盯着电话说。

"我和你一起回去。"

艾莉站起来，用一只手按在他的胸口上，说"不行。德利尔，你不能跟我一起回去。"

"我要去。"

"不行。"艾莉说着转过身，向巴士车站走去。她回头看了一眼，确定德利尔没有跟着她，然后又看了一遍格拉黛丝发来的信息。她的呼吸变得急促起来，她急切地张望，盼着巴士立即出现。她能坐出租车吗？她数数钱包里的零钱。只有一些硬币。千万不要让他们进来，她自言自语道。什么都不要说。她必须给格拉黛丝打个电话，告诉她该说些什么，告诉她要假装不在家。艾莉开始琢磨该怎么说，好去应付总有一天会找上门来要把他们分开的警察、社会福利部门的人或是政府的其他人。巴士终于来了，艾莉快步上了车，又看看哆嗦的手里拿着的手机，把那条短信重读了一边。

一个陌生女人敲门我该怎么做？

第四十六章

我去了威根

纵十八：如果推迟，会引发心绞痛，比方说——无人不知（四个字母）

纵横交错的填字游戏方格都被填满了，只有中间的四个空白方块在嘲讽他，从周围的单词中根本找不到对缺失单词的提示。托马斯盘腿坐着，在灯光明亮的主舱里漂浮，活像是个悬浮瑜伽修行者，他一只手拿着填字游戏书，用牙齿咬着铅笔。看来他这辈子也想不出这个词了。这道题弄得他筋疲力尽。他闭上眼，试着允许自己的大脑放空，把自己的大脑当成一片无边无际的幽暗湖泊，只盼着就像是渔夫抛出了假蝇做鱼饵那样，他抛出钓线，就能从他的记忆中钓出那个迷路的词。

但他钓到的只有网络电话的恼人呼叫声，这声音不断地从监视器上传来。托马斯眯眼看了一眼工作站数字时钟显示器：都晚上十点多了。一般情况下，就连鲍曼都不会在这么晚对他长篇大论讲情况有多紧急，有多么必要进行舱外活动。所以这表示肯定出了什么十万火急的事。这次又有什么新花样？他用力一推，飘浮到工作站边，将自己固定在椅子上。轻轻的引擎声听起来和以往一样，所有仪器都很正常，没有显示过低或过高。对一堆苏联人制造的旧破烂而言，小屋一号的表现确实相当出色。

托马斯接听了网络电话，惊讶地看到克劳迪娅的脸出现在屏幕上。更奇怪的是，她好像不是在地面控制中心，除非鲍曼脑袋进水，允许她用室内装饰品、散放的靠垫和一个宜家买来的书柜重新装饰了地面控制中心，而且，在她身后弥漫着幽暗灯光的墙壁上，还挂着一幅带框的海报。

"克劳迪娅。"托马斯在椅子上调整了一下坐姿，遮住了显示器一角的小屏幕，从那个屏幕上可以知道她都能看到什么。有那么一刻，他真希望他刚才梳好了头发，随即又很奇怪他为什么会这么想。"很晚了。你们公关部出事了？报纸上登了他们在天台下面找到了那具尸体？"

克劳迪娅笑了起来，用一只指甲修剪得很整齐的手把一头深色头发向后捋，嘬起了饱满的红唇。"天台下面有尸体？"

"也许吧。"托马斯说，"不过不是我弄死的那个。"

她叹口气，显然放松了下来。"就算有死尸，也没人能做什么。"

"这话倒不是在开玩笑。去年，有人试图进入我的公寓行窃。结果一个星期之后，警察才来。我估摸就算我把一具尸体藏在了天台下面，他们也没办法追我到火星。"

"当然，你肯定不会……"

"我喜欢你这不确定的语气。"托马斯看向她的背后，不过图像并不清楚，而且开始破裂成一个个彩色方块，"那张海报……是电影《生活多美好》？"

克劳迪娅回头看了一眼。"啊？那个呀，没错。"

"那是我最喜欢的电影。"他不知道他为什么说起这个。如果他不是脑筋清楚，说不定会以为自己是在和克劳迪娅调情。他又回头看看仪表板；没准是空气出了问题。或许是混合空气中没有足够的氧气，也可能是一氧化二氮太多了。

图像变得清晰起来，克劳迪娅眯起眼。"你最喜欢的电影？我还以为你们这些搞科学的只喜欢《独立日》或《星球大战》那种影片呢。这部电影对你来说是不是太多愁善感了？汤姆少校，你应该谨慎一些。人们会觉得你是个性情中人。"

接下来是一阵短暂的沉默，他和克劳迪娅就这么看着彼此。不过托马斯惊诧地觉得这份沉默并不会让他有任何的不自在。"我好像看到你是从你家里呼叫我的？"

"这是一栋公寓。确切地说，是一栋公寓里的一个房间，这栋公寓分成几个隔断，总共住了六个人。你知道这是什么情况吧。大家都想在伦敦找个好地方住。"

托马斯张开嘴巴，随即又闭上，因为他意识到他是想问她有没有男朋友，或是结没结婚。这和他有什么关系？他为什么会想到这么问？所以他只是说："克劳迪娅，你呼叫我有什么事？"

她盯着他看了很久。

"克劳迪娅？你到底有什么事？"

她说："我去了威根。"

☾

克雷格把他的奥迪车停在一辆破旧的白色面包车后面，这里是一条小路，两侧各是一排红砖房，这排房子几十年来都被油烟熏黑了，房子的前门直接建在人行道上。"到了。"他说着拉动手刹，"桑托斯大街十九号。要不要我和你一起进去？"

克劳迪娅抹掉窗户上的哈气，望向那栋房子。窗帘没有拉，可以看到屋里有昏暗的灯光。她说："我想我一个人能应付。要是我遇到了麻烦，我就大喊。但就我所知，这房子里只有一个七十一岁的老太太、一个十几岁的小女孩和一个十岁的小男孩，对吧？"

"不过他们可都是北方人。"克雷格像个智者那样点点头，"我以前和一个来自兰开夏郡的后勤兵一起共事。他是普雷斯顿人，叫吉尔德·霍尔·加里。他干了一件叫人完全意想不到的事。在我们去伯利兹的路上，他无缘无故喝光了整整一瓶醋。"

"这样啊。"克劳迪娅说，"我会注意他们有没有拿醋出来。"

克劳迪娅走到人行道上，抚平了套裙，壮起胆子向窗户里看了一眼。有个女人坐在安乐椅上，下午电视的光照亮了她的脸。她注意到克劳迪娅在看她，便目光炯炯地盯着她。克劳迪娅笑笑，冲她摆摆手，又指指大门。那个女人一下子变得惊慌失措，连忙从椅子边的小桌上拿起一部手机。

克劳迪娅向大门走去，一边等一边查询平板电脑。那个人肯定就是格拉黛丝·奥默罗德，也就是托马斯·梅杰似乎在无意中联系上的老太太。显然格拉黛丝用的是托马斯前妻以前用的手机号码。克劳迪娅很想知道她为什么换电话号码？就为了不让托马斯给她打电话？

绿色木门的另一边没有任何动静，于是克劳迪娅轻轻地敲了敲门。她向后退了一步，从窗户向里张望，正好看到格拉黛丝躲在窗帘后面。克劳迪娅看了看坐在车里的克雷格，只见他正入迷地看杂志。她又敲敲门，最后终于听到门锁打开的嘎啦声。大门打开一条缝，格拉黛丝·奥默罗德站在粗重的安全锁链后面从门缝向外看。

"我们什么都不要。"格拉黛丝说完就要关门。

克劳迪娅快而轻地将一只手卡在门缝里，不让大门关上。"奥默罗德太太……"

"不是。他们搬走了。他们搬去了……"她像是想了一会儿，"……博尔顿。没错，他们搬去了博尔顿。你最好去那里找他们。"

"奥默罗德太太。"克劳迪娅笑着说。她看着停在房子外面的面包车。脏兮兮的白色车身上写着建筑承包商达伦·奥默罗德几个字。"没事的。我不是来给你找麻烦的。"

"你是住房互助协会的人吗？支票已经寄出去了。"

她又试着去关门，但克劳迪娅这次把脚塞进门缝，结果被木门夹得直皱眉。她早知道自己不该穿这双伯拉尼克高跟鞋来威根。"我不是住房互助协会的人。我就是想和你谈一谈。我叫克劳迪娅·托勒曼。我在英国宇航局工作。"

格拉黛丝茫然地看着她。"你是来推销的吗？不过我们没钱。"

"不是，不是的。"克劳迪娅顿了顿，"好吧，我倒是一直在推销，这就是我的工作，不过我是代表英国宇航局来这里的。你认识托马斯·梅杰吗？就是汤姆少校。"

格拉黛丝闻言露出灿烂的笑容。"汤姆少校！你怎么不早说？你是他的朋友吗？"

"是的！"克劳迪娅高兴地说，"是的，我是！我和汤姆少校是好朋友！现在我能进去吗？"

"不行。"格拉黛丝用拖鞋的鞋尖把克劳迪娅的鞋子从门口踢开，"还是等艾莉回来吧。"然后，她当着克劳迪娅的面把门关上了。

"这样啊。"克雷格在克劳迪娅回到车内时说，"你知道的，只要五分钟，我就能让你进去。不出三分钟，就能让那个老太太老实交代。"

"我觉得没那个必要，邦德指挥官。我们等艾莉回来好了。"她看着平板电脑，"她十五岁，显然是这家的主事人。"

克劳迪娅用手肘捅了他一下，他抬头看向风挡玻璃外面。一个瘦弱的女孩正沿大街跑过来。她留着一头黑发，马尾辫乱糟糟的，肩上背着一个帆布背包。克雷格说："她看起来可不像十五岁，而且她没穿校服。你看，她还化了妆。"

"一个十五岁没有妈妈的女孩子就会这样化妆。"克劳迪娅再次收拾好她的手袋，"我看呀，大老板终于回家了。"

就在那个女孩子在口袋里找钥匙的时候，克劳迪娅飞快地从车里出来，喊道："艾莉？艾莉·奥默罗德？"

那个女孩转过脸，眼睛里流露出怀疑和恐惧。要是能有人给她适当的建议，那她肯定会出落成一个美人。艾莉说："你是谁？你想干什么？迁出日期还没到……"

克劳迪娅举起两只手。"我不是来这里让你搬出去的。我只是想找你们聊聊。"

就在艾莉扒拉钥匙的时候，门向里开了。格拉黛丝站在门阶上。"她叫克劳迪娅，是汤姆少校的朋友。"

艾莉眯眼打量着克劳迪娅。她看看那辆奥迪车，又看看冲她挥手的克雷格。"你们是英国宇航局的？"

克劳迪娅点点头。"如果你想看，我的身份证在包里。"

艾莉叹口气。"你最好还是进来吧。"她冲汽车一点头，"他要不要也进来？"

"他坐在车里就好了。"克劳迪娅说着随老妇和小女孩走进桑托斯大街十九号，"告诉你们一个秘密吧，他有点害怕北方人。"

第四十七章

止　　损

　　格拉黛丝去泡茶，克劳迪娅便坐在沙发上，环顾小客厅，看着边柜、窗边的桌子、桌上的照片（她估摸照片里的人是艾莉的父母）、电视机和格拉黛丝的安乐椅。她感觉到艾莉在打量她，只听那个女孩说："你们八成觉得我们是古怪的北方人。"

　　"这里很温馨。而且，比我在伦敦的住处大了一倍。"

　　"我也希望我能住在伦敦。"艾莉说着在她旁边坐下来，"有我自己的公寓。"

　　"时机到了，你自然可以。"

　　格拉黛丝端着一个托盘走出厨房，托盘上有一个套着棕色编织保温罩的茶壶和三个茶杯。克劳迪娅说："只是我住的不是公寓，我只是租了一个房间。而且有时候很孤独。再说了，你才十五岁，还太小，不能自己住。"

　　艾莉眯起眼。"你好像知道很多关于我的事。"

　　克劳迪娅点点头，回头看了一眼照片。这是个很美好的细节。她一定会记住的。她以前在杂志社做记者，她记得她那时一直都很擅长编辑口中的"润色"，然后，她才转行公关，进入了与她同为廉价文人的人所说的"黑暗面"。她一边在心里琢磨文章的开头该怎么写，一边说："是的，我很清楚。你叫艾莉，十五岁。你的弟弟詹姆斯十岁，是个小科学家。格拉黛丝马上就七十一岁了。而且，你们遇到了一些麻烦。"

格拉黛丝笑着倒茶。艾莉说："听起来像是汤姆少校泄露了我们的秘密。他答应我们不会说出去的。"

"啊，不是他说的。我们听到了他和你们的通话录音。真想不到竟然没人想到那个。毕竟我们是英国宇航局。"

"你是来帮助我们的吧，亲爱的？"格拉黛丝坐在安乐椅上说。

"我想是的。"

"我们需要五千英镑。"艾莉立即说道，"如果是支票的话，抬头请写格拉黛丝·奥默罗德收。"

克劳迪娅轻笑起来，喝了一小口茶。格拉黛丝在茶里放了很多糖。看来等她回到文明世界，要去健身房多做点锻炼了。"啊，我也希望我有五千英镑可以给你。只是公关部没给我这么多薪水。"

"英国宇航局掏得起这笔钱啊。"

"可能吧。"克劳迪娅耸耸肩，"但我说不准他们为什么要付这笔钱。"

她看到艾莉和格拉黛丝对视一眼，然后，女孩说："那你来这里干什么？"

克劳迪娅把茶放在咖啡几上。"我是觉得汤姆少校一直在做一件了不起的事，他帮助詹姆斯做实验参加比赛。他这么做很了不起，很棒，大公无私。这正好是我们需要的好新闻。"

艾莉摇摇头，对克劳迪娅说的那些，她连一个字都听不懂："好新闻？"

"咱们私下说吧，当初我们宣布汤姆少校是即将登上火星的宇航员，可他并没有配合我们进行宣传。他这人……有点暴躁。媒体并不像我们预料的那样对他有好感。特别是和那个小学生通话之后……"

"他把人家小姑娘弄哭了。"格拉黛丝点点头，"我批评过他了。"

"没错。他把她弄哭了。这可不是良好的公共关系该有的样子。所以，我们需要止损。提升他的声望，实现逆转。"

艾莉挑挑眼眉。真相终于大白了。"这么说，你认为我们是……提升他的威望的工具？"

克劳迪娅亲切地笑笑。"我很高兴我们在这一点上同声同气。我现在明白了。"她挥挥一只手，像是在揭示一条想象出来的头条标题，"汤姆少校帮助贫困家庭保住房子。《每日邮报》肯定喜欢。而且，我觉得对《卫报》嘛，我们可以强调在现代英国社会，母亲死了，父亲在坐牢，孩子们过得有多艰难。我想 BBC（英国广播公司）也会对这件事进行延伸报道。或者我们可以找一家女性杂志做个独家报道。"她抬高声音对格拉黛丝说，"奥默罗德太太，你很乐意让你可爱的家人出现在漂亮的杂志上，对吧？"

艾莉盯着她。"但如果你听过录音，就会知道……不能让别人知道我家里的事。不然的话，他们就会认为奶奶无法照顾我们，把她送到养老院。而我和詹姆斯也只能去孤儿院。到时候这个家就散了。"

"我很肯定不会这样。只要消息一公布出去，你们就将收到好心人的大量捐款。而且，买到独家报道权的报社说不定还会给我们一大笔钱。"

艾莉站起来。"那都不重要！"她喊道，"钱不重要！社会福利部门一定会插手，他们会把我们分开。"

克劳迪娅想了想说"也许吧。但等你爸爸出来就好了。只有几个月了，不是吗？"

艾莉愤怒地双手握拳。克劳迪娅想起克雷格说过北方人经常做出一些让人意想不到的事。她琢磨着是不是应该叫他进来。艾莉说道："不行。绝不可以。我们又不是动物园里的动物，供别人参观，让他们来戳戳点点，说什么'好棒呀！'你没有这个权利！你又不是我们的主人！"

"但汤姆少校是英国宇航局的员工。延伸来说，恐怕你们也要听我们的。或者，至少说，在你们和汤姆少校的通信方面，我们拥有支配权。我有录音证明。"她站起来，"我现在不是要你们立马就同意。好好想想吧。这个周末前我会给你打电话。不过，你知道的，现在只有这么一个办法了。"

"你这个坏女人！"艾莉喊道，"给我滚出去！"

"我正要走了。"克劳迪娅对格拉黛丝笑笑，"谢谢你的茶。"

☾

托马斯安静地坐了一会儿，盯着显示器上克劳迪娅的模糊影像说："她说得对。你就是个坏女人。"

克劳迪娅耸耸肩说："我只是在做我的工作。"

托马斯强忍着才没有对她敬纳粹礼。"奥默罗德家的人一整天都没打过电话来。这就是原因了？"

"我告诉他们，再联系你就不太理智了，除非这件事能解决。我还告诉他们，如果他们再联系你，我就直接去联系媒体。"

托马斯用两只手按住头。"为什么？你为什么这么讨厌？我本来还以为你没那么讨厌。"

"我的工作不是讨人喜欢。"克劳迪娅紧张地说。

"我没说'喜欢'，这扯得太远了。"托马斯喃喃地说。他再次抬头看着她，"那……现在呢？你显然是不达目的不罢休的。即便你知道会给那家人带来什么影响。你知道的，我不会接受任何采访。"

"你不用接受采访。我们有你们通话的全部录音。我们做了一些很棒的剪辑。但是……"她咬着嘴唇，"或许我不必那么做。"

托马斯皱起眉头说："什么意思？"

"或许你有更好的故事。"克劳迪娅沉思着说，"或许，如果你能给我一些你自己的猛料，让我去宣传也可以。托马斯，每个人都对悲剧感兴趣。他们会欣然接受。我现在就能预料到，我们或许可以选一本女性杂志，或是在全国性杂志里连续报道五天……英国最孤独宇航员的伤心事。"

"你还真够讨人嫌。"

"托马斯，在这方面我对你是自叹不如。光是看你的档案就知道你是个有伤心往事的人。我很想知道背后的故事。我们现在就可以开始。"

托马斯叹了口气。"听听我的晚间故事，就可以挽救奥默罗德家的生活？你知道吗，你就跟沙赫里亚尔①一样。"

克劳迪娅扮起了天真。"这人是在切尔西踢球吗？"

托马斯想了想，嘟囔着说："好吧。你想知道什么？"

克劳迪娅向后一靠。"那就……从简单的说起吧。你为什么和珍妮特离婚？"

托马斯揉揉下巴，然后点点头。"好吧。"

克劳迪娅笑了："慢慢来，山鲁佐德②。"

克劳迪娅竟然真的知道他说的是《一千零一夜》，他情不自禁地大呼吃惊。托马斯整理思路，说了起来。

---

① 《一千零一夜》里的人物。——译注
② 《一千零一夜》中的苏丹新娘，善讲留有悬念的故事，而免于一死。——译注

第四十八章

劳拉的来信

要说结局，就必须先说开头，托马斯说他多么惊讶地发现自己竟然真的拨了珍妮特·伊森给他的名片上的号码，并且安排好带她去一家不太贵的意式餐厅吃饭。在那里，他了解到她比他小三岁，家乡在约克郡附近，喜欢做瑜伽，喜欢养猫，但她所租的公寓不允许养猫，她喜欢勃朗特姐妹的作品，讨厌别人出声喝茶，对汽车城音乐着迷。

吃饭的时候，托马斯小心翼翼，尽量在喝茶时不发出任何声音。珍妮特·伊森坚持付账，这倒叫托马斯大吃一惊，吃完饭，她又告诉本该分别送他们两个回家的出租车司机只去一个地方，那就是她的公寓。

最大的惊讶则是她带托马斯上了床，指示他先脱掉她的衣服，再脱他自己的衣服，而且他发现他一点也不讨厌性，珍妮特·伊森似乎也享受其中。

此后，他们便时常在一起吃不那么贵的饭、做不那么讨厌的爱，并且觉得对方的陪伴意想不到的惬意，一年之后，珍妮特自然而然地问他要不要向她求婚，因为她差不多三十岁了，年轻的岁月一去不复返，而且，如果他求婚了，她一定会答应。于是，在这个基础上，他求婚了。她也同意了。

☾

他们计划在订婚一年后结婚，但在婚礼的三个月前，托马斯的母亲中风了。他收到这个消息，便情不自禁地以为这是他母亲最后尝试要把他留在身边，试着不像失去丈夫和小儿子那样失去托马斯。托马斯想好了该怎么说，便乘出租车去了医院。他就要结婚了，又不是快死了，而且，他住得不远，还可以按照她的希望，经常去看她。他很清楚，珍妮特肯定不喜欢和他母亲一起住，即便他们可以买一栋连她也能住得下的房子，所以，他从来都没有费力提起这件事。他要告诉他母亲一切都不会改变，他会一如既往地常去看她。

可等他到了医院，就把他要说的话都忘了。他母亲并没有一把鼻涕一把泪地求助。她只是躺在病床上，满脸皱纹，眼神空洞，她的半边脸下陷，一只像爪子一样的手搭在瘦弱的胸口上。托马斯甚至还带来了鲜花和葡萄。她用呆滞的目光看着它们，他亲吻了一下她那干巴巴的额头，然后去找医生，后者通知他：她是无法康复了。

托马斯坐在她的病床边，不知道该这么做。他母亲示意他靠近点，唾液从她下垂的嘴角流了出来。他真希望珍妮特和他一起来。她现在正忙着一件重要的案子。他告诉他母亲其实珍妮特很想来，但就是脱不开身。特蕾莎没精打采地看着他，她一直都不喜欢珍妮特。

"家。"她小声说。

"是的！"托马斯强颜欢笑道，"我们很快就会送你回家！"

她摇摇头说："家。"

托马斯尽全力不让自己脸上的笑容消失。现在可不是对她讲她再也回不了家的好时机。"你要赶快好起来，好去参加我的婚礼。"

即便是说到婚礼这个词，托马斯都感觉很不自在。不光是因为到时候他将成为人们注目的中心，还因为结婚这件事本身。他是很爱珍妮特，却还是不明白为什么会走到结婚这一步。他感觉自己就像一颗棋子，被下棋的人挪到了现在这种境地。

托马斯的母亲用干枯的手指指放在边柜上的她的手提袋。他为她拿过手袋，她慢吞吞地把手伸进去，拿出一把小铜钥匙。

"家。"她小声说，"抽屉。"

托马斯要去母亲家给她拿几件干净的睡衣，他来到她的卧室，在一个五斗柜边停了下来。他拿了母亲的内衣和睡衣，虽然他知道她可能过不了这个星期。复古五斗柜右上角的小抽屉上着锁，他从衣兜里拿出黄铜钥匙。这把钥匙正是开这个抽屉的，他打开抽屉，发现里面有薄薄一沓信，用橡皮筋系着。

信是写给托马斯的。他摘掉橡皮筋。所有信都是拆开的。他拿出第一封信，只是看到手写的地址，他就认出了写信人的笔迹。

竟然是劳拉寄来的。

◖

一共有九封信，托马斯坐在他母亲的床上，看了每一封信。第一封信是在劳拉去利兹的一个星期后寄来的。嘿，汤姆。信上这样写。我就是想要你知道我住进宿舍了，地址在这封信的最前面。我和四个姑娘同住一个宿舍，她们都很好。宿舍里没有电话，最近的电话亭总是被人破坏，所以我觉得写信给你更好。真希望你也今年来上学，但明年也不晚，到时候，我就已经打听清楚哪家酒吧比较好了！不知道你能不能来一趟，下周末可以吗？我可以带你去利兹转转，但你一定要带把伞来，哈哈。要给我回信呀。我感觉好像我们分开得很奇怪，我真的很心烦意乱。你问我能不能延迟入学，我很抱歉我一直在抱怨你，我知道你并没有恶意。我只是没想到而已。我很想你。爱你的，劳拉。

托马斯恭敬地把这封信放在床单上，看下一封信，这封信的日期是第一封信的一个星期后。

嘿，汤姆！我不确定你是不是收到我的信了，也许你收到了，只是没有我，你正玩得不亦乐乎呢，哈哈。更有可能的是信在邮递过程中丢失了。不管怎么样，我只是想让你知道我在利兹很好。利兹真是个热闹的地方，我觉得你肯定会喜欢这里，这儿有很多很棒的爵士音乐演奏会和酒吧。我的地址在最上面，我住的地方的条件与皇宫的差了十万八千里，那天，索棋（我的舍友之一，她人很好）在厨房里看到了一只蟑螂。她吓得大叫起来！贝丝（是个女同）用我的靴子把蟑螂打死了，好吧，谢谢你了，贝丝！但从我这儿去市中心很容易。我希望你能来度周末，顺道为我们打蟑螂，哈哈，不过这个周末不行，因为我答应室友一起去快乐星期一乐团的演奏会，下个周末怎么样？就算你来不了，也要写信告诉我你现在过得怎么样。希望你母亲一切安好。爱你的，劳拉。

在第三封信里，劳拉问托马斯是不是出门度假了。

在第四封信里，她问他是不是真不愿意搭理她了，若是这样，能不能写封信和她直说。

在第五封信中，她说她从一个满是尿味的电话亭里给他家打了两次电话，都是他母亲接的，她说他母亲很友好，询问她过得怎么样，并且答应让托马斯写信给她。

在第六封信中，她说去你妈的。

在第七封信中，劳拉说，她理解托马斯可能很伤心，但她需要一个结局，他们能不能见一面，就算只是边喝咖啡边谈也可以？

第八封信有四页，劳拉详详细细地描述了她和一个爱打橄榄球的医科学生做爱的情形。信上的字灼痛了托马斯的眼睛，尤其有一句话是这样说的，与天生善于调情的情人做这么激烈的性爱运动，简直让她"如坠云端"。

第九封也是最后一封信，是在大学上半学期开学的两个月后寄来的，信是这样写的：

托马斯。首先，我为上一封信道歉。我写信的时候喝醉了，我把信寄出去的时候也喝醉了。而且，我很生气。我很气你。但我现在不生气了。我写过信，我打过电话，我做了所有的一切，除了坐上火车去见你。但你知道吗？我不会那么做。你显然已经朝前走了，而我也要这么做。生命太短暂，不能不朝前走，我已经开始喜欢在利兹的生活。我曾经希望我们可以和好，至少也可以成为朋友，但现在看来连这个愿望都落空了。我显然是不能阻止你明年来利兹上大学，但我真的认为我们再见面对我们两个都不好。现在还不行，未来很长一段时间都不行。我真的很伤心，心都碎了，但现在已成事实了。你知道的，我很爱你。我只希望你能拿出一点我所爱的托马斯·梅杰的样子来。所以我想和你说再见。祝你一生快乐，托马斯。劳拉。

每封信都像是一把锤子，砸在他的心上，都像是狠狠的一脚，踢到他的腹股沟上，最后一封信的最后一个句号就像是用一张面罩遮住了他的眼睛。他感觉他像是要昏倒，但他其实只是坐在床上，盯着那些信。现在出了这件事，即将到来的婚礼显得越发模糊和奇怪了。这就好像他是鬼故事里的一个人物，突然有一个早已被他忘记的幽灵带着未完成的心愿找上门来。然后，他把信收拾好，用橡皮筋把信绑好，将它们放进他的外套口袋，把他母亲再也穿不上的衣服塞进袋子里。

第四十九章

繁 荣 不 息

　　自从托马斯上一次来，特蕾莎·梅杰又瘦了很多。他很想像恨他父亲那样恨他母亲，但他能做的就是从边柜上拿一块有机棉布，轻轻擦掉她下巴上横七竖八的口水印。她看着他，但看她的眼神，他都不确定她是否看到了他。

　　"我找到信了。"他淡淡地说。

　　他母亲像是泄了气，好像十四年来，她一直把这个如同毒气一样的谎言放在心里。她张开嘴，托马斯把耳朵凑到她的嘴边。

　　"对不起。"她的声音那么小，就好像蚊子的嗡嗡声一样。

　　"为什么？"

　　"不想……失去……你。"

　　他意识到她失去的太多了。他很想大喊，很想把那些信丢在她的脸上，就好像丢掉那些她永远都不可能在他的婚礼上撒的五彩纸屑，但他只是坐在她旁边的一张硬塑料椅子上，握着她的手，因为中风，她的手无法弯曲了，他又一次读了那些信。她为什么这么做？为什么是现在？这是搞砸他和珍妮特婚姻的最后手段吗？看着看着，他睡着了，最后还是被护士叫醒的。外面的天已经黑了，他母亲睡着了。

不，不是睡着了。"她去了。"护士轻声说，"我很遗憾。"

"是的。"但托马斯说话的时候正看着那些信，而不是他的母亲。"我也很遗憾。"

托马斯用了不到两个月，通过雅虎、远景搜索引擎、聚友网和故友重逢网找到了劳拉的下落。她现在住在东北部，在工党总部做研究员。后来，托马斯惊讶地发现他还要在婚前安排一次全男生单身周末，于是便把地点定在了纽卡斯尔。其实只有三个他在食品研究实验室的同事来参加，这三个人对他来说是最接近朋友的人，之所以这样说，其实就是因为他和他们多说过几句话，此外还有珍妮特的弟弟罗伯特，他显然是得到授意来参加的，而且他直率地承认，因为没人能和他聊足球，他宁愿去别的地方玩。

是凯文，他把事情弄得更糟了。凯文和托马斯有过几次交流，所以他要给托马斯当伴郎。凯文提议给派对设定一个主题。

罗伯特举起一件红色 V 领长袖上衣，上面点缀着黑色小饰物。他们五个住在旅客之家宾馆的两个房间里，而这件衣服是凯文从放在其中一个房间的大旅行袋里拿出来交给罗伯特的。罗伯特把衣服举到他们几个人之间，说："《星球大战》？你是在开玩笑吧？"

"是《星际迷航》。"凯文纠正道，"穿这个才合适。"他身材瘦小，有些谢顶，眼睛有点鼓，这会儿，他露出一个女里女气的笑容。"托马斯有一次告诉我，他以前挖沟的时候，大家都管他叫史波克。"

"而且呀，"戴着厚眼镜的拉蒂普说，"史波克说过**繁荣不息**这句话。

这句话也很适合婚礼。"

凯文把一件蓝色 T 恤衫递给托马斯，又把一件帐篷布似的深灰色大 T 恤衫递给杰里米。"星舰学院。我只找到了这一件 XXL 号的。"杰里米点头表示同意，然后继续吃烤肉串。

"稍等片刻。"罗伯特说，"穿红色衣服的人不总被暴眼怪物杀死吗？你的是什么颜色？"

"金色。"

"那代表柯克舰长，是吗？我们交换一下吧。"

"不行。"凯文惊恐地说。

"我要是你就跟他换。"拉蒂普低声说。

罗伯特一把把金色 T 恤衫从凯文手里抢过来，把红色那件塞给他。"柯克舰长很有女人缘啊。让你来扮演，真是浪费了，伙计。"他冲托马斯一点头，"好了，史波克医生，我们来换衣服吧。他们义勇三奇侠住这间房，我们两个住另一间，那样我好看着你。你马上要和我大姐结婚了，是不会去找最后的激情了吧，哈哈。"

托马斯叹口气，抓起他的手提袋，跟着罗伯特走出房间，这时候凯文忧郁地说："是史波克先生，不是史波克医生。"

☾

托马斯隐约知道全男生单身周末就是坐在安静的酒吧里，一直喝酒到酒吧打烊，他只盼望他们聊天不会像在工作时那么死板，但有罗伯特在，这种状况就不会存在。罗伯特在约克郡长大，对纽卡斯尔很熟悉，他为他们设计了一条游玩路线，先是在酒吧林立的大市场玩个痛快，最后一站是泰恩河畔一艘退役游轮上的夜总会。他们一晚上喝了很多啤酒和威士忌，罗伯特展现出了惊人的才能，他总是能发现穿超短裙的女孩，跟在她们屁股后面走进酒吧。

"把光炮调到击晕模式①！"他笑着说，"女士们，要不要见识一下我的音速起子②？"

"你们都听到了吗？"凯文说，他的怒气几乎控制不住，"音速起子！这个人什么都不懂。"

拉蒂普喝得神志不清，哭哭啼啼地讲了一个钟头他在德里认识的一个女孩，杰里米在每一站都只是吃东西，一言不发，而玩到最后，罗伯特和凯文还打了一架。托马斯喝多了，根本不在乎他们打不打架，但是他们打架，完全是因为罗伯特非要把托马斯扒光了绑在路灯柱上，因为全男生单身周末的传统历来如此，而凯文却并不买账。

他们打起来的时候，凯文用手打了罗伯特强健的胸口，而罗伯特把他推到了一个水坑里。

"你们这群浑蛋。"罗伯特愤怒地说，"至少让我给他画上史波克医生的眉毛。"

他记得的最后一件事就是罗伯特拿着黑色记号笔向他走过来，凯文则大声抗议应该是史波克先生，而不是史波克医生，然后，拉蒂普吐在了凯文的腿上。

◖

第二天一大早，托马斯就起来了，酒精在他的全身蔓延，他的脑袋里像是有一把手提钻在钻孔，他几乎连眼睛都睁不开了。他迷迷糊糊地梳洗一

---

① 《星际迷航》中的武器，可以调节为击晕和杀死两种模式。——译注
② 小说《神秘博士》中的多功能武器。——译注

番，先后搭电车、火车和巴士来到距离纽卡斯尔十五英里的一个从前是矿山的小村庄。这里风景宜人，有一个村庄广场和一个鸭子池塘，村舍的前面有长长的花园。他无法想象劳拉竟住在这样的地方，毕竟从前的她总是穿条纹紧身裤袜和马丁靴，留着粉色头发。他之前把劳拉的地址写在了一张纸上，他绕着鸭子池塘转了三圈，心想还是回纽卡斯尔吧，回去喝一杯，接受珍妮特弟弟的质问，但他还是决定冒险一试。他找到了那栋小屋。花园小门上有一个拱顶，那上面覆盖着白色和蓝色的香豌豆，正开着花。他的心怦怦狂跳。托马斯打开花园门的门闩，沿着碎石小路走到屋门前，砖砌门廊带有窄小的倾斜屋顶。他敲敲门，即便是在此时，他还是很肯定他找错地方了。

但过了一会儿，她开了门。她留着金色头发，不是粉色的，穿着黑色七分紧身裤、白色马甲和勃肯鞋。他出神地看着她。是她没错。

"劳拉。"

她茫然地看着他，但片刻之后，她说道："托马斯。"

他这才意识到他压根儿就不清楚要说什么。

劳拉说："你怎么来这里了？"

他把手伸进口袋，拿出一沓信。"我收到你的信了。"

劳拉扬起一边眉毛。"是的，你当然应该收到。我寄了好几封呢。"

"不是的。"他说，"我是说我才收到你的信。大约是在两个月前吧。是我妈妈……她把信藏起来了。"

劳拉抬起另一边眉毛。"啊。她现在怎么样了？"

"去世了。"

劳拉点点头。"这样啊。"她停顿一下，"听到这个消息我很遗憾。"然后，她眯起眼睛看着他，"托马斯，你的脸……"

"是呀。"他想起了罗伯特的记号笔。他把手指舔湿，搓搓眉毛，"我昨晚过得有点乱。《星际迷航》主题。"

劳拉笑了，托马斯感觉自己的心填得满满的，甚至都要爆炸了。他说话的声音很是嘶哑："我应该和你一起去利兹的。"

她的笑容不见了。"托马斯，那都是很久以前的事了。"

他点了点头。他的嘴唇在颤抖，根本说不出话来。她好奇地打量着他："你大老远来这里，就是为了和我说这个？"

托马斯再次点点头。"反正我也来了纽卡斯尔。我的全男生单身周末在这里办的。但我会来纽卡斯尔，只是因为我发现你住在这里。"

劳拉眨眨眼睛。"单身周末？这么说你要结婚了？"

"三个星期之后。"托马斯说，"但是……"

他没有说下去，"但是"这两个字悬在他们两个之间的凝滞空气中，在劳拉花园里阵阵令人陶醉的花香中飘浮，穿过蜜蜂懒洋洋的飞行轨迹，挂在了脆弱飘动的蜘蛛网上。

劳拉身后的门开了，一个男人走到她身后，他留着短发，穿着短裤和足球汗衫，正用一条茶巾擦手。他看了看托马斯，皱着眉头说："亲爱的，什么事？"

他是威尔士人，有那么一刻，托马斯很想知道他是不是那个喜欢打橄榄球的医科学生，许多年前，劳拉用诗一般的语言描述了他那惊人的体魄。他第一次注意到她手上戴着订婚戒指和结婚戒指。

"没什么。"劳拉说，"这位先生是来推销保险的。我告诉他我们现在已经拥有了我们需要的一切。"

"我们需要的一切都有了。"那个男人——也就是劳拉的丈夫——点点头，伸出一只手搂住她的肩。他好奇地看着托马斯，"不过谢谢你专程来一趟。"

"是的。"托马斯在劳拉的丈夫搂着她往屋里走的时候说，"我看得出来。你拥有了所需要的一切。"

就在门关上之前，劳拉回头看着他，说："你知道吧，你的脑门上被人用记号笔画了一个阴茎。"

　　　　　　　　　　　　　　　　❮

"见鬼。"克劳迪娅说，"如果她单身，你会怎么做？珍妮特该怎么办呢？你们就是因为这个分手的？你有没有再见过劳拉？你们两个是不是婚外恋了？"

"我想今晚说得够多了。"托马斯强忍着没有打哈欠，"改天再说剩下的吧。你能不能答应不去打扰奥默罗德家？"

"我答应。"克劳迪娅在嘶嘶静电声中说，"我很想知道结局。明天我再呼叫你，山鲁佐德。"

"我依然觉得你是个坏女人，克劳迪娅。"

接下来是一阵沉默，只有静电声在嘶嘶作响。"托马斯？《生活多美好》也是我最喜欢的电影。"

他听了一会儿断线的声音，不知道该怎么理解现在的事，然后，他一推，离开工作台，向睡袋飘去，中途停下来深深看了一眼遥远的地球，此时从窗户看出去，地球就跟足球差不多大。

第五十章

绿　　灯

　　艾莉召开了家庭会议，大致说了说现在的情况。詹姆斯看起来马上就要哭了。格拉黛丝似乎满足于在开会期间一直小声唱着《耶稣让我见到阳光》。

　　"可我们为什么不能给汤姆少校打电话？"詹姆斯说，他的下嘴唇在颤抖。

　　"因为，"艾莉耐心地说，"如果我们打了，那个叫克劳迪娅的女人就能监听到我们说的话。她想要我们在媒体面前耍宝。如果是那样……"

　　他们一起看着格拉黛丝。"奶奶，你能不能暂时别唱了？我们在说很重要的事。"

　　格拉黛丝对他们露出了灿烂的笑容。"对不起，亲爱的。自从汤姆少校问我是不是知道那道填字游戏该怎么写，我就老是想起主日学校的事。我可能还得给他打个电话，再问问填字游戏的细节。"

　　"不行。"艾莉用力捏着鼻梁，"不行。我们不能再给汤姆少校打电话了。现在还不行。"

"但我的实验……"詹姆斯说，"没有他，我做不了。"

艾莉在沙发上扭过身来，面对他，握住他的瘦弱肩膀。"你可以的。没有他，你也能做到。主意是你想出来的。你只需要让你的主意成为现实，对吧？我去见过你的校长了。星期六一大早我们就得去学校。他们带你坐火车去伦敦。太兴奋了，对吧？到时我给你做个午餐盒饭。"

"你怎么不去？"

"因为人家没邀请我。再说了，我也不能把奶奶一个人留在家里……"

"我们以前经常盘腿坐在一个大圈里。"格拉黛丝说，"特林布先生时常给我们读《圣经》里的'箴言篇'。我还记得那个。"她顿了顿，用口哨又吹了一段《耶稣让我见到阳光》，"一想到主日学校，我就想起了谜底。什么心绞痛，还有什么无人不知。就是这个。就是这个提示。无人不知的，不就是箴言吗？'箴言篇'。"

艾莉摇摇头。"你的实验做得怎么样了？"

"快完成了。"詹姆斯用校服衬衫的袖口擦擦鼻子，"你想看看吗？"

在房间里，詹姆斯把书桌上的东西都转移到了地上，只在上面放了一个艾莉从生鲜农产品柜台给他带回来的纸板箱。纸箱里装的不是卷心菜，他用纸板把纸箱分成一个个小隔断，做得好像是他们在桑托斯大街上的家的平面图，左边是下楼，右边是上楼。艾莉不得不承认他做得很好，把盒子外面画得像是红砖外墙，内部也跟每个装潢老套的房间极为相似。他甚至还用小木板做了家具，涂上颜色，就跟他们的沙发和床一模一样，此外，他整体复制了他们的小厨房。

艾莉把德利尔给他的那个装有 LED 灯的袋子交给他，然后拿起一个用橡皮泥捏成的人偶，这是个男人，笑眯眯的，穿着牛仔裤和 T 恤衫。她看着詹姆斯问："是爸爸？"

他点点头，把另外三个橡皮泥人偶扶起来站好。"你。我。奶奶。"

艾莉轮流看看每一个人偶。"真是太……棒了。你的手真巧，詹姆斯。"

"我来给你展示一下吧。"詹姆斯说着把人偶拿回去。他让奶奶人偶躺在床上，艾莉坐在沙发上，詹姆斯则在他的房间里，"你得想象我已经把LED灯装在了门边的外墙上。当然了，在实际的应用中，灯其实不是安装在那里的，而是要装在警察局里。不过就是为了给比赛的评委看。"

"那就继续吧。"

"好吧。现在想象爸爸连接在追踪器上，那叫什么来着，标签。电子标签。这可以显示他是在做好事还是在做坏事。如果他做了坏事，那就不能减刑，事实上还可能加刑。但如果他做了好事，他们就会缩短刑期，那他就能更快恢复自由。这样他就能回家了，只是居家监禁。"

"那可能吗？"

詹姆斯点点头。"但愿如此吧。这叫作居家监禁。一个人在服了刑期的四分之一后，他们就可以给他装一个标签，把他放了。"

艾莉颔首。"展示给我看。假装你已经把灯安好了。"

詹姆斯把达伦·奥默罗德的人偶放在格拉黛丝的安乐椅上。"比方说你有作业，要爸爸帮你做，但他只是坐在那儿看球赛。红灯亮了。这就表示他做了坏事。"他把达伦人偶放在他的床上，"还比方说，现在是星期六早晨，他答应给我们做早餐，但他一整天都赖在床上。"

"红灯亮了。但你还记得爸爸做的早餐有多难吃吧，詹姆斯？"

詹姆斯拿起达伦和格拉黛丝的人偶，放在厨房里。"不过现在是爸爸和奶奶在聊从前的事，这让奶奶感觉很好。绿灯亮了。"

"他总是能把她逗笑。"她感觉泪水在眼眶里打转。

"现在是他和你一起坐在沙发上，看你的作业，他说你比他聪明一千倍，肯定是继承了妈妈的聪明才智。他还说他很想念妈妈，但我们一定会过得很好。"

　　詹姆斯抽抽鼻子，又用衬衫袖子揩揩鼻子。艾莉能感觉到泪水缓缓地从她脸上滑下来。"是的，他也很擅长这个。擅长告诉我们一切都会好起来。"

　　詹姆斯把达伦人偶挪到他的床边，把他自己的橡皮泥人偶放在他的床上。"这是……"詹姆斯不再抽噎，"……是爸爸在给我读睡前故事。"詹姆斯深吸一口气，"他在给我读睡前故事，就是那本书，兔宝宝说他最爱兔爸爸，从这儿一直到月亮上面，兔爸爸说他最爱兔宝宝，从这儿一直到月亮上面，再绕回来，所以大家都知道，兔爸爸永远都不会离开兔宝宝，永远都不会出远门，永远都会在那里为他读睡前故事。"

　　詹姆斯的五官都皱在了一起。"绿灯亮。"

　　"一百次绿灯亮。"艾莉说着伸出手，给了詹姆斯一个拥抱，他们坐在书桌边，一起轻轻摇晃着。

第五十一章

不要一声呜咽

距离星期五越近，艾莉就越紧张，不过她尽量不在詹姆斯面前表现出来。如果他赢不了呢？到时候该怎么办？如果他们真的只是出于同情才送他去参赛，来填补贫困儿童参赛者名额呢？比赛结束后，他们只剩下一个星期来付清欠款，不然就会被强制迁出。艾莉知道他们根本就没有制订任何应急计划，一心只想着詹姆斯能赢。再加上他们和汤姆少校的通话为生活平添了一份异样的光泽，因此，所有的一切都显得很不真实。但自从克劳迪娅找上门来，感觉就好像现实重重压迫着他们。没有了汤姆少校的电话，艾莉只觉得她像是做了一场愚蠢的梦。

她父亲依然像往常一样，每个星期都打电话来，只为了听听他们的声音，艾莉告诉他们不要提起家里的事。

"你们肯定会遇上一些事吧，给我讲讲看。"他说，他的声音在光秃空荡的金属监狱里回荡着。

"还是老样子。"艾莉说，"真想快点见到你。我爱你。"

詹姆斯当然很想知道他们为什么不能把最近发生的事告诉父亲。

"那样他只会担心，而他在里面什么都做不了。"艾莉说，"我们最不希望看到的就是他慌里慌张地去见监狱官。我们能搞定。我们一定可以。"

但为了安全起见，她尽可能多地工作，尝试把安全网能编多大就编多大。这会儿，她在波兰特产商店打工，正从一个大钢丝网箱中拿出一罐罐芸豆，摆在货架上，这时候，她听到有人在她后面清清喉咙。肯定是有人想知道尿布、糖或是卫生纸在哪里。不过没人需要别人告诉他们酒在何处。艾莉转过身，看到德利尔笑眯眯地站在那里。

"我现在不能闲聊天。"她小声说，继续从箱子里向外拿罐头，"我可不想连这份工作也丢了。"

"不要紧。"他小声说，"我就假装是来买东西的。"然后，他大声道，"请问，小姐，你能证明这些芸豆可以增强性能力吗？我在网上看到过一篇相关的文章，有意思极了。"

"闭嘴。"她压低声音说，不过她情不自禁地笑了出来，"你来干什么？"

"我来买东西。我妈妈正在做通心粉肉饼，我来买弯管通心粉。你知道在什么地方吗？"

艾莉眯眼看着他。"这里离你家有好几英里呢。你家附近就有很多商店。"

德利尔耸耸肩。"我知道你在工作。我想着过来和你打个招呼。我从学校偷来的灯能用吗？"

艾莉点点头。"他做得很不错。他昨晚就把灯安上了。他必须明天完成，星期六一大早要去伦敦。"

德利尔把两只手的手指交叉在一起。"他一定能大获全胜。我就知道他行。"

"他会越来越好的。"一个监督员从走廊尽头走过，艾莉连忙摆罐头，德利尔则假装在看一包蒸粗麦粉的背面说明文字。等监督员走了，她说："这可是我们最后的机会了。"

德利尔把蒸粗麦粉放回去。"你能不能告诉我为什么这么着急？"

她轻轻地摇摇头，跟着就感觉到泪水从眼角滑落。愚蠢的眼泪。她最近好像一直在哭。

"嘿。"他说着用一只手揽住她的肩膀。

"我们就要被赶出房子了。"艾莉说，"如果他赢不了，我们就要被强制迁出了。就在下个星期。"

德利尔捂住嘴。"见鬼。"

艾莉点点头。"是的。"

"可为什么呢？"

"这事说来话长了。"艾莉道，"听着，你还是快走吧，不然我该有麻烦了。"

"听着，你为什么不来明晚的派对？你去一会儿就走也可以呀。我觉得玩玩对你有好处。"

艾莉又摇摇头。"我去不了。就算我能丢下詹姆斯和奶奶不管，星期六天一亮我也要早起，送他去学校。我真去不了。"

"好吧。那明天学校见。"

她点点头，转身继续摆罐头。两分钟后，她感觉到有人轻轻拍了她的肩膀一下。是德利尔。"那个……你知道弯管通心粉在哪儿吗？"

❨

"你确定你能把这东西安全带到学校？"星期五早晨，艾莉怀疑地说。房子模型装在黑色垃圾袋里，摆在边柜上。"你不会把它弄掉了吧，在巴士上不会出什么事吧？"

"没事的。"詹姆斯一边从厨房的冰箱里拿三明治,一边喊道。

"还是叫出租车吧。"

"我能搞定。"詹姆斯又说道,"我们明天要坐出租车去学校。我们可花不起坐两次出租车的钱。"

他走出厨房,环顾四周寻找书包。艾莉说:"奶奶?你今天要听话,好吗?"

格拉黛丝坐在椅子上,无精打采地看着早间新闻。詹姆斯知道艾莉为什么这么担心,奶奶今天一早似乎很安静。

"不用担心我。"格拉黛丝叹息道,"我没事。就是有点肚子疼。早知道我昨晚就不吃炸鱼三明治了,但比尔非要我吃。他喜欢在从酒吧回家的路上吃炸鱼三明治。"

詹姆斯和艾莉对视一眼。"我午休时间会回来一趟看看你。"

"该走了。"詹姆斯说着把书包背在肩上,用两只手捧起模型,"艾莉,给我们把门打开。"

"当心点!"她站在门阶上喊。

"我会的。"

詹姆斯在巴士上找了个座位,坐下来后把模型放在腿上。LED 灯一个是红色,另一个是绿色,都运转正常。明天就要比赛了,他既紧张又兴奋。他以前从未去过伦敦。到时候,他还要给评委讲解实验和为什么这个实验非常重要,打印的发言稿就在学校里。布里顿太太说了,他可以用一整个下午练习,她还会叫几个老师来,好叫他习惯在观众面前说话。他很想知道那是什么感觉。他想象一排人板着脸坐在舞台上。他只盼着他不会太紧张。他已经感觉到手心出汗了,他做了个深呼吸,让他自己冷静下来。还有一天一夜,然后他就要坐火车去伦敦比赛了。

巴士驶入学校的车场,詹姆斯等到别人都下车了,这才轻手轻脚地抱着模型穿过走道，慢慢走下台阶。布里顿太太说他可以把实验模型放在她的办公室，她晚上就把它锁在里面。这倒不是说他认为会有人闯进学校把模型偷走。

然后，他看到了奥斯卡·谢林顿。

他懒洋洋地倚在巴士车场的金属栏杆上，他的狐朋狗党和他在一起。詹姆斯低下头，开始过马路，向校门走去，但他们飞快地拦住了他。一个星期了，詹姆斯一直躲着他们。为什么他们偏偏选择在这一天跟他过不去，他手里还拿着东西呢。

"乡巴佬，我们想和你聊聊。"奥斯卡说。

"我很忙。"詹姆斯道。他心里慌张，声音不受控地颤抖着。

"你拿的是什么东西？"

"他八成是烤了个蛋糕给布里顿。"他的一个朋友说，"他是老师的小可爱啊。"

奥斯卡在路中央挡住了他的去路，詹姆斯环顾四周，想看看有没有老师经过。校门边有一位老师，穿着夜光马甲，但她好像在照料一个滑倒后擦伤了膝盖的学生。奥斯卡一把把纸箱从詹姆斯手里抢走，使劲儿晃了晃，詹姆斯倒抽了一口气。

"听起来不像蛋糕。帮我把这个弄下来。"

他的朋友开始拉扯黑色垃圾袋，露出了里面的模型。"啊。"奥斯卡说，"原来是个娃娃屋呀。"

"那是我的实验模型。"詹姆斯说。

"看呀，是他们一家人。"一个男孩拿起橡皮泥人偶说，"这肯定是他那个囚犯爸爸。"

"这是他姐姐。"另一个说，"听说她是个贱货呢。"

"这个一定是超级奶奶了。"奥斯卡说，他用一只手捧着纸箱，举起格拉黛丝的人偶。他把脸贴近詹姆斯的脸。"都是因为那个老家伙，我在我爸面前就跟个白痴一样。没人能那样对我，乡巴佬，你知道吗？"

詹姆斯点点头。"把箱子还给我，奥斯卡。"

"什么？你说这个纸箱？"

然后，他一松手，纸箱掉在了柏油碎石路上。"哎呀。"

詹姆斯泄气地看着地上的纸箱。还好。没有摔坏。

"哎呀。"奥斯卡又说，同时重重踏在模型上。

然后，他的朋友也和他一起，疯狂地踩踏纸箱，就这样把它踩了个稀巴烂。奥斯卡把奶奶的人偶举到詹姆斯的脸前，慢慢地按压，最后把人偶捏成了一团不成形的杂色橡皮泥。然后，他把橡皮泥丢在实验模型的残骸上。

"告诉你一个好消息，那就是我们扯平了，乡巴佬。"奥斯卡说着邪笑起来，"现在给我滚开。"

他们哈哈笑着向校门走去，只留下詹姆斯麻木地盯着那堆残骸，家里人得救的最后机会也泡汤了。

☾

"他们做了什么？"艾莉冷静地说，可她心里已经怒不可遏。

"他们把模型扔到地上，还故意把它踩坏了。"

艾莉闭上眼睛，在心里默数到十。等她把眼睛睁开，詹姆斯依旧坐在那里，脸颊上布满泪痕。一切都岌岌可危。

"你告诉老师了吗？告诉布里顿太太了吗？"

詹姆斯摇摇头。

"她难道没问你的实验作品在哪儿？"

"我告诉她明天再带去。我说我忘了。她看起来有点失望。"

艾莉呼出一口气。"然后呢？你今晚能重做一个吗？"

詹姆斯皱起眉头，摇摇头。"来不及了。我不愿意重做。我只想忘了这件事。"

"詹姆斯。"艾莉说话的声音大了，有点歇斯底里，"詹姆斯。你很清楚这是我们唯一的机会。"

他悲伤地点点头。格拉黛丝清清喉咙。他们都看着她，她说："义人的光明亮，恶人的灯要熄灭。"

"什么？"艾莉皱起眉头，"你在说什么，奶奶？"她扭头看着詹姆斯，"你必须重做。必须试一试。我可以帮你……"

"骄傲只启争竞，听劝言的，却有智慧。"格拉黛丝说。

"我做不到！"詹姆斯喊道，"没有颜料了，也没有橡皮泥和LED灯了！连纸箱也没有了！我们什么都买不了，因为我们一直都是穷光蛋！我就是做不到。"

"不劳而得之财必然消耗。勤劳积蓄的必见加增。"

"闭嘴！"艾莉从沙发上站起来喊道，"闭嘴闭嘴闭嘴！"

"不要对她喊！"詹姆斯喊道，"又不是她的错！"

艾莉用手紧紧按住脑袋。

同时尖叫不止。

所有人都安静下来。

"我受够了。"艾莉喊道，砰的一下用手的侧面击打她的额头，"我他妈的受够了！我受够你们了！我拼了命也要保住这个该死的家，可你们谁也不帮忙。你任由自己受欺负，她呢，已经彻底丧失了心智。我受够了。"

"艾莉。"詹姆斯瞪大眼睛说，"你好可怕。"

"你就该害怕！"她喊道，"我们马上就要被赶出这栋房子了，我们要分开，奶奶要被送进养老院或医院，我们要去恐怖的孤儿院，如果你觉得你学校里那帮在蜜罐儿里泡大的白痴就是恶霸，那就只能说你没见过世面，詹姆斯。我们完了。彻底完了。"

艾莉四处找书包，找到后从里面拿出手机。

"你要做什么？是给汤姆少校打电话吗？"

"不是。"艾莉按动手机键盘，"就是因为他，我们一开始才会惹上麻烦。我们真不该听他的。我们早就应该想办法解决这件事。"

"那你给谁打电话？"

"我就要想出来了。"格拉黛丝说，"'箴言篇'。我很肯定。"

"艾莉，你给谁打电话？"

她没有理他，等到电话接通了，艾莉说道："德利尔吗？是我。我去找你，你告诉我地址。八点左右。我会去参加派对。"

她听着电话，但一直盯着詹姆斯，说："有什么改变吗？一切都变了。但与此同时，什么都没有变。我就是觉得如果是这样的话，如果这就是结局，那我要……那句话怎么说来着？我要一声巨响，而不要一声呜咽。"

第五十二章

适合婚姻的那种人

"恕我直言，我真的想象不出来你竟然会结婚。你不像是那种会结婚的人。"

克劳迪娅和托马斯正在用铱电话交谈，但线路刺刺啦啦，很不清楚，还有微弱的回声，有那么一刻，托马斯想象回声是太空里的迷失幽灵发出来的。那天早晨，鲍曼主任联系他说，他的计算机终端和地面控制中心之间的联系不可能重新建立。很快就没有互联网，也就用不了网络电话了。所以，托马斯能否进行舱外活动并修好通信天线则可谓至关重要。

"还可以用铱电话啊。"托马斯说。

"但也用不了多久。"鲍曼主任说，"你只能进行太空行走。而且要快。我们不能和你失去联络。那样的话，对这次任务而言就是一场灾难。对英国宇航局是一场灾难。对你本人也是灾难。你必须记住这一点。你必须接受一个现实，那就是你得出去把通信天线修好。"

"我想想吧。"

鲍曼紧皱眉头，他的眉毛看起来就像是两只鼹鼠在做爱。"现在不是在讨论，梅杰。你不做也得做。结束。"

后来，托马斯对克劳迪娅说："你根本就不知道我是什么样的人。"

"我想我现在很清楚了。"他们沉默下来，随即传来模糊的吞咽液体的声音。

托马斯道："你在喝红酒吗？"

"当然了。现在才是晚上十点。"

"那你今晚想知道什么？"一个星期以来，他把他的事都告诉她了，关于皮特，关于他父亲的死，以及电影院事件。像现在这样将他的一生都铺展开来，让他感觉心里异常痛快，好像他的人生经历是一个个故事，有开始有结局，而不是乱糟糟的。

"接着从你第一晚中断的地方讲，山鲁佐德。别以为我没注意到你还没说完。给我讲讲你的婚姻为什么失败。"

☾

老实说，在结婚之前，托马斯也想象不出他会结婚。一切似乎都脱离了他的掌控，从珍妮特决定他们应该结婚，到婚礼当天的安排，再到蜜月，都是如此。托马斯需要做的就是穿着得体，在婚礼当天出现，而他想方设法做到了。他们在约克大教堂举行婚礼，这让托马斯有些胆怯。珍妮特的家人也让他发怵，她父亲什么事都要插手，所以，婚礼由她父亲一手包办。看她母亲打量他的目光，就知道她觉得他给她女儿下了迷魂药，她才会下嫁。劳拉的弟弟罗伯特，也就是参加全男生单身周末的那个人，总是对他不屑一顾。托马斯站在欧洲最大的哥特式教堂的圣坛上，在气势磅礴的拱梁和飞拱的映衬下，感觉他自己好像变矮小了，几个世纪以来的传统从高得出奇的天花板上向他压下来，婚后的生活就在眼前，他感觉有些喘不过气。大教堂的半边座位上坐着珍妮特的亲朋好友、她父亲在高尔夫俱乐部的球友和生意伙伴，以及她母亲那些吃吃喝喝、一起参加读书会的朋友。托马斯没有家人，没有铁哥们儿，只有一些他并不太熟的同事，他们坐在前排座椅上，活像是奇怪的雕塑，身为伴郎的凯文站在他旁边，依然为了单身汉派对上的记号笔事件心存愧疚。

婚礼与托马斯预想的差不多，他们去了远东度蜜月，那个地方又热又嘈杂，一点也不宜人，那之后，他们开始了婚姻生活。他搬进了珍妮特的公寓，毕竟她的公寓比较大，也比较漂亮，而且更像个家。托马斯带着他的个人物品就这么搬了进去。珍妮特扬起一边眉毛看着一堆堆黑胶唱片，提出了一个恐怖的建议，如果他不愿意卖了这些唱片，就找个地方把它们存起来。

每逢圣诞节、复活节、生日等重要节日，他们都要去伊森家过。伊森家是一栋很大的红砖房，在约克郡郊外一个美丽的小村庄里，在第一年的圣诞午餐之后，托马斯正在翻看珍妮特父母收藏的唱片，有丹尼尔·奥唐纳尔和军乐队冗长不堪的 CD，这时候，她父亲拉他一起去村里的酒馆，让"姑娘们"收拾饭桌。喝了几杯烈性啤酒，珍妮特的父亲就开始盘问他对未来有什么打算。

"我提个建议啊。"他说，"你和珍来约克郡住，肯定会很好。在这里，你这一行有很多的机会……你是干什么的来着？"

"人家是个科学怪人。"珍妮特的弟弟说，还使劲儿打了托马斯的胳膊一下，表示他只是在开玩笑。

"搞科学的呀。"珍妮特的父亲说，"人人都需要科学家。你在这里自然也将大受欢迎。"

"我们很喜欢住在伦敦。"托马斯说。

珍妮特的父亲一边喝啤酒一边哼了几声："我觉得吧，年轻时住在那里没问题。但那种地方不适合养孩子。"

◖

　　到了第二年，托马斯三十三岁了。珍妮特也过了三十岁这道里程碑，他们当然也要到伊森家为此庆祝一番。在面朝无边无际田野的餐厅里吃了一顿丰盛的晚餐后，珍妮特的母亲说："所有人都在问，我们什么时候能抱外孙……"

　　"我敢说罗伯特在这里肯定留下好几个伊森家的种了。单身周末那天，我看到他挺受欢迎。"托马斯开玩笑道。要是他移动因喝多了酒而发软的舌头说话之前能想清楚，就该知道这个玩笑一定会冷场。

　　"妈妈。"珍妮特抗议道，"我们在伦敦过得好着呢。"她凝视桌对面的托马斯，"但我肯定我们会好好考虑这件事的。"

　　托马斯真庆幸烛光昏暗，因为他很肯定这样别人就看不到他的脸色就跟他盘子里那块被他拨来拨去的鸡肉一样白。他和珍妮特从没说起过孩子。他也从未想过要提起孩子的事。

第五十三章

婚姻生活（2003 年—2011 年）

在 2003 年年末，珍妮特在律师事务所连升好几级，托马斯却丢了工作。夏威夷木瓜实验取得了巨大成功，但公司发现转基因木瓜的市场前景堪忧，就关闭了实验室。

"我觉得我可以试着写小说。"托马斯在思索刚刚到手的自由时说，"我还可以学吉他。"

珍妮特笑笑，把《标准晚报》上的招聘版递给他。

两个月后，他去纽波里支路边的一栋平房里上班，这里的主要目标就是培育四条腿的鸡。珍妮特现在把越来越多的时间都用来代表客户出庭，而且要长时间地准备案件。珍妮特之前非要他把黑胶唱片都放在储藏室里，现在他开始偷偷地把唱片拿出来，不过每次只拿两三张。

◖

"啊哈。"克劳迪娅说。

"啊哈什么？"

"她有别人了，是吗？事实就是这样的吧？她遇到了一个年轻的律师，英俊潇洒，又有上进心，人家把她从你手里抢走了。"

"她才没有！"托马斯惊讶地说道，"珍妮特永远都不会干那样的事。她是有这样那样的错，但她很忠诚。你不能抹黑她。"

"这样那样的错？"克劳迪娅说，"她都有什么错？"

托马斯沉默了良久。"其实只有一个。她盼着我成为配得上她的丈夫，对此她毫不掩饰，只是有点所托非人。"

◖

第二年，托马斯的性生活比之前多了很多倍。珍妮特对他有很强的欲望，坚持早睡，并且把他吻醒，每当他回到家，她就把他拖上床。他累得筋疲力尽，每天在火车上都打瞌睡。他几乎都提不起力气去跑步。一天晚上，他回到家，想告诉珍妮特一件事，不过他也说不清这件事是可怕还是可笑：一只三条腿的鸡只能绕圈跑。但他看到珍妮特正在公寓门口等他。她拿着一个小小的白色细棒。她站在那里，咬着嘴唇，他默默地看了她一会儿，然后，她大叫一声，搂住了他。

看起来好像他们有孩子了。

他们立刻就不再同房。托马斯对此简直感激不尽。他又有时间和精力去跑步了，他把双脚踏在人行道上，愤怒地思考这件事的后果。孩子。一个小小的人儿。遗传自他们两个的小人儿。他不得不承认，他几乎没有与婴儿打交道的经历。事实上，他唯一见过的婴儿就是他弟弟皮特，而当时的托马斯还不到九岁。

念及此，他的心就像是笼罩了一层阴影。他惊诧地意识到，有了孩子，他就将成为一名父亲。

伊森一家自然高兴坏了。结果，所有人都认为现在是珍妮特和托马斯搬回约克郡的好时机。珍妮特的父亲安排托马斯去跨国医药公司施乐辉面试，这家公司在市郊有一个研究所。事实上，那里有一整个科技园。珍妮特的父亲笑着说，除非托马斯是个傻瓜，否则不可能在那里找不到工作。

他们几乎每个周末都在约克郡住。托马斯被拖着去逛婴儿服饰店，有的店里卖的婴儿车贵得出奇，而设计婴儿车的人看起来还设计过一级方程式赛车。罗伯特一拳打在他的肩膀上，说："史波克，真想不到你这么能干。"这话引得所有人都笑了起来。他们每次去约克郡，珍妮特的母亲都会轻轻拍拍珍妮特的肚子，说："我的小外孙在干什么呢？"

"妈妈。"珍妮特说，不过很宽容，"现在都还没显怀呢。孩子也就是核桃大小。"

那天晚上，托马斯躺在客房干净清爽的床单上，梦到僵尸危机爆发，那些活死人都长了一张萎缩核桃似的脸，对他穷追不舍，他跑进了母亲关护中心约克郡分部，必须在那里待到世界末日。

每个周末在伊森家欢迎他们的还有一摞当地房产中介传单。"你们肯定想住得离我们近点。"珍妮特的母亲说，"那我们就可以随时去看你们了。"

"保姆算是有着落了。"珍妮特冲托马斯一点头。

珍妮特的父亲清清嗓子："你应该不会继续工作了，是吧？"

"我有我自己的事业。"珍妮特微微抗议道，"我正在考虑在约克郡接一些案子。"

"胡闹。"她父亲说，"你现在的任务就是做好妻子和母亲。你妈妈就做得很好。"

托马斯看了一眼珍妮特的母亲，只见她用粉色和蓝色的丝带，把从亚马逊订购的十二本《达·芬奇密码》绑在一起，好送给书友会的同伴，并且时不时停下来给她自己倒杯白兰地。

珍妮特笑了。"你说得对。我要是去做别的，兴许更糟。"

托马斯告辞去卫生间缓口气，他不明白在新千禧年第一天差点把他撞死的女人到底是怎么了。他开始觉得，要是她真把他撞死了，反倒更好。

到了情人节，托马斯请了一天假，把从超市买来的饭菜准备好，等珍妮特回家。那天下午晚些时候，他接到了她打来的电话。她在医院。他坐出租车到了医院，发现她在孕早期病房，坐在病床上，毯子盖到下巴，脸上都是睫毛膏的痕迹。

"托马斯。"她平淡地说，"孩子没了。"

托马斯说了他觉得是正确的话，做了他觉得是正确的事。她出院回家后在床上躺了一个星期。托马斯给她带回来食物，拥抱她，和她一起哭。他悄悄收走了所有婴儿衣服、书和毯子，都捐给了慈善商店，把家里所有有关的东西都清理干净了，不让珍妮特想起她失去了——不，是他们失去了——一个孩子。在珍妮特确定已经准备好可以回去工作的那天，托马斯也请了一天假，以防她应付不来。但她应付得来，这一点还真是令人钦佩。托马斯在厨房的水槽边洗碗，正巧看到一个男人带着一个不到两岁的孩子走过，男人拉着男孩的手，男孩则摇摇晃晃地迈着试探的步伐，走过街道。意想不到的是，托马斯虽然没有眼泪，却痛苦地啜泣起来。

☾

　　转过年来，他们过得很幸福，这倒是大大出乎托马斯的意料。珍妮特似乎打定主意彻底忘记那次怀孕的事，假装那件事从未发生过，全情投入工作和享乐。她和托马斯去度了两回假，他按照珍妮特的要求，婉拒了施乐辉公司的工作邀请，在约克郡找房子的事情也搁浅了。他们花钱装修了他们的公寓，托马斯应邀加入了公寓所在街区的居民委员会。他饶有兴味地接受了他的新角色，若是有住户把车停在有限的车位时越线了，他就用便利贴写了字条，贴在他们的汽车风挡玻璃上，他还会去公寓住户家，提醒他们，在和垃圾桶一起放在外面的多余垃圾袋里不能放食物残渣，以免滋生寄生虫。他积极参加活动，呼吁伦敦交通局在他们的街区附近设立巴士车站。他和珍妮特有更多时间在一起，他们每个月都会去剧场看一次戏，到了夏天的晚上，他们去河边喝酒，她甚至还让他放好听的音乐给她听。她好像不太喜欢大卫·鲍伊，这叫他有些沮丧，但他觉得他能忍受这个小瑕疵。他们又开始了性生活，但不像从前那么疯狂，充满饥渴。托马斯每天早晨都去跑步，身材越发精瘦，他此时的生活中没有任何责任，唯一需要的就是让珍妮特快乐。

　　如果托马斯不是感觉如此轻松，觉得事情走上了他希望的轨迹，那他一定会想到，其实珍妮特是在刻意否定发生的事。

　　在新年前夕，他们像往常一样，去伊森家过节。他们举办了一个小型派对，请来了一两个珍妮特父母的朋友和邻居。大家都很注意不去提起那次流产，像是这件事已经被从历史中抹掉了。就在电视屏幕上的大本钟敲响新年钟声的时候，醉醺醺的珍妮特搂住托马斯，给了他一个长吻。

　　"老实说，看到这一年过来，倒也不会太伤感。"

　　"那一年……确实有不如意的时候。"他说，"但除了那件……你知道……我们其实……过得还不赖……"

珍妮特轻咬他的耳垂，他很享受其中。然后，她小声说："我准备好再来一次了。"

有那么疯狂的一刻，他还以为她说的是大卫·鲍伊。可她随即说道："我准备好再要一个宝宝。我准备好再试一次。"

"不用这么着急吧。"托马斯适度地提醒道。

"我想要孩子。"珍妮特整个人贴在他身上。

托马斯紧张地笑笑。"就在你爸妈的客厅里？"

珍妮特站起来，与他拉开一臂的距离，望着他的眼睛。"你也想再试一次，是吧？"

他并不清楚该说什么，等他找到了合适的言辞，却没有机会说了。珍妮特对他大喊大叫，把她的酒杯砸到墙壁上，客厅的人都停下来看着他们。托马斯连她喊的一半内容都没听懂，甚至连四分之一都不到，却听明白了她的大致意思。他从来都不想要孩子。在孩子没有了的时候，他都不伤心。他就是心智没有成熟的男孩子，满心以为自己可以一辈子做那份弗兰肯斯坦式愚蠢又没有意义的工作，听愚蠢又没有意义的音乐，每天去愚蠢又没有意义地跑步，用打字机打出愚蠢又没有意义的居委会的开会记录。

珍妮特说，他那愚蠢又没有意义的人生是彻底没有价值的。

她母亲和几个朋友把哭哭啼啼的她带进厨房。珍妮特的父亲清理了碎玻璃，还对他怒目而视。"好好的新年就这么毁了。"他说。托马斯孤零零地站在屋子中间，所有人都假装不是在讲他的闲话，他想知道他应不应该止损，砸了 CD 播放器和没完没了播放的丹尼尔·奥唐纳尔那欢快的歌曲，免得那些歌像是大锤一样，弄得他的脑袋生疼。

托马斯不知道他们是怎么在磕磕绊绊中度过余下几年的，并且他不打算把他们枯萎婚姻的所有血淋淋细节都告诉克劳迪娅，其实，到了最后，他们虽然住在同一间公寓里，却相对无言，像陌生人一样从彼此身边走过，他睡在客房里，时间一久，那里就成了他的房间，他装了一台电唱机，把黑胶唱片堆得老高。有一天，珍妮特叹口气，说出了他们早就心里有数的话。都结束了。

"你有别人了？"他问，因为在当时的情境下，这么说似乎最合适。

"没有。"她说，"我们两个在一起的时候，我永远都不会有别人。但以后怎样，就没人知道了。我才三十八岁，还没有开始走下坡路。我依旧能够追求幸福。你也可以。"

"我现在就很幸福。"托马斯说，他的眼里噙满了泪水。

"就算你很幸福，也不是因为我。"珍妮特说，"我请了一个星期的假，去和我爸妈住。如果你能在我回来之前搬出去，我会很高兴。"

"我们还是朋友吗？"托马斯问，虽然他很清楚这话听起来就像是二流电影里的台词。

珍妮特看着他，他不知道当初邂逅时她那双令他着迷的绿色眸子到底是怎么了，不知道她是什么时候失去了那对眼眸，更不知道他为什么没注意到她那双晶莹的眼睛不见了。

"我们什么时候做过朋友？"

第五十四章

凡事都要适可而止

　　艾莉在她工作的汉堡店里见到了德利尔。他坐在门边的一张桌边等她，食物已经摆在铺着塑料桌布的桌面上。

　　"我给你点了鸡肉汉堡、薯条和巧克力奶昔。"见她走进来，他连忙站起来，冲一把塑料椅子摆摆手，示意她坐在那里，像是他们是约在高档餐厅里吃饭一样。接下来，看到她的脸色，他说："你不喜欢鸡肉汉堡？"

　　"还可以。"艾莉坐在椅子上，"我就是不喜欢别人替我做主。"

　　德利尔坐下，打量着她。"你真好看。"他说。

　　"我不知道该穿什么。"她忸怩地拍拍牛仔裤和连帽衫下面的黑色马甲。

　　"这样穿很漂亮。简直完美。"他把脑袋歪向一边，"你把头发扎起来，看起来很不一样。而且，你也很会化妆。大多数女生看起来都像是要去马戏团参加面试。要不就跟史蒂芬·金小说里的小丑一样。也很像那边那张海报里的小丑。"

　　"派对在什么地方？"

"他们在工业区有一个厂房，就在高速公路边上。我们得坐巴士去。还需要点别的吗？"

"不用了。"艾莉叹口气，环顾汉堡店，小心不去照镜子，在无菌白色照明灯光下，她每每都能从镜子里看到自己疲倦的面容。她看到她认识的同事正在倒垃圾桶，便冲他们点点头。这倒不是说她有所谓的朋友，她在工作的地方没有朋友。甚至在学校里她也没有朋友。她看着德利尔，只见他穿着宽领白色衬衫，上面有棕色漩涡图案，八成是他从他父亲衣橱里拿来的。不知怎的，他穿起来很好看。他擦掉眼镜上的哈气，眨巴着眼睛看着她。她惊讶地意识到德利尔其实是目前她在这世上唯一的朋友。

"你喜不喜欢格莱姆音乐？"德利尔把眼镜戴好，"老实说，我对这种音乐谈不上喜欢也谈不上讨厌。我喜欢更具政治色彩的音乐。我喜欢斯科塔①。《关闭》。这是几年前的歌了，你还记得吗？*我和我的G们都不怕警察。我们也不在乎那些政客。*不过我不像我大哥菲尔迪那么热衷。他简直是个发烧友。你知道我喜欢什么吗？各种各样的东西。卡朋特乐队。《召集太阳系外星人》。我喜欢这首歌。啊，这倒是提醒我了。你弟弟说过，他和汤姆少校打过电话。太好笑了。你知道的，新闻里都在报道他。说什么他必须进行太空行走，去修理坏了的天线。"

艾莉一边吃一边听德利尔说，她真羡慕他能这么轻松即兴地聊起任何事，从一个话题转换到另一个话题，就像是蜜蜂在寻找花粉。她很想知道这么无忧无虑，不用像自己那样担心成年人才用担心的问题，是什么感觉。这时候，她意识到他不再说话，而是有所期待地看着她。

"我是不是让你觉得很无聊？"

"对不起。"她咕噜咕噜地喝了一口奶昔，"你刚才说什么？"

---

① 斯科塔，Skepta，英国音乐人。

"我问你喜欢什么音乐？"

艾莉耸耸肩。"广播一台播放的歌吧。"

"广播一台是魔鬼的作品。太……平淡无味了。"

"这话是什么意思？"艾莉捏起最后几根薯条，都塞进嘴里，把手指上的盐粒舔掉。

"我不知道。我是从《卫报》上看到这句话的。可能是无聊的意思吧。不过我喜欢这个词。我觉得呀，这是我最近最喜欢的词。你有最喜欢的词吗？"

◖

在巴士上，德利尔买了他们两个人的车票，走到过道一半停下来，示意让艾莉去坐靠窗的座位。她咯咯笑了起来："马车在等我了。"

"那你就是灰姑娘，我就是白马王子。"德利尔道。

艾莉用衣袖擦擦玻璃，望着橘红色的路灯。"我看我的仙女教母在战斗中失踪了。"她喃喃地说。

"你愿不愿意把你家房子的问题告诉我？"德利尔轻声道。

她决定向他倾诉，一直到巴士到了站，她才说完。德利尔按动下车铃，站起来。他们下了巴士，走到一条很长的双行道上，道路两侧是已经关门的工厂和商店，高大的路灯洒下灯光，雨后光滑的柏油碎石路闪着光辉。他说："要是事情不这么严重，听来其实还挺有意思的。你应该去报警。去告发那个骗子。他们也许能找到那个假王子，把你们的钱追回来。"

"来不及了。再说了，要是我们去报警，别人就会发现奶奶根本不能照顾好我们。"她已经厌倦向所有人解释这件事了。

"但你们怎么办呢？"德利尔追问，"只剩下一个星期了。我知道你弟弟是个天才，但他要是赢不了比赛呢？"

"他的确赢不了比赛。"艾莉感觉有一滴雨水落在她的鼻子上,"还记得那些总是欺负他的孩子吗?他们又找上他了。他说得对,奶奶去找他们,就是把情况弄得更糟了。"

德利尔打了个响指。"等一下。原来你和你弟弟的老师说起的蒙面忍者就是你奶奶?"他吹了声口哨,"太酷了。"

"老实说,我不愿意想起这件事,我不愿意想起所有的事,哪怕只是一个晚上。"艾莉叹口气,"这是哪里啊?就快下雨了。"

"就在那边。"德利尔指着一条支路,那条路向下倾斜,直通一排笼罩在黑暗中的平房,"你没听到吗?"

雨下起来了,他们快步向着低音音乐传来的地方走去。

◖

"这是合法的吗?"艾莉喊道。这个厂房位于商业区中央,很闷热,三个身穿黑色短夹克的大块头男人看到德利尔,便挥手叫他过去。厂房里很暗,艾莉看不出这里有多大,闪光灯闪烁着,照在正在中心位置跳舞的人身上,他们前面是一个临时舞台,三个男人站在舞台上,穿着黑色牛仔裤、白色上衣,戴着棒球帽,大声地断断续续地唱着押韵的曲子,歌声如同雷鸣一般。

"这可说不准!"德利尔也愉快地大声喊道,"我估摸天还没亮,条子就会来这里,把我们包围。"

"条子?"艾莉笑着说,"你怎么突然变得这么街头文化了?"

"过去跟我哥们儿待一会儿吧?"德利尔道。

"那个是你大哥吗?"艾莉指着舞台说。厂房里十分闷热,她只好脱掉连帽衫,把它系在腰上。

"不是。菲尔迪最早也要到午夜之后才上台。走吧,我带你去看看厕所在哪里。"

"这里有厕所？真不可思议。"

"这个地方是我堂哥罗杰的。"德利尔喊道。他拉起她的手，带她穿过密密麻麻正在跳舞的人，艾莉没有挣脱。"大多数时候这里都是汽车修理厂，每隔几个星期，他们就在这里开一次派对。"

卫生间旁边有两张搁板桌，上面摆着两个亮色园艺橡胶水桶，桶里装着已经在高温中开始融化的冰块和瓶装啤酒、软饮料。

"喝什么自己拿吧。"德利尔喊道，"票价里含饮料。我们不用买门票，所以你自便吧。"

德利尔和艾莉把手伸进同一个桶里。他拿出一罐可乐，她则拿了一瓶红斑纹啤酒。他们看着对方。

"你不喝酒？"

"你喝酒？"

"喝不喝都行。"德利尔说，"过一会儿我也许喝啤酒。凡事都要适可而止。你知道吗，在法国，喝酒没有最低年龄限制。法国人都喜欢喝酒，却不像我们这样有酒鬼的问题。酗酒。吐在你的烤肉串上。啊，我可不会那样。"

艾莉看着啤酒。德利尔拿过一个用细绳连接在搁板桌上的起子，替她打开酒瓶盖。"你确定你喝酒没问题？"

艾莉在此之前从没喝过酒。她把酒送到唇边，一开始觉得酒很冰，然后感觉很苦。"不错。"她说着用手背抹抹嘴，好掩饰她情不自禁地露出的苦相，"我只喝一两瓶。我跟你一样。喝不喝都行。凡事都要适可而止。"

德利尔点点头，打开了他的可乐。"嗯好。你喜欢跳舞吗？"

第五十五章

召集太阳系外星人

德利尔跳起舞来的样子和艾莉想象的一模一样,他像只鸡一样摆动双臂,膝盖和脚踝胡乱地摆动,脸上的笑容就和灯塔一样灿烂。但他跳得泰然自若,反倒带着自然而然的帅气。他跳起舞来独具特色,不费吹灰之力就能表现得很潇洒。更重要的是,他看起来真的玩得很高兴。

"来呀!"他喊道,"你想要成名吗?那是要付出代价的。这里就是你抛洒汗水的地方!"

他一把抓住艾莉的手臂,将她拉到人们不停旋转的身体中间。"你说的是什么?"她喊道。

德利尔向后仰着头,挥动手臂。"扬名立万!我要永生!我要学会如何飞翔!"

艾莉一仰头,却惊讶地发现自己的啤酒瓶已经空了,她觉得他就跟他的歌唱的一样。

❨

艾莉喝完第二瓶啤酒，这才意识到很想去方便一下，等她从厕所出来，却看不到德利尔了，她只好站在隔板桌边，又喝了一瓶。其实啤酒喝习惯了，倒也不是太糟糕。她看着人们跳舞，突然意识到大人的东西也不是那么招人讨厌。有些反倒很有趣。只是她现在做的那些大人的事很无聊而已，比如照顾弟弟和奶奶，给家里人做饭，确保他们去任何地方都不会迟到。她一直都在做沉闷的事，却没有享受到任何乐趣。艾莉惊讶地发现她又想小便，她很想知道自己是不是被感染了。她把空酒瓶放下，跐跄地向厕所走去。

等她出来，就看到德利尔在等她，而且他又打开了一罐可乐。她抓住他的手臂，喊道："别这么无聊了！喝瓶啤酒吧！"

他扬起一边眉毛。"喝完这罐可乐，我就喝。想不想再去跳舞。"

来到舞池，艾莉围着她的半空酒瓶旋转。这是她喝的第二瓶吗？第三瓶？还是第四瓶？"谁数了？"

"什么？"德利尔在隆隆的低音音乐和麦手的声音中说道。

"谁数了？"

"谁数了什么？"他大声说。

"啤酒呀！"

德利尔看着空可乐罐，用手把它捏瘪。"好吧，我和你喝一瓶。哎呀。我的眼镜上都是哈气。"

"舞池里有很多女孩呀。"艾莉说，在德利尔撬开两瓶啤酒的时候拉着他的手臂摆动，"所以你的眼镜上才会有哈气。有几个挺火辣的。就跟模特一样。"

德利尔耸耸肩。"都没你漂亮。"

艾莉哈哈大笑起来。德利尔把凝结着哈气的酒瓶递给她。他们的手指碰触在一起，她凝视他的眼睛，或者至少是他那布满哈气的眼镜。她的心比以往跳得都快。她甚至都没弄清楚怎么回事，就把她的身体贴在他的身上。

"吻我。"她说。

德利尔把他的酒瓶放在桌上，握住她的手肘，哈哈笑了起来，轻轻把她推开一点点，将他们之间的暧昧距离拉开了一些。

她感觉自己的眼睛有些刺痛。"你不喜欢我吗？"

"我这个人有个原则，那就是不和喝醉的女孩亲热。"他大叫道。

艾莉挑起眉毛。她掰着手指。"首先，德利尔·阿莱恩，我没喝醉。我只喝了两瓶。也可能是三瓶。第二……你这个行动派还有原则？"

"每个绅士都该有原则。"德利尔点头道，"不过老实说，这还是我第一次有机会实践这个原则。"

☾

感觉上像是很久以后，艾莉坐在水泥地面上，背靠在煤渣砌块墙上。她痛哭流涕，却不知道自己为什么哭。

"你能借给我五千英镑吗？"她说。

"我有的话一定借你。我要是有这笔钱，就送给你。"

"那你爸妈呢？他们能借钱给我吗？"

德利尔笑了。"我老爸是个巴士司机，我妈妈是清洁工。我们的生活也只是过得去而已。对不起，艾莉。"

"如果你老爸是个巴士司机，你妈妈是清洁工，那你为什么是个天才怪胎？"

他耸耸肩。"如果不能从历史中吸取教训，那就只能重蹈覆辙。我是从……"

"我知道，你是从《卫报》上看到这句话的。"

"不过这的确是事实。这倒不是说我觉得我爸妈犯过错。他们都很聪明。我的家里人都很特别，每一个人都怪怪的。就像是《安娜·卡列尼娜》开头写的那样。但那不只是适用于不幸的家庭。不能对所有人做出假设。我大哥就是喜欢做麦手。我爸爸画画特别好，能把巴巴多斯画得很漂亮，但他从来都不画。他只是拍照片。我妈妈的歌喉比黄莺还好听。我们都做着我们自己的事。和所有家庭都一样，和你家也一样。"

"奥默罗德家的人都没什么特别的。我们只会把事情搞砸。"

"不是的。"德利尔亲切地说，"而且，就算是这样，你也不会一辈子都把事情搞砸。我看过爱因斯坦说过这么一句话。向昨天学习，为今天而活，为明天而希望。重要的是不要停止提问。我就是这样的。为明天而希望。所以我才想成为作家或是记者，要不就是当个警探。也可以三个都做。不能停止对明天抱有希望，不然就成了活死人。"

"我的问题是眼下的生活眼瞅着都要没着落了。"艾莉说，"我甚至都不愿意为了这种事情操心。我只想当个孩子。"

德利尔从她手里拿走空瓶子。"孩子不会喝啤酒喝到醉。"

"法国人就这样。"有个东西在她的口袋里振动，"我要搬去法国，找个法国家庭收养我，我们将坐在我们在巴黎的阳台上，我一边喝红酒一边看《安娜·卡列尼娜》。"她试着把手机从牛仔裤袋里拿出来，却怎么也办不到。"现在几点了？"

德利尔看了一眼手腕上的旧电子表。"快一点了。"人群欢呼起来，他抬起头，"啊，菲尔迪上台了。"

艾莉感觉到胃里在翻搅。她打了个酒嗝，瞪大泪眼模糊的眼睛望着他。"我觉得我要吐了。"

☾

在波纹钢做成的厕所隔断里，艾莉跪在地上，用两只手抓着马桶，不停地呕吐，她感觉难受极了。有人在外面使劲儿敲木门，大喊他们憋不住了。德利尔将她的头发拨到一边，免得粘上没完没了涌出来的呕吐物。

"对不起对不起对不起。"艾莉一边呕吐抽噎，一边气喘吁吁地说。

"我不该叫你喝这么多啤酒的，都怪我。"德利尔揉搓着她的后背说。她也说不好他的话是叫她觉得安慰还是感觉恼火。

"是的，就是你的错。"她说着再次呕吐起来，"你真不该让我喝这么多啤酒。你怎么在这方面没有原则啦？"

她又热又冷，这两种感觉让她的胃不住地搅动。现在一点意思都没有了。他们来这里只是为了看……

"噢，老天。"她抽泣起来，"我们没看到你哥哥表演。噢，老天。对不起对不起对不……"

"没关系，真的没关系。"德利尔柔声说，"我以前看过他表演。他也没那么好。"

艾莉向前探身，又吐了起来。她的胃里不可能还留有任何东西，但看起来这似乎并不能阻止她的胃把里面的东西都清空。她蹲起来，好缓解肌肉的疼痛，这时她感觉有什么东西吧嗒一声掉在了地上。是她的手机。

德利尔把手机拾起来。"艾莉，你有十三个未接电话。"

她揩去额头的汗珠。她感觉不会再呕吐了。"谁打来的？"

"十二个是你奶奶打来的，还有一个是……"电话忽然在他手里振动起来。她看着他。"还有一个是谁打来的？现在这个又是谁打来的？"

德利尔看着电话，像是不敢相信，然后把手机交给她。"上面显示是汤姆少校。"

艾莉背靠在狭小隔断的波纹钢墙壁上，接过手机。奶奶竟然给她打了十二次电话，她真的大吃一惊。老天。是不是出什么事了？为什么汤姆少校会打电话来……

"喂？"她说。

"艾莉。"汤姆少校道。

"我们现在不能和你通话。"她喃喃地说，同时把唾液和呕吐物从嘴边擦去。

"格拉黛丝给你打了一个小时的电话。"他说。他的声音听起来很模糊，夹杂着噼啪声，让人感觉很遥远。

德利尔说："不可能是真的吧？"

"出什么事了？"艾莉对着电话说，笼罩她的大脑的迷雾渐渐散开了，"是奶奶出事了？她受伤了？"

"是詹姆斯。"汤姆少校用听来很遥远的声音说道，"你快点回家。格拉黛丝打电话给我，她的状态很清醒，她说詹姆斯离家出走了。"

第五十六章

团 结 起 来

都快深夜两点了，德利尔才说服一个出租车司机同意出工业区，送他们去桑托斯大街，到了那里，他们看到格拉黛丝穿着长睡袍和拖鞋，在壁炉前的地毯上来回踱步。

"你总算回来了。"格拉黛丝看到艾莉和德利尔走进前门时说，"我整个晚上都在找你。"

"我们已经是尽快赶回来了，奥默罗德太太。"德利尔说，"艾莉一开始并没有收到你的电话……"

艾莉抬起手示意大家安静，另外两个人随即闭上嘴巴。"好了。奶奶，出什么事了？"

"我九点左右让詹姆斯上床睡觉，然后我就去看有人说话的节目，有点像是帕金森秀，只不过更吵一些……"

"奶奶。"艾莉道，"那之后呢。你是什么时候发现詹姆斯不见了？"

格拉黛丝做了个深呼吸。"我起来小便，又喝了杯水，我觉得当时刚过十二点。我看到詹姆斯的房门下面有灯光传出来，还以为他开着灯睡着了，所以我就想去把灯关上。灯是开着，可他人不见了。他的床根本没人睡过。他留下了这张字条。"

艾莉一把从格拉黛丝手里抓过字条，看了起来。上面只有寥寥几句话。她把字条交给德利尔，后者大声读了起来。

亲爱的艾莉和奶奶，

一切都是一团乱，而这都是我的错。我本来应该让家里的情况好起来，现在却惹来了更多的麻烦。我去找爸爸了，我要让他们把他从监狱里放出来。要是他们不放人，我就像电影里那样，把他从牢房里劫出来。不要担心我。我带了芝士三明治和葡萄适饮料，我还拿了你放在内衣抽屉里的二十英镑，艾莉，你并不知道我发现了那些钱。但愿这不会惹你不高兴。

詹姆斯

德利尔看看艾莉，又看看格拉黛丝。"监狱在什么地方？"

"牛津郡。"艾莉用双手揉着脸说，"远着呢。"

"监狱距离一个叫比斯特的地方不远。"格拉黛丝说，"不过好像不是比斯特，可能是比伊特。"她用鼻子深吸了一口气，"啊，是贝斯特。"

德利尔看看手表。"这么说，他……至少比我们早走了两个小时。可他只是个十岁的孩子。他不可能走太远。这么晚了，他搭不了火车，而且他只有二十英镑。"

"不过他可能去坐长途公车，还可以搭顺风车。"泪水从她的眼里向外涌，她用手捂住嘴，"噢，老天，他有可能遇到很多意外。"

她拿出手机，一边按着，一边对格拉黛丝说："你有没有打电话给他？"

"当然打了。"格拉黛丝说，感觉像是受了很大的侮辱，"我又不傻。他不接电话，跟你一样。所以我才给汤姆少校打了电话。"

艾莉听着电话铃声，然后嘀一声接到了留言机，她大声说道："詹姆斯！快接电话！给我回电话！我们都担心死了！你没遇到麻烦吧！"

她一挂断电话，就对德利尔说："等我找到那个小浑蛋，我一定要把他的头拧下来。"

"艾莉，我知道你肯定不愿意，但是……我觉得你还是应该报警。"

艾莉点点头，用手捂住脸，重重地坐在沙发上。"真不敢相信。这么久以来，我一直都拼了命不让这个家散掉，我真不能相信，在最后一刻，竟然会像现在这样功亏一篑。就算我不报警，詹姆斯早晚也会被政府部门的人带走，所以，不管怎么样，我们之前的努力都白费了。那如果……"她说不下去了，强忍着不再哽咽，"要是他遇到坏人了呢？"

艾莉的电话振动起来，她差点把电话弄掉。她看了一眼屏幕，泄气地说："是汤姆少校。"她接听电话，"喂？"

电话线里刺刺啦啦直响。"我听不到你说话。"艾莉说。

"我知道，我……就要离开……信号覆盖范围了。"托马斯说，"你……他了吗？"

"没有。你找到他了吗？"

"……一直在打给他，但打不通。不过两分钟前……打给我……断线了。"

"什么？"艾莉喊道，"什么？他打电话给你了？"

"我觉得……是他。但是……噪声太大，就断……"汤姆少校说。电话线里嘶嘶两声，变得清晰起来。"我这边的电话一时清楚一时不清楚，我很快就要离开信号覆盖范围了，不过还有几个小时。我觉得他没事。我现在只需要重新和他联系上。"

"我给他发短信！"艾莉喊道，"我给他发短信，就说要是他不愿意和我说话，至少还可以打电话给你。他会给你打的。"

"好吧。"托马斯说，"我试着再给他打。你再等一等。一有消息我就打给你。"

艾莉急切地发了短信，然后抬头看着德利尔。"光是坐在这里，我八成会疯掉。但愿汤姆少校能和他重新联系上。"

"之前新闻里报道了。"德利尔说，"战神一号的通信系统出了故障，所以信号才不好。他们说他必须去太空，进行太空行走去修理好。"

"我希望我们能做点什么。我们得自己去找詹姆斯。"

"好呀。"格拉黛丝说。

德利尔看着他的手机。"不管是搭顺风车还是坐巴士，他都是向南边走的。要是有辆车就好了，我们就可以上 M6 高速公路。"

"好呀。"格拉黛丝说。

艾莉叹口气。"说这个有什么用。我们才十五岁。就算有车，也没人能开。"

"当然有。"格拉黛丝说。

"奶奶。你现在该去睡觉了。"

"等等。"德利尔摆摆手，"奥默罗德太太，你刚才说什么？"

"我说，我们能做到，我们也有人手。"格拉黛丝道，"我们可以去找詹姆斯，我们有车。我们也有人开车。"

艾莉看着德利尔。"不行，绝对不行。别胡扯了。"

格拉黛丝走进厨房，拿出一串钥匙。"你爸爸的面包车就停在外面。而且，我能开车。"

艾莉盯着她。"不行。你不能开车。"

格拉黛丝从安乐椅的扶手上拿起她的手提包，把手伸进手提包里的小袋，说："是的，我能。你看呀，这是我的驾照。我在 1966 年就考过驾照了。"

艾莉目瞪口呆地看了她一会儿。"可你……你也明白你的情况。"

"我很好。"格拉黛丝生气地说，"听着，艾莉，我不是傻瓜。我很清楚我怎么了。但你们会帮助我的，对吧？我是说你和德利尔。你或许喝醉了，他或许有点疯狂，我也可能脑筋不清不楚，但如果我们能团结在一起，那就一定可以成功。团结在一起，我们就能变得强大起来。我们在这个家里一直都是这么做的。他们每隔几年就会给团结起个时髦的名字，像什么社区精神，大社会，或是别的他们花大价钱请人起的名字，但其实并不需要标签。实际上就是人们守望相助。这就是我们做事的办法。我们会一直坚持这样的办法。"

"草根社会主义在行动。"德利尔称赞道。

格拉黛丝用一根手指指着他。"你呀。我说过了，不要标签，不要时髦的名字，好吗？"

"那我们还在等什么？"艾莉说，"走吧！"

格拉黛丝蹙眉看着她。"我得先换衣服。我是可能脑筋不清楚，但我绝不会穿着睡衣去比伊特。"

"她现在的状态……真能开车吗？"德利尔在格拉黛丝上楼后小声说。

艾莉耸耸肩膀。"我也觉得她不能开车。不过我们可以帮她看着，当她的眼睛和耳朵……"艾莉用一只手捂住嘴，"啊。不过你不用去了。你应该回家了。"

"你是在开玩笑吗？我知道你是一匹黑马，艾莉·奥默罗德，但和你待了一晚上，感觉就像是掉进了兔子洞。你老是在让我打退堂鼓。"

艾莉又把手机放在耳边，喃喃地说："快接呀，快接呀，詹姆斯。你到底跑哪里去了？"

第五十七章

向 南 进 发

　　詹姆斯是在上床一个小时后决定去布灵顿监狱找父亲的。当时，他躺在黑暗中，听着奶奶在她的卧室打鼾。他也说不清这为什么是个好主意，但他想不到别的办法。一切都毁了，他们就要失去这栋房子了；至少父亲应该知道该怎么做。于是他起床，穿好衣服，悄悄下楼，做了三明治，把需要的东西都装进袋子里。他去了艾莉的房间，他知道艾莉把二十英镑藏在内衣抽屉里应急。他把那些钱拿走了，算是借的，然后，他从教科书上扯下一页，写了张字条，放在他的枕头下面。十一点半，他走出家门，按照手机上指南针应用程序的指示，动身向西出发，他很肯定，到了高速公路，他就能向南去监狱了。

　　他沿着宽阔的奥姆斯柯克路走啊走啊，垂着头，快步从酒吧边走过，人们喝得东倒西歪，有的大喊大叫，还吐在人行道上。一个小时后，他终于走到了 M6 高速公路的桥上，两个方向的车辆呼啸而过。M58 公路继续向西延伸，但他很肯定他不应该继续沿这条公路走。詹姆斯过桥，桥下是错综复杂呈现出螺旋状的交流道和公路相交点，他走到一个廉价旅馆的停车场，思考着下一步该怎么办。停车场上停着两辆卡车，詹姆斯看到一个男人从旅店向一辆卡车走去，车身上印着苏格兰一家运输公司的名字。他快步去追那个男人，就在男人马上上车的时候，詹姆斯追上了他。

"你好，先生。"詹姆斯说，"你是恋童癖吗？"

那个男人挑起一边眉毛，用深沉的粗喉音说："不是，伙计，我不是。怎么，你要找恋童癖？"

"不是的，我是不希望碰到那样的人。你是向南走吗？"

那个男人皱起眉头，挑起另一边眉毛。"是呀。怎么了？"

"我能搭车吗？"詹姆斯说。

男人从通往驾驶室的宽大台阶上下来，打量着詹姆斯。"你叫什么？"

"詹姆斯·奥默罗德。"詹姆斯道，然后才意识到他不应该报真名。

"那你多大了，詹姆斯·奥默罗德？"

"十八。"詹姆斯尽量用低沉的声音道。

"你当然是十八岁。"司机说，"只是对这个年纪而言，你的个子太矮了。很矮。你是跑去加入马戏团吗？"

"你能不能让我搭车？我可以给你钱。"

司机揉着长了胡子的下巴。"我可以让你搭车，伙计。"他伸出一只手，"我叫拉布·柯林斯。"

詹姆斯小心翼翼地拉住他的手。"你真的不是恋童癖？"

"真的不是。"拉布说，"上车吧。我们要向南进发了。"

◗

艾莉对着电话大呼小叫，试着在嘶嘶声和静电声中让对方听到她的话。

"我们出发了。坐面包车。我要上M6高速公路往南走。你一联系上詹姆斯，就打电话给我。"

"我还是不敢相信你一直和汤姆少校通话。"德利尔说着拉艾莉坐在面包车的前座。格拉黛丝已经坐在驾驶座上，穿着棕色尼龙裤子、皮毛靴子和她最好的羊毛衫。"詹姆斯和我说过，但我就是不信。"

"你确定你可以，奶奶？"

格拉黛丝闭上一只眼，咬着舌头，把钥匙插进打火器。"这就跟骑脚踏车一样，学会了就忘不了。"她抬起头，"只是我不太肯定我是否还记得怎么骑脚踏车。"

德利尔关上车门，格拉黛丝说："走喽！"面包车里有股霉味，还弥漫着淡淡的水泥味。三个座位后面高高堆着工具和木头边角料。格拉黛丝拧动钥匙。

汽车没反应。

她又试了一次。汽车嘎啦嘎啦响了一声，只是有气无力的。

"这车太久没开了。"艾莉道，"肯定是电池没电了。"

格拉黛丝踩离合器。"好运降临吧！"她转动车钥匙，发动机发出嘎嘎的发动声，停顿一下，然后启动了。格拉黛丝一直踩着油门，直到引擎开始咆哮，然后她把变速箱调到空挡，让引擎变热，加热器开始喷出黑烟，风挡玻璃前黑压压的。

"太好了！"德利尔说。

格拉黛丝把手伸进外套口袋，拿出一副太阳镜戴上。艾莉说："奶奶，你这是干什么？"

格拉黛丝打开立体声，把像是透明塑料舌头一样从立体声突出来的磁带按进去。警报器声大作。大火在咆哮。是《来自地狱的蝙蝠》，密特·劳弗唱的。艾莉说："爸爸听音乐的品位一向都很恐怖。"

格拉黛丝的视线越过艾莉，看着德利尔。"这里距离芝加哥有一百〇六英里，油箱里加满了油，我们有半包烟，现在天很黑……我们还戴着墨镜。"

"什么？"艾莉气哼哼地说。

德利尔高兴地笑了起来，喊道："说对了！"

格拉黛丝挂挡，欢呼一声，松开了离合器。

☾

五分钟后，他们来到桑托斯大街的尽头。德利尔说："奥默罗德太太，恕我直言……如果不挂一挡，我们就能快点到……"

☾

特雷弗·凯尔德班克年纪大了，不适合值夜班。但要是一辈子做个普通警员就满足了，不想打破头向上爬，那就不可避免地要去值夜班。但他喜欢当警察，喜欢当社区警察。他逐渐认识了社区里的人，能够认出他们，了解哪些是坏人，哪些是受害者。他对当地的情况了如指掌。

他刚上班一个小时，就接到电话举报，称有人在奥威尔路工业区举办非法派对。兴许就是每隔两三个月就在那里举办派对的那帮人。警员凯尔德班克赶往派对举办地，不过他知道，为防万一，还有另外两组人也在去的路上。等他到了，另外两组人已经控制了局面，参加派对的人正鱼贯走出厂房，并没有发生任何骚乱。他们并不需要警员凯尔德班克。他回到警车，看了一眼时间。现在回警察局也没意义了。他觉得还是在这个地方转几圈，好叫那些坏蛋都安安稳稳地上床睡觉，不出来搞事。他在通往工业区的交流道上，让发动机空转，等着一辆脏兮兮的白色面包车从他身边开过，向高速公路驶去，然后，他把车开了起来。

特雷弗·凯尔德班克几乎立即就又把车停在了路边。那不是达伦·奥默罗德的车吗？车身上写着达伦·奥默罗德的名字，他可以肯定。达伦·奥默罗德正因为抢劫在坐牢。他还见过达伦·奥默罗德的母亲，因为她用擀面杖打了一个学生。这本来是个很好的故事，可以说给警察局里的同事听，但不知怎的，特雷弗把这件事压了下去。他甚至都没有将其记录在案。格拉黛丝·奥默罗德很不对劲儿，他看得出来她的精神状况不太好。他们一家人都有问题……

特雷弗·凯尔德班克有些举棋不定，不肯定是不是应该去追那辆面包车。如果他弄错了呢？他只是用眼角余光看了一眼而已。而且那辆车没有超速，也没有横冲直撞。

到最后，他决定去桑托斯大街看看。如果那辆车停在十九号外面，就是他弄错了。如果没有，他再联系局里也不迟。

☾

卡车驾驶室又暖和又舒服，詹姆斯感觉眼皮直打架。拉布·柯林斯不爱说话，只是听嘉宾热线节目里人们打电话去抱怨政治。詹姆斯望着窗外，希望这样能保持清醒，不过黑暗的郊外在硬质路肩另一边延伸出去，没什么看头。他睡着了，醒过来两次，到了第三次，只听到卡车指示灯在嘀嘀响。

"怎么了？"詹姆斯睡眼惺忪地说。

"我要把车停在服务区。"拉布说，"去商店里买点东西，留着当早餐。"

拉布把卡车停在货车停车场，随着一阵颤动，他把车灭掉。外面一片漆黑，停车场里只有另外两三辆大型运货卡车。拉布扭头看着詹姆斯。在仪表板灯光的照射下，詹姆斯的脸呈现出一种病态的黄绿色。"去不去厕所？"

"我很好。"他现在真希望自己从未上过这辆卡车。没人知道他在哪里。他一直把手机关机，因为他很清楚，等艾莉参加完派对回家，就会发现他不见了，肯定要打他的手机。现在他觉得与世隔绝，孤单极了。

"好吧。我去商店，顺道去小便。你乖乖在这里等我回来，好吗？你不会到处乱跑吧？你保证？"

詹姆斯点点头，拉布走出驾驶室，到了柏油公路上。他沿一条小路穿过灌木丛，向着低矮的服务站走去。在他走远之前，还转过身，漫不经心地按下遥控钥匙，把车门上了锁。

詹姆斯突然害怕起来，真盼着自己这会儿是在自己的床上。他拿出手机开机，来自艾莉和奶奶的未接来电让他的心直翻腾。然后，他看到有一个来自汤姆少校的未接电话。詹姆斯用哆哆嗦嗦的手回了电话。

"……姆斯？"汤姆少校说。电话里有杂音，他的声音听起来很不清楚。"詹姆斯？你还好吗？"

"汤姆少校！"詹姆斯喊道，"我在一辆卡车里，可他把我锁在车里了，我很害怕！"

但这会儿线路嘶嘶响了起来，终于断了线。詹姆斯正要重拨，却抬头看到一个人影出现在服务站主停车场上，拉布·柯林斯要回来了。

詹姆斯瞪大眼睛，心扑通扑通狂跳，因为他发现卡车司机不只是一个人，他身边还有两个人。他表面上说是买吃的、上厕所……但其实只是在耍诡计。拉布和他的同伙……他们要把他拐走，而且，他被困住了，不知道他们要干什么。老天，詹姆斯心想，他把背包紧紧抱在怀里，大哭起来。

第五十八章

奥默罗德家的方式

警员凯尔德班克冒雨站在桑托斯大街十九号的外面，在他所站的位置，原本在几个月来一直停着达伦·奥默罗德的面包车。车是被偷了吗？不过他不明白车子被偷的理由，毕竟那辆车实在很破旧，除非是为了车后面的工具。整栋房子里黑漆漆的，现在很晚了，他早想到会这样。他走到窗边，透过窗帘的缝隙向里张望，然后第三次用力敲了敲门。隔壁房子的卧室里亮了灯，但奥默罗德家依然漆黑一片。这表示他们出去了。这样的话，他推理到，如果他们出去了，而面包车也不见了，那他们肯定是开面包车走的。但那两个孩子还小，不可能开车，如果是格拉黛丝·奥默罗德开的车……他觉得她是不该开车的。他决定呼叫局里。

"苏，"他在电话接通后说道，"帮我查一下一辆福特全顺汽车。电脑里应该有车牌号。登记的车主是达伦·奥默罗德，地址是桑托斯大街十九号。"

"好的。"苏道，"你是说奥默罗德吗？真有意思。"

"怎么了？"

"柴郡刚来的消息。是纳茨福德服务站的高速公路分队发来的。一个逃跑的小孩也姓奥默罗德。"

"那人叫什么名字？"警员凯尔德班克说，"找到了吗？"

"可能是詹姆斯？人还没找到。不过相信他就在那附近。"

此时，警员凯尔德班克已经下班了，尽管如此，他觉得最好还是回一趟局里。

☾

拉布·柯林斯看看手表。他真该上路了。车上的链齿又不可能自己去布里斯托尔。

"就快好了，先生。"一名警察翻着笔记说道。他的同事在一边给威根警察局打电话，"总而言之……你是在威根附近的二十七号公路交叉点让那个男孩搭顺风车的，而且，他只是说他要去'南边'。你估计他只有九到十二岁，鉴于他的年龄和当时的时间，你认为他是离家出走了。"

"没错。"拉布说道，"我心想，要是我问他太多问题，说不定会吓坏他，而且我也不希望三更半夜把他丢在那里。于是，我就把车停在这里，因为我知道你们在纳茨福德服务站肯定有警务点。我让他留在车上，说是我去买吃的。我锁上了车门，但他肯定是爬窗户跑的。"

另一个警察走了回来，把手机塞进夜光马甲的皮套里。"威根没有报告任何离家出走的人是这个姓氏，不过有个警员可能认识那个孩子。他们说会让他给我打电话。"

"我能走了吗？"拉布说。

交警点点头。"可以了，先生，你可以上路了，不过我们必须检查一下车里边。"

"我可从没把他绑在后面。"拉布抗议道，"你们知道的，我又不是食人魔汉尼拔·莱克特。"

十五分钟后，交警检查完链齿，这才允许拉布上路。他摇摇头，将卡车驶向出口支路。熊孩子，净添乱。

詹姆斯从 M6 车道出口附近的灌木丛里看到拉布的卡车加速，消失在了视线中。他回头看看停车场上的两个警察。这下可惨了。他们现在肯定是要来追他了。然后，他们就会把他送回家，社会福利部门的人也将找上门来，到时候一切都完蛋了，而且都是他惹出来的。明天的这个时候，他八成就睡在可怕的孤儿院里了。

背包里的手机响了，他擦掉眼里的泪水，伸手去拿手机。肯定又是艾莉。他只能把事情都告诉她。他感觉一颗心直往下沉。

不过不是艾莉，也不是奶奶。

"汤姆少校！"詹姆斯气喘吁吁地对着手机说道。

一阵静电声过后，汤姆少校说："我都说多少次了，别这么叫我？"

詹姆斯又哭了起来。"我还以为我们不能给你打电话了呢。那个女人……"

"别管她了。詹姆斯，你在什么地方？艾莉和格拉黛丝都快急死了。"

"我听不到你说话。"詹姆斯道，"你的声音听起来很模糊。"

"那是因为我他妈的正要去火星！"托马斯道，"但你在什么地方？"

"我在一个高速公路服务站。"詹姆斯抽着鼻子说，"这里好像叫纳茨福德。不过我也不知道这里是哪儿。"

"你他妈的去那里做什么？你这个时间不是应该在睡觉吗？老天，再过几个小时，你不是就该起床去伦敦了吗？"

"我不去了。"

"那比赛呢？"

"我不比了！那些白痴弄坏了我的模型。现在全完了。艾莉说她放弃了，还跑去参加派对，奶奶一整晚都在唱主日学校的歌，等她去睡觉了，我就决定去找我爸爸。"

"你爸爸？"托马斯在嘶嘶声中说道，"可他在监狱里。"

詹姆斯在灌木丛里动了动，感觉雨滴落在他的头上。"我知道！我又不傻！我只是傻到竟然会听你的！"

片刻的沉默后，托马斯道："我做了什么？"

"是你让我以为我能做科学实验，可我不能，因为我还是个孩子，我什么都做不了，大家都依赖我，现在警察就要来抓我了。"

"你到底在哪里？"托马斯说。

"我藏在灌木丛里。就在通往高速公路的小路边。"

"那是支路。好吧。在那里等着。千万不要动。我马上给你回电话。"

☾

格拉黛丝打开雨刷，她的视线越过方向盘，落在前方的公路上。德利尔说："一直走，就能上 M6 高速公路。我们要向南走。"

"这也太荒唐了。"坐在他们之间的艾莉说道，"我们都不知道他去了哪里。他说不定都没离开威根。或许我们应该去警察局。"

"不行。"格拉黛丝坚定地说，"我们要用奥默罗德家的办法解决这件事。"

艾莉瞥了她一眼。"你的意思是，我们一不了解情况，二没有计划，三不知道会发生什么事，四不晓得结局将有多严重。"

"是的。"格拉黛丝道，"正是如此。"

艾莉的电话振动起来。"是汤姆少校！喂！喂！你找到他了？"

她用空闲的手抓住德利尔的手臂，抽泣起来。"老天，老天。他找到他了。他打通詹姆斯的电话了。"她仔细听着，点点头，"好的。谢谢你。等我们到了，我打电话给你。"

"他在哪儿？"德利尔说。

"纳茨福德服务站。应该是在 M6 高速公路上。"

德利尔查了手机。"距离这里不远。大约有半个小时？要不就是四十分钟。"他看了一眼格拉黛丝，随即看看车速表。"看来是要一个钟头了。奥默罗德太太，希望你不要介意，不过我觉得这辆车有四挡……"

第五十九章

火 星 日 落

"詹姆斯？"

"汤姆少校！"

"听好了。"托马斯说，"我和艾莉通过电话了。他们正去找你。你留在原地不要动，好吗？等他们到了纳茨福德，会给我打电话。"

"好。你能不能别挂电话？！这里很黑，我害怕，我不想警察来抓我。"

托马斯顿了顿。"好吧。但你听好了。你听到电话里刺刺啦啦响了吧？我马上就要离开信号覆盖范围了。电话信号可能随时断掉。"

"那这是我最后一次和你通电话了？"詹姆斯说。

"也许吧。"他在太空舱里停下来，从舷窗望着越来越远的地球，"除非我去外面，做太空行走，不然这就是我最后一次和别人通话。"

"如果我在太空里，我就去太空行走。"詹姆斯说。

"如果你在这里，那我一定会让你去做太空行走。"托马斯听了一会儿嘶嘶声，"我就是无法相信你不去参加比赛了。毕竟你付出了那么多。"

"反正也赢不了。"詹姆斯说,"参赛的想法太蠢了。"

"你的主意很棒。真不敢相信你就这么放弃了。这对你而言或许会成为一个全新的开始,詹姆斯。它会为你打开一扇门,让你实现理想。"

"我就是个废物。我就是詹姆斯·奥默罗德,来自威根。我和你不一样。我永远也去不了火星。"

托马斯沉默了片刻。"不,你和我不一样,詹姆斯。你一定能拥有成功的人生,拥有幸福的生活。"

"但你是第一个登上火星的人类!你会成为这世上最有名的人。你怎么可能不快乐?"

"詹姆斯。"托马斯轻声说,"你觉得我为什么来太空?我来太空,是因为我无法忍受再在地球上多待一秒,无法再多看一秒被我搞得乱七八糟的生活。自从我还是个孩子开始,就有接二连三的问题出现在我的生活里。我不是个好儿子,不是个好丈夫,我做任何事都很失败。我不想当第一个登上火星的人,但我就连这个都做不到。这本来都不是我的工作。这份工作落在我头上,只是因为有人突然在我面前死掉了。"

詹姆斯咯咯笑了起来。

"我说的是真的!"托马斯道,"而且没什么可笑的。"他顿了顿,"好吧,是有那么一点好笑。只要你有黑色幽默。关键在于,詹姆斯,我让我周围人的生活变得糟糕透顶。我不是故意的,但我就是这么做了。如果我不存在,那别人的生活肯定会更好。"

接下来是良久的沉默,托马斯还以为通信终于中断了,然后,詹姆斯说道:"如果你不存在,我们的生活不会变得更好。对我而言就是如此。"

"但我其实做了什么呢?我只不过了你一个不切实际的希望。"

"那也总比没有希望强。"詹姆斯轻声说,"我不觉得你是你说的那样。我觉得你肯定让别人快乐过。"

"并没有。事实上，完全可以说我毁掉了别人的生活。我爸爸在我少年时候就死了，詹姆斯，我本来可以对他好一点。我有一个心爱的姑娘，我却毁掉了我和她之间的关系。还有我弟弟……我本可以救他的。大家都这么认为。我本可以救他的，但我没有。"托马斯安静了一会儿，"我曾经结过婚，我唯一能让她开心的就是和她有孩子，但我连这个都没做到。"

电话传来爆裂声和嗡嗡声，詹姆斯道："我敢说你一定会是个好爸爸。"

托马斯还以为他听错了。"我肯定不是个合格的父亲！"他高声大笑起来，"我面前有那样的例子，怎么会成为一个好父亲？你知道我爸爸做过什么吗，詹姆斯？他在我过生日时带我去看《星球大战》，却把我一个人丢在那里，自己跑去约会。"托马斯停顿一下，"我向上天发誓，如果你现在问我《星球大战》演了什么，我一定现在就去太空行走，连航天服都不穿。"

"至少他没把自己送进监狱。"

"你爸爸进了监狱，是因为他想做到最好，只可惜误入歧途。"托马斯说，"我爸爸却连他自己的裤子都系不紧。我当时就在场，可我弟弟还是淹死了，我都没能救他，詹姆斯。我有这样的血统，你说我能成为什么样的父亲？"

"所以你才决定帮助我们？"

"什么？"托马斯说，其实他听得很清楚。

"因为你弟弟死了，你没有家人。因为你让每一个人都很失望。就因为这个，你才想要帮助我们？好让你自己感觉好点。"

是这样吗？托马斯用一只手揉搓着嘴。他是要在最后阶段自我救赎？真的是这样？好叫他自己……怎么样呢？詹姆斯一语中的，真的是那样，是为了叫他自己感觉好点？他眺望着日益缩小的地球，忽然十分震惊。詹姆斯就在那里，就在黑暗之中。詹姆斯、艾莉、格拉黛丝、劳拉、珍妮特和所有与他的生活有过交集的人都在那里。所有那些人。还有克劳迪娅。而在这里……

只有托马斯一个人。除了他没有别人。地球上有六十亿人，他却连一个朋友都没有？宇宙空空荡荡，处在失重状态，但他突然感觉宇宙从四面八方向他压迫过来。

自从他坐在苏联制造的巨大"烟花"顶端，被送入太空，他头一次感到了孤单。

"我还以为我能在真空中生存下来。"托马斯小声说，"但我错了。"

"你现在就是在真空中生存。"詹姆斯指出。

"我只是打个比喻。他们在学校里没教过吗？我是说，我觉得我可以独自生活。但我错了。我们需要其他人。我们都需要其他人。"

"恕我直言，"詹姆斯道，"但你现在才意识到这一点，会不会太晚了？"

"对我来说，或许的确如此，但对你而言就不是了。你能够拥有美好的生活，詹姆斯。你一定可以过上比我更好的生活。这对其他人更好，对你自己也更好。"

男孩没有说话。

"詹姆斯。我现在要和你说一些我从未对别人说过的话，我从来也不打算把这些话告诉别人。你知道战神一号航天飞船吧？这里有居住舱和轻型种植机械。我在火星上有很多事要做。"

"我知道。你要为第一批移民建立着陆基地。"

"是的。"托马斯说，"我还要想办法让自己活到第一批移民来的时候。这对我来说就是吸引力。我是受此吸引，才会去火星。一想到可以独自一个人，我就恨不得立马飞去太空。"

"那你的大秘密是什么？"

托马斯沉吟片刻。"我不会为了能不能生存这件事伤脑筋。我会建立起所有居住舱，挖好灌溉渠，铺好门口的擦鞋垫。那之后……"

"那之后怎么样？你是什么意思？"

"我不知道。我还没有计划。我能说的就是我到现在都懒得看三本很厚的手册，去了解怎么种土豆，怎么保持空气流通。对于如何走进火星日落之中，我倒是有点模糊的概念，但仅此而已。"

"老天。"詹姆斯低声说，"你会死的？"

"因为我已生无可恋。"托马斯说，"我和你不一样。你明白吗？"线路中传来爆裂声。托马斯说："等等。又有电话接进来。我想是艾莉。"

"不要挂！"詹姆斯说，但电话还是断了。他抱着手机，拉上厚夹克的帽兜遮雨，看着偶尔一辆车驶过支路。五分钟后，电话响了。

"汤姆少校！"

"别再那么……我了。"托马斯说，"……奶奶和艾莉……到了。告诉他们你……位置。很快就要失去通信了……仔细听好。这是我们最后一次通话。"

"汤姆少校！"詹姆斯伤心地说，"不要！等等。"

"……歉。很快就要离开……范围了。现在闭上嘴……听。"

詹姆斯点点头，感觉滚落到脸颊上的泪水和雨水混合在一起，他认真听着托马斯说的话，因为没有时间，他强忍着不问问题。后来，电话嘶嘶响了很久就断了，他甚至都不知道汤姆少校有没有说完，但他很清楚，这个电话是结束了。他从灌木丛中站起来，这时，一对车头灯的灯光从他身上扫过，他眯着眼望着面包车的深色轮廓。他觉得他明白了汤姆少校所说的一切，但他很肯定汤姆少校说错了一点。那就是不管汤姆少校这个脾气暴躁的讨厌鬼怎么说，他一定会是个好父亲。

第六十章

汤姆少校有个计划

艾莉知道这么做太老套，毕竟无数部电影和电视剧里都是这么演的，但她一从面包车下来，看到詹姆斯就像一只湿透的小狗一样站在高速公路的支路边上，便一把把他抱在怀里，然后开始摇晃他的肩膀。

"你这个小傻瓜！"她喊道，"你以为你在做什么？你害得我们都担心死了。"

詹姆斯哭着道歉，然后看着他父亲那辆面包车。他瞪大眼睛看着坐在方向盘后面的奶奶，德利尔轻轻地冲他摆摆手。他揉揉脸，说："我就是想见见爸爸。"

艾莉叹口气，又一次拥抱了他。"爸爸帮不了我们。没人能帮我们。"

"你错了！"詹姆斯兴奋地说，艾莉则扶着他上了面包车，"汤姆少校能帮我们！我和他通话了。他说我们必须想办法参加比赛。"

艾莉看看她的手机。"可现在都凌晨三点多了。我们必须去伦敦。"她坐在最边上，把德利尔和詹姆斯向格拉黛丝那边推。"奶奶现在都不应该开车。我们还是回威根吧，去见詹姆斯的老师。"

"我不想和布里顿太太一起去。"詹姆斯说，"我们就不能自己去吗？如果她取消了火车票呢？"

"我能开车去伦敦。"格拉黛丝说，"我下午打了个盹儿。我很好。这里到伦敦有多远？"

德利尔用手机查了查谷歌地图。"大约两百英里吧。三四个小时就能到。这都要看上了M40高速公路和到了伦敦之后堵不堵车。"

"这么久啊。"格拉黛丝说。她把车挂挡，"大家都准备好了吗？我们可以唱歌保持清醒。"

"可我不明白啊。"艾莉说，"你的模型都没了，去伦敦还有什么用？"

"我也不知道。但汤姆少校有个计划。我也不知道他的计划是什么，因为电话突然断了。但他说我们必须去伦敦，到时候就清楚了。啊，还要有一台电视，这很重要。我们需要一台电视，好看 BBC 的新闻。"

"或许他是在宇宙飞船上做你的实验。"德利尔说，"那可真是太棒了。"

詹姆斯看着艾莉。"他真的挺惨的，所以他的脾气才这么暴躁。他这辈子遇到了不少可怕的事。他去火星就是为了躲开那些事。他去火星是为了……去死。但我觉得，他感觉他犯了个错。他意识到并不是每个人都是坏人，也不是所有人都恨他。"

艾莉咬着嘴唇。此时此刻，理智的选择是回家去。但他们或许有机会自救……如果她阻止他们抓住这个机会，那她能原谅她自己吗？

"奶奶，你能做到吗？路很远啊。"

"我吃过维生素了。"

"听着。"德利尔说，"我们已经开了一个钟头了。奥默罗德太太再开半个小时，剩下的路就由我来开。"

"你才十五岁。"艾莉说。

"但我会开车。这是我的许多天赋之一。是菲尔迪教我的。我觉得，我们做的非法事情也不少，所以不用在这个问题上纠结了。"

"我是在绍斯波特海滩上学的车，你是不是跟我一样？"格拉黛丝说。

"是的！"德利尔咧开嘴笑着说。

艾莉思绪万千。她之前是怎么对自己说的来着？她要一声巨响，而不要一声呜咽。

"开车吧。"她指示格拉黛丝。

格拉黛丝大叫着把车开到支路上，加速进入汽车道，引擎声嘎嘎响，表示抗议。

"换二挡。"德利尔小声说。

格拉黛丝挂挡，唱了起来。"她戴着！她戴着！她戴着樱桃色的丝带！在快乐的五月里，戴着樱桃色的丝带！我问她为什么戴那条丝带！她说这是为了威根，我们要去温布利大球场！"

❮

星期六凌晨的半夜三点，柴郡高速公路警务处的两名警官最怕的就是一个十岁男孩离家出走了。他们搜索了服务站大楼，这会儿，他们站在加油站淡淡的灯光下，旁边就是往南方向的出口支路。

"加利，看来我们得呼叫总部了，找同事来帮忙。"

加利点点头。"威根那边怎么说？"

另一个警官叫亚当，他看看笔记本说："还是没有失踪人员报告，但有一家姓奥默罗德的人家，他家有个叫詹姆斯的孩子符合描述。警员凯尔德班克去过那家人的家里，不过家里没人，而那家父亲的面包车不见了。顺便说一句，他现在布灵顿监狱服刑。"

加利又点点头，像是囚犯的儿子一定会跑到他的地盘上，三更半夜闹失踪。亚当继续说："凯尔德班克认为那家人可能是出去找他了。他还怀疑驾车的是一个老年人，而且这个人的状态不太好，你知道我的意思吧？"

一个睡眼惺忪的人把车停在他们旁边的加油泵前，走下汽车。加利上去盘问，他这么做只是例行公事，并没有抱太大希望。"打扰一下，先生，请问你有没有注意到一辆白色面包车，车身上写着……"他看向亚当。

"车身上写着建筑商达伦·奥默罗德。是福特全顺汽车，车牌号是99。"亚当说道。

"驾驶员可能是一个老妇。"加利补充道。

那个司机一边打开汽车的油箱盖，一边冲着支路一点头。"是那辆吗？"

加利站在雨中向那边走去。确实有一辆白色面包车正从出口支路边驶走，驶向 M6 高速公路。他看看亚当。

"我去开车。"亚当说，"走吧。"

❨

刚从纳茨福德服务站开出五分钟，灾难就降临了。格拉黛丝唱着歌，唱着唱着，她就感觉比尔和她在一起，正催促着她。比尔去看橄榄球比赛的时候就喜欢唱那首歌。他还喜欢唱两三句很美的诗句。她不肯定孩子们是否准备好了听她唱。

"奥默罗德太太。"德利尔说。

"噢，别担心。"格拉黛丝说，"我知道温布利大球场再也不会在五月举办橄榄球比赛了。不过八月似乎也不适合那首歌……"

"奥默罗德太太。"德利尔急切地说，他看着驾驶席那一侧后视镜倒映的闪烁蓝色灯光，"你听到的不是歌，而是警笛。"

第六十一章

再拨通一个电话

托马斯花了二十分钟在食品储藏室里整理了用锡纸包装的压缩食物。他把那些食物放进袋子里，然后把袋口扎紧，免得食物飘出来，他挑出了那些含有豆类、花椰菜和卷心菜等蔬菜、乳制品和谷类的食物。他把剩下的食物放好，回到工作台边，把袋子别在墙上，撕开其中一个压缩食物。本来是应该加水后放在微波炉里加热，但他还是吃了起来，边吃边喝水，免得嘴巴太干。然后，他拿起电话，闭上眼睛。他不是在祈祷，他这人一向都不祈祷，但他确实是盼着宇宙中的好运能降临到他的头上，而在此之前，好运气一向都与他失之交臂。

"求你了。"他小声说，"我只需要再拨通一个电话。一个就好。"

他拨打了号码，电话铃声响了三下。然后电话又响了一声。他看了一眼墙壁上的时钟；很晚了。也可以说是很早，这权看你的观点如何。又响了几声之后，她终于接听了电话。

"喂？喂？"克劳迪娅睡眼惺忪地说。

"是我。托马斯。"他说。电话里传来静电声，他没能听到她的回答，于是他又说，"我的时间不多了，只能以秒计算。"

"什么……时间？"克劳迪娅说。

"认真听好。我需要你为我做一些事。你马上给鲍曼打电话。告诉他，再过半个钟头，我就去做舱外活动。太空行走。确保有一个团队留守在地面控制中心。"

克劳迪娅此时彻底清醒了过来。"什么？你现在就去做太空行走？但那是需要……准备的……"

"没时间了。"托马斯说，"我需要你再为我做一件事。让我在十一点准时上 BBC 新闻频道。"

"明天吗？"克劳迪娅说，"不不，是今天？上午十一点？可这是为什么？"

"你照做就好了。"托马斯说，"我现在都听不清你说话了。"

"我做不到……那可是……BBC。"克劳迪娅说。

"你能做到的。我知道你能。我完全信任你。准时十一点。"

接下来是很长一段时间的嘶嘶声。通信中断了。但她的声音再次响起，不过通信只恢复了片刻工夫。

"小心点。"她说，然后通信彻底断了。

托马斯丢掉锡纸，看着它飘到他的脑后，然后，他从袋子里又拿了一个压缩食品。架子上整齐摆放着带有加重封面的手册，他拿起手册，开始从中翻找介绍舱外活动程序的部分，找到之后，他就向后一靠，看了起来，边看边吃压缩奶酪。他只停下来片刻，思考着詹姆斯说过的一句话：

我敢说你一定会是个好爸爸。

◖

在最后一次返回星城受训的三个星期前，托马斯去看了珍妮特。他没有续租公寓，并向一大群他觉得只比陌生人更亲近一点的人道别。完成在星城的最后一次培训，他就将前往哈萨克斯坦的拜科努尔航天发射场等待发射，出于两个原因，那里被认为是理想的发射场地。第一，那里气候温暖，几乎没有变化，这样就不会因为天气原因推迟发射。第二，当地地处偏远，用来改造战神一号的笨重老旧的苏联科技产品若是爆炸，那它变成一团火球掉到地上时，不会有人受牵连无辜丧命。当然，托马斯除外。

当然了，他并没有提前通知珍妮特。几个星期以前，他收到了一封她的信，这叫他惊讶不已，她在信上说她在新闻上看到他了，很想知道他能不能去找她，给她讲讲他认为他到底在做什么。

她依然生活在伦敦，住在一栋漂亮的联排别墅里，房子前面有一个细长的花园。此情此景与多年前他去看劳拉的时候差不多，他在穿过花园小径之际心里同样像是有一只小鹿在乱撞，不过他当然没有对她说起这个。他其实并不知道该对她说什么，然后，她打开了房子前门。

"啊。"托马斯说，"你怀孕了。"

"是的。"自从他们最后一次见面以来，她没有多大变化。她仍然身材苗条，肤色白皙，留着一头红发，她拿着一条茶巾，上面绣着斯卡伯勒几个字。"说得好，其实你不该对女人这么说的，托马斯。除非你确定对方真的怀孕了。毕竟我可能只是发胖了。如果是那样，你这么一说，就会变成一个糟糕的开始。"

她带他走进走廊，这里的天花板很高，楼梯上的漆皮已经脱落。他们穿过一扇白门，走进客厅。

客厅里有个男人。

他坐在椅子上看《每日电讯报》，他个子很高，有一头黑发。而且，托马斯觉得他长得很英俊。他穿着牛仔裤，要是托马斯像他那样穿裤子，肯定脱不下来，他还穿着一件马球衫，可以看到他的健美手臂。他叠起报纸，站起来。"你好。你肯定就是托马斯了。"

他们握握手，托马斯坐在沙发边缘。珍妮特说："他叫内德。"

"他是孩子的爸爸？"托马斯脱口而出。

"我也希望是。"内德笑着说。

珍妮特翻翻白眼，把茶巾丢到他身上。"去泡点茶来。"

内德去了厨房。托马斯盯着他自己的手。他说："我实在想不到你会给我写信。"

"我也是。"珍妮特说，"是内德让我写的。他说，在你……在你离开之前，我们或许需要谈一谈。"她摇摇头。"火星。真不敢相信你要去火星。"

"你一直不都这么说嘛。应该更有活力，多做点事。"托马斯道。

她哈哈笑了起来。"我是指把你的脏袜子放进洗衣篮，再做几个书架。我可没说让你去火星。"

托马斯指指她的肚子。"你倒是做了……不少事情。"

珍妮特轻抚肚子。"是的。已经四个月了。"

"我……"托马斯思忖着该怎么说才合适，"啊，恭喜你。"

"谢谢。"她说，"现在我还在怀孕初期，而且我都四十多了，所以有很多事情都要考虑到。我们都知道风险很大，也许不能……毕竟我以前也怀孕过。"

"对不起。"

"你才不觉得对不起。"

他感觉自己很紧张。"我来这里不是为了和你吵架。"托马斯不太确定她是否有些消极攻击的情绪，但他决定不纠缠下去。他只是说："我一定不是个好父亲。"

珍妮特耸耸肩。"你为什么会这么说？"

"因为我爸爸是个浑蛋。"托马斯道，"因为我照顾不好别人。我妈妈，我弟弟。我从来都不为别人着想。你很多次都说我就像个大孩子。我想你说得对。"

珍妮特盯着他看了很久。"我觉得你错了。"

托马斯挑起眉毛，说："什么。"

"我觉得你错了。"她说，"你说了那么多理由，而正是因为那些原因，他才会成为一个好父亲。我们不能在错误中不能自拔，托马斯，不管是我们自己犯的错还是别人犯的错，都是一样。我们要从错误中吸取教训。只要没被打垮，我们就会变得更加坚强。"

托马斯不晓得该说什么才好，或许是把客厅里的沉默当成暗示，内德用托盘端着茶走了过来。他把托盘放在咖啡几上，说："我去厨房待着好了……"

"不要紧。我想我们早就把需要背人说的话说完了。啊，不好意思，我要去趟厕所。"

珍妮特走上楼梯，托马斯和内德谨慎地对视了片刻。内德倒了茶，说："离婚办得很顺利，我应该谢谢你。"

托马斯耸耸肩。"实在没必要找麻烦。老实说，如果那天不是收到了离婚文件，我八成是不会去火星的，所以万事自有定数。"

内德好奇地看着他。"你可以吗？一个人去火星，而且未来二十年都看不到任何一个人类？"

托马斯微微一笑。"那很好啊，我在地球上待够了。我受够了与人打交道。去火星是最好的办法。"

内德做了个鬼脸。"我倒是还没受够。"

"是呀，特别是你的孩子马上就要出生了。恭喜。"

"谢谢。"内德说，"不过我也觉得不再见到某些人，还挺不错……"他扬起一边眉毛，示意托马斯接话。

托马斯接到暗示。"每逢圣诞节和有人过生日去约克郡，感觉怎么样？"

"简直是噩梦。"内德说，他们两个都笑了起来。听到珍妮特从楼梯下来，内德连忙改变了话题，"切尔西这个赛季很有可能……"

在门边，珍妮特轻吻了他的脸。"我很高兴我们有机会聊一聊，化解了我们之间的心结。我还是不敢相信你会这么做。"

"有时候我也不敢相信。"托马斯道。

他们都抬头望着天空，想象着蓝天之外的生活。珍妮特摇摇头。"老天。谁能想到呢。火星。"

他寻思着该如何开口。最后，他想到了合适的话："很高兴看到你现在很幸福。"

她笑了。"我很幸福，托马斯。我这辈子从没这么幸福过。希望你不会觉得这话听来很刺耳。"

"有一点。"他承认，"但你说得对。"

"我相信凡事总有因由。从某种方面来说，我失去了孩子、没有再次尝试怀孕是最好的，不然我们会很痛苦。"

"要是有个十几岁的孩子，我们也会很痛苦。"他停顿一下，"在我走之前，我们还能再聊聊吗？"

珍妮特轻轻摇摇头。"那样也许不太好。"他意外地发现她竟然眼含热泪，她又飞快地吻了他一下，"一定要保重。如果在出发之前你能改变主意……那么，你知道，这个世界并不像你以为的那么糟糕。只要你自己愿意，你也可以幸福。"

托马斯悲伤地笑了。"我其实并不肯定我是否知道该怎么得到幸福。"他说完便头也不回地走了。

❮

　　托马斯又吃了一块压缩食品，他意识到他正在想上次见到珍妮特的情形，而不是在看舱外活动步骤。他到现在依然搞不清楚他为什么还会拨打他以为的珍妮特的电话号码，而他就是这么联系上了格拉黛丝·奥默罗德。毕竟他已经道过别了，他们也讲和了。他想了一会儿，认为那个时候自己是想要告诉她，其实他错了，他知道如何得到幸福，那就是离开地球，离开他们所有人，这样就能使他幸福。

　　现在他意识到他真高兴那个电话没有打通，高兴他认识了奥默罗德一家，而不是打通了她的电话。不然的话，他怎么能知道呢？他怎么能知道他错了？忽然间，他衷心希望他并没有离开地球。

第六十二章

兄　　弟

就算是夜里，地面控制中心也有人值班，不过主要都是骨干人员，而且，自从战神一号的通信天线坏了之后，情况更是如此。但是，在托马斯给克劳迪娅打过电话后，还不到半个小时，这个地方就挤满了技术人员和英国宇航局的工作人员。鲍曼大声叫一个人再给他拿一壶咖啡来，他盯着屏幕。没有航天飞船的图像，所以屏幕上只显示了各种诊断图表、地球和火星的轨道卫星传来的模糊图像，还有一面墙上的大屏幕显示着静态图像。大屏幕本来应该显示与战神一号的直接通信画面，如果梅杰真的说到做到，那他估摸很快画面上就会出现梅杰那张苦瓜脸。

"他是怎么说的？"鲍曼气愤地说，"你确定他不是在你的梦里说的？"

克劳迪娅没理会他的话，只是把托马斯对她说的话重复了一遍。鲍曼摸着长有须楂的下巴。"他是不可能穿上航天服就出去的。"他说，"这又不是……穿上连体服，出去给吊篮浇水。"

"那应该怎么做？"克劳迪娅说。

鲍曼瞪着她。"他应该适应几个小时。穿着航天服坐在那里吸入纯氧。如果不这样，就不能排出身体里的氮。"

"如果他的身体里依然还有氮，会怎么样？"克劳迪娅说。她开始希望刚才能说服托马斯放弃太空行走的念头。

"他可能会得减压症。"

"就像是潜水员那样？"

"没错。气泡会留在他的身体里排不出去，引起剧痛。"

"他该不会……该不会死吧？"

老天，有这个可能，鲍曼心想。他知道一个理智的人不应该这么想。但他不得不向他自己承认，这其实是个很有吸引力的可能。当然了，价值数十亿英镑的设备和飞行计划会随之浪费，但是……有那么一会儿，他想象着从大屏幕上看到托马斯·梅杰痛苦地扭曲着，慢慢地死去。克劳迪娅一定会掉眼泪，然后黏着鲍曼，小声说："我还以为我喜欢的是梅杰，但我其实只是把对你的压抑感情放在了他身上。"鲍曼皱起眉头，克劳迪娅会这样说话吗？好吧，还是过一会儿再琢磨她会怎么说吧。

鲍曼转身抓起技术员拿来的咖啡。"我只希望我们能弄清楚他到底抽什么风，非要三更半夜去做舱外活动。"

克劳迪娅发现克雷格来到她旁边，整个地面控制中心只有他看起来不像是匆忙从床上起来的。他小声对克劳迪娅说："我或许能帮上忙。过来一下。"

她跟他走到鲍曼听不到的地方，克雷格说道："我查了他的通话录音。他一直在帮助的那个孩子……要参加科学比赛，比赛就在今天举行，举办地在伦敦奥林匹亚展览中心。"

克劳迪娅看着他。"你觉得他就为了这事？那他为什么要在十一点上BBC的直播？"

克雷格耸了耸肩膀。"你安排好这件事了吗？"

"我还在联系。"克劳迪娅紧张地说。她清清喉咙，对鲍曼说："我回办公室一趟，准备一些发言稿。有事打我手机。"

鲍曼点点头，但没有看她。"让我们希望你不会在新闻发布会上说，那个可怜的家伙离开了航天飞船，正向金星飘去。"他摇摇脑袋，"我早就知道托马斯·梅杰是个麻烦精。我早就料到了。但有人把我的话当回事吗？"

☾

托马斯当然清楚他要吸上几个小时的氧气才能去进行太空行走。在战神一号里的混合空气里，百分之二十是氧气，其余百分之八十是氮气，气压与地球海平面上的气压差不多。如果他在同样的气压下穿上舱外机动套装（他还是喜欢称之为航天服），那他的样子就会跟米其林轮胎先生很像。所以必须大幅降低气压，而这意味着要让氧气的含量提升到百分之百。

手册上就是这么写的，那上面还建议利用呼吸机进行为时四个小时的预呼吸。托马斯认为如果他一直在跑步机跑步，就可以缩短一半时间。最后，他给了自己六十分钟，那样一来，他应该可以在十一点前出去修好天线，返回，重新增压并建立通信。

他承认，这么做是在拿生命做赌注。

而且，等他到了外面，什么情况都有可能发生。

他开始在跑步机上跑步，他背着氧气罐，透过连接在上面的呼吸面罩深深吸着氧气，一边跑一边回想往事。

☾

位于星城的水下实验室是一个巨大的圆形水池，池水有十二米深。五个小时以来，托马斯一直穿着奥尔兰航天服，这种航天服是苏联米色，很漂亮，三个穿着白大褂的医生把一系列感应器贴在他的皮肤上，监测他的心率和生命体征。他穿着航天服戴着头盔，只能通过短波无线电和医生、他的老朋友猫鼬进行交流。

猫鼬光着膀子，骄傲地露出他那长着浓密胸毛的宽阔胸膛，对着托马斯咧嘴笑："再坚持二十分钟，然后就算完成任务了。"

水池深处有一个联盟号轨道舱，是星城里最接近拼混制成的战神一号的装置。水下实验室的设计初衷是为了模仿失重状态，训练宇航员进行舱外活动。

托马斯点点头。他不肯定是不是由于缓缓稳定流经航天服的氧气造成的，反正他感觉有一丝异样。

一个医生对猫鼬说了什么，后者用大拇指按动手持电台，高兴地说："你的心跳像是厕所门被西伯利亚飓风吹得哐当哐当直响。你怎么了？"

"我就是搞不明白。"托马斯道，他的声音听来很细微，在头盔里回荡，"我觉得这部电影是《宇宙之旅》，不是《航向深海》。"

"美帝的场面话！"猫鼬说。托马斯决定不要提醒他，《宇宙之旅》是BBC的广播节目。"我们是《战舰波将金号》！我们是勇敢的俄罗斯水手，在革命中起义。"

"你这个比喻听得我糊里糊涂。"

一个医生冲猫鼬点点头，后者对着无线电说："心跳没问题了。来吧。"

托马斯看着猫鼬拿过一个曲柄，要固定在他的航天服的安全带上。"我看我不行。"

"胡说！"猫鼬说着拍拍他的肩膀，即便隔着厚重的航天服，托马斯还是觉得很疼，"我猫鼬曾经游过了托波泽罗湖……而且是在一月！你有什么问题，托马斯？你不会游泳？"

跟着，曲柄将他提升起来，送到蓝色的池水上方，就这么傻傻地悬在水上，然后，他开始向闪闪发光的联盟号轨道舱坠下。

"想象你是要进入宇宙！"猫鼬的声音在他耳边响起，"摆在你面前的是一片无边无际的空间！"

"皮特没出来！"

此时，水没过了托马斯的腰。

"宇宙没有边际，美丽动人！"猫鼬喊道。

"皮特还在水塘里！"

"那里是一片虚无！天长地久，空无一物。"

"他淹死了！他淹死了！"

池水拍打着头盔的护面板。托马斯紧紧闭上眼睛。

"他必须下水！"

"皮特！"托马斯喊道，他的声音沙哑极了。

"什么？"猫鼬说，"皮特是谁？"

托马斯感觉他自己在下沉，联盟号轨道舱进入他的视线。他有些头晕。

"他怎么什么都不做！"

他本可以下水救人的，可他等太久了。他本可以下水救人，但他犹豫了。他害怕了。他害怕进入水塘。他吓得魂魄出窍，以致眼睁睁看着他的弟弟被淹死。恐惧征服了他，并且带走了皮特。

"他必须去救皮特。"

恐惧控制了他，夺走了他弟弟的性命。恐惧在托马斯的眼皮底下夺走了皮特，让他的母亲成了行尸走肉。

托马斯在深蓝色的水中漂浮，他的灵魂上的沉重污点暂时变得轻飘飘的，这让他感觉很好。这就好像拴在他身上的重担不再将他向下拖。他暂时甩脱了所有负担。

"皮特。"他小声说，"对不起，对不起。"

过了一会儿，无线电里响起了哔哔声和嗡嗡声，那个完美时刻消失了，他正被拉着上下浮动，水下实验室的明亮灯光浮现在他的眼前。猫鼬此时蹲伏在池边，接通了他的无线电，说："托马斯，托马斯，我们正在把你拉进去。"

后来，猫鼬在星城酒吧里请他喝了几杯伏特加。"接下来一个星期都不用训练。"他说着领托马斯来到一个漆黑的小隔间，这里有一张深色皮沙发和一张圆桌，"我们只喝酒。托马斯，你在下面时发生了什么事？"

"闹鬼了。"托马斯说。

猫鼬点点头。"俄罗斯的鬼多着呢。大部分都想要赡养费支票。"他哈哈笑了起来，拍着托马斯的肩膀。

"我弟弟死了。"托马斯轻声说，"他是淹死的。我本来可以救他的，但我没有。都怪我。"

猫鼬放下伏特加酒瓶，绕到托马斯所坐的那边，用他那大而厚的手掌捧起托马斯的头，亲了他的额头一下。

"我弟弟也死了。"猫鼬说，"他死于酒精中毒。那也是我的错。是我让他喝酒的，喝到最后，他倒了下去。"

猫鼬拿起酒瓶给他们两个倒满酒。"托马斯，这样一看，我们就是兄弟了。你知道兄弟在一起会干什么吗？"

"喝到趴下？"托马斯猜到。

猫鼬的脸上漾出了灿烂的微笑。"傻瓜！"他说着把杯里的酒一饮而尽。

第六十三章

害 怕 飞 翔

　　托马斯穿上舱外机动套装，做好各项检查，然后又检查了两遍，希望这样做能带来好运。这之后，他检查了第四遍。航天服准备妥当。他要做的就是走出位于战神一号前部的气闸，进入太空。

　　傻瓜。

　　他缓缓地向气闸走去。他还是不相信他能做到。他来到门边停下，面对中央轮锁。托马斯打开气闸门，走进一个和大橱柜差不多大小的舱室，然后，他转过身，关上气闸门，从里面上了锁。他拉了拉，很结实。

　　此时，托马斯转过身，面对外门。他和无尽太空之间就只有这扇门了。他第十次检查了位于航天服手臂上的氧气表，然后按下舱壁上的按钮，让气闸门内部的气压和外面的气压保持一致。他一直盯着开关上的红灯，它在闪烁，过了一会儿，它变成了绿色。在开关控制滑门旁边的舱壁上有一条拴绳，绳子别在他的腰带上，他的腰带上还别着各种用来修理天线的工具。拴绳盘在一根固定在地板上的钢柱上，这也是他连接航天飞船的生命线。

现在他必须打开舱门，走到外面。

托马斯闭上眼，透过头盔里的吸管喝了一口水。他依然闭着眼，向前探身，按动按钮。

等他再次睁开眼睛，无垠的宇宙出现在他眼前。

☾

"天哪。"托马斯说。他从未做好心理准备面对这样的情形。一开始，就好像看着一块黑色丝绒，完美，毫无瑕疵，无所不包。然后，星星出现了，就在他的眼前，害羞的点点星光逐渐变亮，那些星球距离他数十亿光年，与太阳一样耀眼，有些非常遥远，甚至它们早就不存在了，但它们的光依然清晰可见，就像是逝去星球的幽灵一样。他慢慢向着舱门边缘走去，用两只戴着手套的手抓住舱体。他害怕自己会有眩晕感，但其实并没有。但现在情况更糟。他并不害怕坠落，因为根本没有地方让他下坠，他害怕自己会飞，会永远保持飞翔的状态，永远都无法停下来。浩瀚的宇宙让人心生恐惧，无边的空间令人敬畏，面对这样的虚无，会让人觉得自己渺小得就好像一粒尘埃。

但这里并不是空无一物。宇宙犹如鬼魂出没的黑夜。黑暗的宇宙影影绰绰，此时此刻，三个幽灵像是浅色的鱼从黑暗中游出来，而一直以来，他们就在黑暗中等着托马斯。

其中一个是他弟弟皮特，那个已经去世的男孩。

另一个是他和珍妮特未曾出世的孩子，托马斯头一次看到他是个男孩，可惜他从未有机会到世上走一遭。

最后一个是个小男孩，他在黑暗中四下张望，星星逐渐变大，变成了电影院观众那被灯光照亮的脸孔，而那个小男孩只想知道他父亲去了哪里。

他是托马斯·梅杰，这个小男孩并没有死，但他也没有真正活过。

托马斯望着八岁大的他自己。"不是你的错。"他小声说，"你并没有犯过错。也不是我的错。我救不了你们任何一个。我直到现在才明白这一点。但我能帮到一个小男孩。那个小孩子就在地球上，我要拯救他和他的家人。这够吗？"

托马斯闭上眼睛。等他再次睁开眼，三个幽灵都消失了。是的，够了。

他深深地吸了一口氧气，走进了永恒之中。

（

托马斯从未见过战神一号的壮观全貌。他一直在主舱里，而主舱被装在一颗大型火箭的顶部，他就是这样从哈萨克斯坦被发射升空，当主舱冲破地球的引力控制，他差点因为随之产生的 G 力死掉。火箭助推器一个个掉了下来，他进入轨道，然后，战神一号如同一只破茧而出的昆虫般展开身体。他很后悔把这艘航天飞船叫作小屋一号。

它真美。

它就像一只蜻蜓，闪闪发光的太阳能板像是翅膀一样展开，懒洋洋地从永远不落的太阳那里吸收强烈的能量。航天飞船上还有三个子舱，里面有他和未来的移民在火星生活需要的全部东西，这三个子舱连接在主舱上，像是火车车厢一样，位于末端的发动机组不停地推动着航天飞船画出巨大的弧线向那颗红色星球飞去。

托马斯想起了另外一只蜻蜓懒洋洋地从一个水塘表面飞过。

戴着头盔，他的呼吸声很大。战神一号正在掠过宇宙的表面，从现在有、曾经有过和未来会有的东西表面掠过。他感觉自己太渺小了。

一个人处在一片无穷的空间里。或许在一年前，他会因此吓得体如筛糠。

一个人处在一片无穷的空间里。而此时此刻，他只觉得兴致勃勃，为自己自豪。

他就是那个人。

他就是汤姆少校。

他现在肩负重任。通信天线位于第二个子舱的舱体上，托马斯拉着牵引绳，向后退向主舱，开始倒手拉着自己，沿固定在外壁上的扶手，向第二个子舱和通信天线走去。

❨

托马斯正从第一和第二子舱之间的厚重连接处走过，这时候，他被拉得猝然向后一动，随即手上一松。他一下子就慌了神，连忙摆动手臂，试着伸出戴着厚手套的手再次拉住扶手。拴绳绷得很紧，肯定是卡在船体的某个外部突出物上了，要不就是英国航空局里有人节约开支，没有设置足够长的缆绳。他拉了两下拴绳，拴绳随即松动了。他继续向第二个子舱走去，这时候他向四周看了一眼，就看到拴绳并不像他预料的那样卷绕着，而是在他身后飘浮，活像一根太早被割断的脐带。

"见鬼。"托马斯说。他可以回去，在气闸门里连接上另一根拴绳，也可以继续前进。他看看氧气表和小臂上的时钟。没时间了。他必须这么做。他必须小心谨慎，不能放弃。

他战战兢兢地向上翻过第二子舱的上侧，不过他很清楚太空里并没有上或下。通信天线比他以为的还要大，直径足有七八米。问题显而易见；流星尘造成了严重破坏，凹面天线上布满了很多细小的洞。不只如此，天线还从防护外壳上掉了下来，就这么飘浮着，好几根将天线和战神一号电力基础结构连接在一起的线缆都断了，只剩下一根完好无损。他在心里盘算了一下。第一，把天线固定在船上。第二，修好断开的线缆，重新连接好。第三，返回航天飞船。

托马斯把自己别在天线旁边的扶手上，拿出系在腰带上的工具，忙了起来。

◖

大约三个小时后，他觉得差不多可以了。他把天线重新连接好，固定在了船体上。不过只能等回到舱内后才能进行测试。他把工具都重新别在腰带上，又检查了一次天线，然后开始拉着扶手，向主舱走去。

他并不肯定是怎么回事，但就在他从第二子舱和主舱之间的接缝处走过的时候，却突然没拉住扶手，冲力带着他转了一圈，让他失去了方向感。他看到星星在旋转，太阳一闪，而他与战神一号之间拉开了十英尺的距离，随即是十五英尺、二十英尺。

他慌张不已，他的小臂上有一盏灯亮起。氧气在减少。他必须马上回去。想想看。好好想想。托马斯叫自己冷静下来。他现在距离战神一号有三十英尺，而且依旧在飘浮。这样的情况早有先例。舱外活动简便救援装置用螺栓固定在氧气瓶上，这个装置的英文首字母缩写是 SAFER[①]，这个名字用在太空里真是再确切不过了。另一边的小臂上有一个小活板，下面是操纵杆和点火按钮。简单来说吧，这就是个控制推进器，能将他拉回到航天飞船上。托马斯在太空中找准方向，面对战神一号（现在他们之间的距离有四十英尺！四十五英尺！）然后，他按动了推进器的点火装置。

没有反应。

---

① 意为更加安全。——译注

❛

太阳从斯劳的地平线上升起，光线十分昏暗，鲍曼主任凝视着咖啡壶的底部，就在此时，技术人员爆发出一阵欢呼声。他眨眨眼，抬头看着主屏幕，一阵模糊之后，出现了战神一号主舱内部的清晰画面。

"见鬼。"鲍曼酸溜溜地说，"他竟然做到了。"

一个技术员出现在他身边，道："先生，所有通信系统都恢复了！"

鲍曼盯着大屏幕，看着航天飞船的内部。他简直不敢相信梅杰竟然有勇气去做舱外活动，更不相信他能修好天线。他极不情愿地承认，是他低估了那个男人。

"但他在哪里？"鲍曼看着空荡荡的船舱说。

然后一个东西从摄像头前飘过。鲍曼呼出一口气，皱起眉头问："等等。那是什么？"

技术员看着那个东西缓慢地从屏幕上飘过，说："啊，像是一本填字游戏书，先生。"

第六十四章

然后呢？

　　德利尔用手肘捅捅正在打盹儿的艾莉，指指后视镜中映照出来的闪烁的蓝色灯光。她呜咽一声，用手抱住头。格拉黛丝摇下车窗，雨点随即飘了进来，可以听到大风呼啸着，她喊道："警察，你永远都别想在我活着的时候抓住我。"

　　"奶奶。"艾莉泄气地说，"停车。我们完了。我早就知道这么做行不通。"

　　方向指示灯的嘀嗒声吵醒了詹姆斯，他红着眼四下张望。"到了？"

　　格拉黛丝把面包车停在硬质路肩上，艾莉说："是警察，詹姆斯。他们抓住我们了。我们八成是去不成了。"

　　他开始用拳头猛砸大腿。"不不不。我们很快就到了。太不公平了。"

　　德利尔从镜子里看着两个警官下车，向他们走来。"我来和他们说。"

　　"不行。"艾莉道，"还是我来处理吧。"

　　一个警官把头探进打开的车窗，依次看着他们每个人。"早上好。各位要去什么好地方？"

"我们去伦敦！"格拉黛丝说，"奥林匹亚展览中心。你认识那里吗？"

警官看了下笔记本，又回头看了一眼。"亚当？你联系上威根了吗？找到了他没有？"然后，他对着面包车里说，"你们是不是奥默罗德家的格拉黛丝、詹姆斯、艾莉？"

他们互相看了看，点点头。加利说："那你呢，年轻人？"

德利尔把身体探过格拉黛丝，伸出一只手。"我是德利尔·阿莱恩先生，奥默罗德家的法律代表。除非你逮捕他们，否则他们什么都不会说。"

加利扬起一边眉毛，叹口气。"我们收到报告称詹姆斯·奥默罗德离家出走。是你吗，孩子？"

詹姆斯泪汪汪地点点头。加利说："那你要去什么地方？"

"全国学校青年科学比赛。"詹姆斯立即说道，"如果我们十一点前到不了，那我就赢不了，要是我输了，我们的房子就保不住了。"

"很好。"加利说，"奥默罗德太太，我能看看你的驾照吗？"

"当然可以，警官。"格拉黛丝说着把手伸进手提袋里。加利小心翼翼地打开那张折叠着的纸。"奥默罗德太太，你知道你的驾照在 1996 年就到期了吗？"

"是吗？啊，天哪。"

"老天。"艾莉道。

亚当走了过来，小声在他耳边说了什么。加利从他手里接过手机。"稍等一会儿。我要和威根的一位同事说一下。"

"他们这是在全面通缉我们了。"格拉黛丝厉声道。

过了一会儿，加利走了回来，说："奥默罗德太太，请你把车钥匙交给我。恐怕我们不能让你继续开车了。我的同事会把你们的面包车开回威根。"

詹姆斯又用力打了大腿一下。"不要！不要！不可能就这么结束了。不要是现在！"

☾

他们站在高速公路的硬质路肩上，冷风迎面吹来。他们看着亚当开着达伦·奥默罗德的面包车回到汽车道上，去下一个交叉路口掉头。艾莉搂住詹姆斯。

"我们已经尽力了。"她轻声说。

"但还不够好，对吗？永远都不够好。我们就快做到了，现在却全毁了。"

艾莉把一只手放在他的肩上，对警察说："你们打算怎么处理我们？"

"首先，我需要你们都待在车里。站在车道上不安全。"

德利尔、格拉黛丝和艾莉上了汽车后座，加利示意詹姆斯坐在前面。詹姆斯说："不要以为让我坐警车就能弥补一切。我又不是三岁娃儿。"

加利叹口气。"我刚才和你们镇里的警员凯尔德班克通过话了。他向我简要介绍了你的情况。"

"那现在呢？"艾莉说，"你要送我们回威根？把我们都抓起来？社会福利部门的人该不会在等着我们吧？"

"这些都不会发生。"加利说，"我也不肯定是为什么，但你们一定要感谢警员凯尔德班克。我现在开车送你们去伦敦，今天我当班剩下的时间就干这个了。"

艾莉看看德利尔和詹姆斯，他们都轻声欢呼起来。格拉黛丝举起两只手，快乐地唱了起来："一个人去锄草，走到草地去锄草！"

☾

"到了。"加利说着把警车停在奥林匹亚展览中心外面，这栋由红砖外墙和弯曲的玻璃顶组成的建筑就呈现在他们的面前。德利尔、艾莉和格拉黛丝都在后座睡着了，而詹姆斯一直瞪大眼睛，看着伦敦的景色出现在车窗外。

艾莉眨眨眼，打了个哈欠，说："谢谢你，太谢谢你了。现在几点了？"

加利背靠在车座上说："快十点半了。时间正好。你们怎么回家？"

"我们还没想那么远。"艾莉道，"到时候再想办法吧。"

警官耸耸肩。"我反正是要回去的。或许我也可以去看看比赛。詹姆斯都告诉我了。"

艾莉瞪了詹姆斯一眼。即便他们赢了比赛，也依然不能冒险让别人知道他们的情况。德利尔对着眼镜呵了一口气，把眼镜擦干，说："啊，我的嘴里好臭。"

"亲爱的。"艾莉用手捅捅格拉黛丝，"奶奶？我们到了。"她顿了顿，"奶奶？"

詹姆斯回过头问："她没事吧？她好像……"

"我就是歇一会儿。"格拉黛丝厉声道，"我没睡着。"

"就把车放在这里好了。"加利说道，其他人走下去，伸了伸懒腰。他咧开嘴笑了，"我的工作就是有这个好处。"

他们走进展览中心，只见这里十分巨大，活像个飞机库。主厅里有一个舞台，这片巨大空间的边缘设立了几个较小的平台。许多印有"全国学校青年科学比赛"字样的旗帜从拱形玻璃天花板悬垂下来，很多人都靠在夹楼上向下张望。整个中心挤满了人。

"哇。"詹姆斯说。艾莉看了他一眼，他们现在最不需要的就是他紧张害怕，特别是眼下他们都不知道他要做什么。

主厅后部有一张很长的登记桌，他们走过去报告詹姆斯来参赛了。艾莉道："他叫詹姆斯·奥默罗德，是威根圣马太小学的学生。"

一个女人查看了参赛者名单，啧啧两声："你的老师通知我们你不来了。她今早打电话来说找不到你。"

艾莉道："我们决定自己过来。"

那个女人用挑剔的眼光上下打量他们所有人。"你们在车里睡的觉？"

格拉黛丝瞪着她。那个女人看看手表，说："我们确实保留了你的参赛资格，因为你的老师请求我们不要正式撤销，以免你自行前来。但我恐怕现在不能允许你参赛了。必须有老师在场，而且，你应该在九点之前来登记。"

詹姆斯的肩膀顿时垮了下来。"我早就说过了。每次我们就要成功的时候，总会往后退十步。"

"求你了。"艾莉说，"我们费了千辛万苦才到了这里。"

"交给我吧。"格拉黛丝用手肘把艾莉推开，"听着，亲爱的，这个孩子拼了命才能来这里。我开着一辆面包车穿过 M6 高速公路，我唱了十六句《她戴着一条樱桃色的丝带》，而且警察还要我把车停下。我马上就七十一岁了，你也不愿意把我逼疯吧。"

那个女人用笔敲敲桌子。"好吧，反正你们来都来了。"她指指主舞台，舞台前面有几排椅子，"詹姆斯在十分钟后上台。就是那个大舞台。祝你们好运。"

他们穿过座位之间的过道。评委席设在舞台上，四位评委坐在一张长桌后面。

艾莉隐约记得曾在电视上见过其中一位评委，这个女评委主持过一档科学节目。评委身后的一个巨大屏幕正在播放台上的实时画面。一个女孩子站在评委面前，她旁边有一张小桌。她穿着白色实验袍，戴着护目镜。她不知在做什么，只能听到很大的砰砰声，一缕绿色的烟雾袅袅升起。所有人都倒抽一口气，大笑起来，然后开始鼓掌。

"早知道这样，我就把钾带来了。"詹姆斯小声说。

"非常棒！"一个评委说，这个人是个年轻男人，留着一头乱七八糟的头发。"请为来自布里斯托尔的凯莉·哈里森－巴特勒鼓掌！"他看看写字板，"下一位是……来自威根的詹姆斯·奥默罗德。"

"去吧。"艾莉说着向前推了他一下。她在一排座位的末端找了个座位，指指她身后的两把椅子，示意德利尔和格拉黛丝坐下。

"祝你好运，亲爱的。"格拉黛丝说。

德利尔眨眨眼，轻轻打了他的手臂一下。"去打败他们吧，小老虎。"

詹姆斯的脸色顿时变得刷白。"艾莉，我害怕。"

"我也害怕。"她说，"但你给了我力量。你没有放弃。就算情况已经坏到了极点，你还是去找爸爸了。我相信你，詹姆斯。"

台上的那个人拿着麦克风说："詹姆斯·奥默罗德？詹姆斯来了吗？"

詹姆斯举起一只手，小声道："来了，先生。"

艾莉亲亲他的头顶。"尽全力就好了。我们对你只有这一个要求。"

然后，托马斯穿过过道，从台阶走上了舞台。

"他来了。"那个男人说，"各位，他就是詹姆斯·奥默罗德。"台下传来稀稀拉拉的掌声。"詹姆斯，你是哪个学校的？"

"圣马太小学。"詹姆斯对着麦克风轻声道。

"很好。"那个男人道。他四下看看，"请你把实验作品拿上来给各位评委展示一下……"

詹姆斯吞了吞口水。"现在几点了？"

那个男人眨眨眼，看了一眼手表说："快十一点了。啊，你是赶着去什么地方吗？"

台下观众都笑了。詹姆斯指着大屏幕说："可以把这个调成电视画面吗？"

那个男人扬起一边眉毛，看向舞台侧翼。他说："当然可以。这是实验的一部分吗？"

詹姆斯点点头说："请调到 BBC 新闻频道。"

有那么一会儿，没人说话，艾莉用一只手捂住脸。要是失败了呢？会怎么样呢？一想到詹姆斯站在那里，预料的情况没有发生，不知道该如何是好，她的心就碎成了两半。

詹姆斯和那个男人的图像从大屏幕上消失，取而代之的是坐在 BBC 新闻广播室里的克莱夫·麦里的图像。屏幕边角显示现在是上午十一点。他正在报道秘鲁发生山体滑坡的新闻。

那个男人向前探身，把话筒举到詹姆斯的嘴边。"然后呢？"他问道。

第六十五章

重 大 消 息

"谢天谢地。"鲍曼主任说道，技术人员又爆发出一阵欢呼。托马斯慢慢出现在了屏幕上。他的脸上戴着氧气罩，时而深深吸着氧气罩里的氧气，时而呼吸舱内的混合空气。他正在重新适应舱内的空气。

"小屋一号呼叫地面控制中心。"托马斯一边呼吸一边说，"收到我的呼叫了吗？"

"见到你真是太好了，托马斯。"鲍曼道，"真想不到我会说这样的话。"

一个技术员把一部手机递到他面前。"克劳迪娅·托勒曼的电话。"

鲍曼摆摆手，示意不接。"你修好了通信系统。做得好。没问题吧？"

"是的，一切都好极了，只是拴绳断了，而且试了七次，舱外活动简便救援装置的备用推进器才启动。"托马斯说，"我还以为我要一个人就这么飘去火星呢。我都距离飞船有一百米远了，那玩意儿才有了反应。"

"她说有急事。"那个技术员说。鲍曼瞪了他一眼，接过手机。

从大屏幕上可以看到托马斯正在看时钟显示器。"老天。已经十一点了。

帮我接通。"

"接通哪里？"鲍曼说。

"当然是 BBC 啊。快点。我都和克劳迪娅说好了。"

鲍曼看看手里的手机，把它放到耳边。"克劳迪娅？见鬼，你到底在哪儿？"

"牛津郡。"她说。

"你去那里做什么？大购物？"

"闭嘴，鲍勃。你快把托马斯连线到 BBC。我们已经在系统里储存了常规协议。而且，你必须马上安排。"

鲍曼看看手机，又看看屏幕上的托马斯。"有没有人能告诉我是怎么回事？"

托马斯弯下腰，表情痛苦地扭曲着。鲍曼喊道："是减压病！你得了减压病！"他努力掩饰声音中的喜悦。

托马斯摇摇头。"不是减压病。我吃了十个小时的卷心菜。我实在坚持不住了。快帮我连线 BBC。"

一个技术员冲鲍曼一摆手，喊道："已经连上了。等他准备好了，就把他接通。"

鲍曼摇摇头说："不可以。"

❨

奥林匹亚展览中心陷入了充满期待的沉寂，所有人都在看詹姆斯。他则咬着唇，聚精会神地望着电视屏幕。评委时而看看屏幕，时而看看詹姆斯。然后，克莱夫·麦里停止播报新闻，扫了屏幕之外一眼，道："很抱歉，我们收到了一个消息。不过……现在我们把视线回到坎布里亚郡，来看一看脱欧对养羊户造成的影响，请看我们的深入报道。"

评委对视一眼，这时候画面切换到一名记者，她站在田野里，风把她的头发吹得乱七八糟，挡住了她的脸。詹姆斯瞪大眼睛看向艾莉。她也对他做了个鬼脸；她同样不知道接下来会发生什么事。

她只知道没有汤姆少校的消息。

"你的实验和羊有关吗？"那个女评委鼓励地说道。

詹姆斯张开嘴想说话，但随即风中的报道消失了，克莱夫·麦里重新出现在屏幕上。"啊，我们打断了这次报道……等一下我们将继续关注坎布里亚郡……但现在……我们要现场直播……"克莱夫皱起眉头，"但可能不行了。我们……我们现在还是把视线回到坎布里亚郡……"

詹姆斯看着艾莉，后者只是摇摇头，没有说话。

☾

"快点。"托马斯说。

"不可以。"

"我发誓。"托马斯道，"如果你不让我连线BBC，我现在就到外面去，用锤子把那个该死的通信天线砸烂。"

鲍曼皱起眉头，露出威胁的表情。"梅杰，你得牢牢记住一点。你觉得你是人人都在谈论的热门人物，所以你觉得你很特别，但相信我，你跟战神一号上的其余设备是一样的，没有差别。事实上，你的价值还不如那些设备。你知道吗，就算没有你，我们也可以完成这次任务？派人上去只不过是出于公关考虑而已。"

托马斯盯着他，问："你这话是什么意思？根本就不需要我？"

鲍曼哈哈笑了起来，他的笑声很招人讨厌。"所有设备都可以实行自动化。我们的机器人能做你做的那些事，而你根本不听命令，把一半时间都用来玩该死的填字游戏。我甚至都不希望现在是一次载人飞行任务。我早就说过，把人掺和进来，就很有可能出乱子。但不行。我的意见被驳回了。把第一个人类送上火星，这对英国来说是多么大的荣耀啊。可这根本就是一次不需要有人参与的任务，更何况是一个你这样的人。"

托马斯沉默了一会儿。"鲍曼……主任。鲍勃。请你给我接通。"

鲍曼耸耸肩。"凭什么？"

"因为，如果我的存在只是为了宣传，那这将是你能得到的最佳宣传机会。"

"很好。"鲍曼说，"随便吧。我只是这里的主任。"他转身面对正在等待指令的技术员说："接通吧。"

☾

詹姆斯站在奥林匹亚展览中心的舞台上，感觉自己太渺小了，他很害怕，很孤单，他呆呆地盯着大屏幕上的绵羊。然后，克莱夫·麦里突然再次出现在屏幕上。

"很抱歉又打断了报道，不过……"他笑了笑，"现在我们要现场直播一篇有关战神一号的计划外报道。这艘航天飞船正载着英国宇航员托马斯·梅杰执行首次火星载人航天任务。"

若有所期的沉默被打破了，大家都有些大吃一惊。詹姆斯高兴地笑着，看着汤姆少校探身向摄像头，他的脸填满了整个屏幕。"但愿你们能听到我的话。"托马斯说，"我是汤姆少校，现在正在战神一号上。全国学校青年科学比赛，你们好！"

大家都开始心跳加速，然后，观众开始叫喊、鼓掌。屏幕下方出现了一行醒目标题：**重大新闻**：宇航员托马斯·梅杰向全国进行计划外现场直播。

托马斯说道："各位可能都很奇怪，我为什么突然进行直播。好吧，如果一切都按照计划进行，我希望此时此刻，詹姆斯·奥默罗德正站在你们面前。我看不到你们……所以，如果他不在，那你们就只好假装他在。"他冲摄像头摆摆手，"你好，詹姆斯。"

詹姆斯也冲他摆摆手，道："你好，汤姆少校！"不过他很清楚他既听不到也看不到他。

"很好。"托马斯说，"现在书归正传吧。我觉得你们肯定在想，詹姆斯·奥默罗德的实验模型呢？托马斯·梅杰怎么会搅和到这件事里？事实是，就在昨天，詹姆斯学校里的恶霸学生把他用来参赛的试验模型毁了。"他停顿片刻，因为他知道观众听了这话肯定会倒抽一口气，然后，他带着严肃的表情，再次探身到摄像头前，随即向后一靠，"因此，这件事就和我有关了。詹姆斯是一个小小科学家，他很出色，我们几个星期以来一直在通话。在那件不愉快的事情发生后，我们就想到了一个备用实验。"

"是吗？"詹姆斯说，不过他这话主要是对他自己说的。

"是的。"托马斯点点头，"詹姆斯，给他们讲讲什么是肠胃胀气点燃。"

詹姆斯张开嘴巴，可马上又闭上了。然后，他的眼睛瞪得像铜铃一样大，他的嘴巴也张得大大的。他此时唯一能想到的就是惊呼"我的天啊"。他做了个深呼吸，清清喉咙。那个男人把话筒交给他。詹姆斯转身，一半身体冲着评委，一半身体冲着观众。"肠胃胀气点燃是学名，"他说，"实际上就是把屁点燃。"

观众中爆发出一阵哄笑，詹姆斯咧开嘴笑了。"我们吃的食物在胃里被细菌分解，就会形成屁。大部分食物都是经过加工处理的，所以需要将其分解成比较简单的化合物。大部分屁……"他掰着手指数着，"……都含有六种主要气体。分别是二氧化碳，氢气，硫化氢，甲烷，氮气和氧气。但各位知不知道，每个人的屁都是不一样的？这要取决于每个人的生化特征和吃过什么。所以，我的屁很响，却不臭，我奶奶的屁没有声音，但臭得要命。这就是我们常说的沉默而致命。"

台下又爆发出一阵笑声，詹姆斯看到格拉黛丝冲所有观众挥挥手。

詹姆斯紧皱眉头说："可就算她的屁臭气熏天，我也不愿意让她去养老院。要是我们没有了房子，她就只能去那里。他们会把我们的家拆散。我们爱我们的奶奶，虽然她现在脑筋有些不好使。可我们的爸爸在坐牢，所有重担都落到了艾莉头上。她是我姐姐，她很聪明。"

观众沉默不语，詹姆斯看到艾莉的脸上露出了煎熬的表情。他清了清喉咙说："当屁遇到明火，就会出现胃肠胀气点燃的现象。氢气、硫化氢和甲烷都是最易燃的气体。如果是氢气占大多数，就会产生黄色火焰。如果甲烷所占比例最大，那就会产生蓝色火焰。我一直都没有创造出蓝色火焰。那种情况很少见。人们称之为蓝色天使。"

托马斯咳嗽一声，又说了起来："我不清楚 BBC 允许我们直播多久，所以我们要快点了。我想你们都听够了屁这个字了吧，不过请多容忍我们一会儿。"托马斯用双手在下巴下方搭了一个尖塔，"我有个弟弟，他总是想把他的屁点燃。男孩子嘛，都是这样莫名其妙的。"

观众又哄笑起来。托马斯低下头，说："我弟弟死了，他死时和詹姆斯差不多年纪。"沉默再次降临到大厅。"我一直都认为那是我的错，但现在我不那么认为了。然而，如果我能回到过去，并且能做点什么，我一定会帮他把屁点燃。"托马斯摇摇头，"后来，我和詹姆斯通话，他问了我一个问题。他说，如果你在航天飞船里把屁点燃，会怎么样？还记得吗，詹姆斯？"

詹姆斯点点头，说："那是我们第一次通话的时候。"

托马斯说："我当时觉得这么问挺荒唐挺傻的。没人那么做过。也没人对这个问题产生过好奇。他们为什么要呢？"

他向前探身说："但科学是什么？科学是问从未有人想过要问的问题，问人们都不敢问的问题，也是问被无数次当成愚蠢问题的问题。"

托马斯向后一靠，先后伸出两只脚，双腿岔开搭在桌上。所有人都倒抽一口气，意识到在带有英国宇航局字样的红色 T 恤衫下面，他只穿了一条平脚短裤。那是一条《星际迷航》的短裤，正面印有"勇往直前"几个字。

"很抱歉。"汤姆少校说，"这是我的幸运短裤，我觉得我们今天或许需要一点点运气。这条短裤是我的伴郎送给我的礼物。"停顿片刻，托马斯道，"如果你在航天飞船里把屁点燃，会怎么样？"他把手伸向一边，拿起一个廉价的一次性打火机，"以科学的名义，我们能找出答案吗？"

第六十六章

最坏的局面是什么？

"老天。"鲍曼主任说着用手抱住头，"有没有人能告诉我，我其实是在做梦。"

没有人给他那样的安慰，于是鲍曼透过指缝看去。"我早说过会发生这种事。我难道没有反对过？现在麻烦大了，你们千万别忘了我都说过什么。"

他做了个深呼吸，冲技术员的方向打了个响指。"快点，有没有人能说一下最负面的结果是什么。"

一个技术员说："你是想问最坏的局面是什么？"

"正是如此。"鲍曼暴躁地说。

那个技术员想了想说："他会点燃船上的氧气，把航天飞船炸烂。"

"那最好的结局会是什么？"

那个技术员耸耸肩说："打火机上的打火石坏了？"

鲍曼能感觉到他的胸口在绷紧。"肯定还有别的结果的。"他抬头看看屏幕上的梅杰，只见他把双腿分开，把屁股压低。

另一个技术员犹豫地举起一只手说："美国宇航局曾做过在航天飞船上点火的控制实验，从而观测会发生什么状况。当时并没有发生意外。"

鲍曼瞪了他一眼。"你会把现在的情况称为控制实验吗？"

他又用手捧住头。另一个人来到他身边，说："鲍曼主任？我收到了《卫报》的电话，《每日邮报》和《太阳报》也打过电话来。其实每家报社都来过电话了。克劳迪娅去哪儿了？"

"我也想知道。"他低吼道，按动手机，"克劳迪娅？你他妈的死哪儿去了？还在牛津郡？"

"我刚走进奥林匹亚展览中心。"她说。

"那边是怎么回事？别卖关子了，你这个女人！现在事态紧急！"

"你不光粗鲁、性别歧视，还毫无想象力！"克劳迪娅喊道。

"你看到了吗？你他妈的看到了吗？你觉得特伦斯·布拉德利会……会在去火星的路上点燃他自己的屁吗？你觉得会吗？"

"你觉得特伦斯·布拉德利会在此时此刻出现在全球每一个新闻频道的现场直播节目上吗？"克劳迪娅也对他喊道，"他也是个粗鲁、性别歧视的人。我现在总算明白你们两个为什么臭味相投了。"

鲍曼感觉有点晕。他的脑袋嗡嗡响。他的心怦怦跳。他都感觉不到自己的拇指了。"他会引爆战神一号的，而且还是在电视直播。看到这一幕的所有人……"他停顿一下，瞪大了眼睛。他哈哈笑了起来，"我在想什么啊？可以不让别人看到啊！"他对技术员喊道，"切断连线。"

"不可以！"克劳迪娅喊道，"你不能那么做！现在不行。"

"切断连线！"鲍曼喊道。技术员们不确定地互相看看。"他妈的给我切断连线！我不要看着他那么做！"

"什么都不要碰。"一个深沉洪亮的声音响起。

鲍曼惊讶地转过身，就看到克雷格走了过来。"你他妈的想干什么？"

克雷格指着技术员说："保持连线。你们为那个孩子想想吧。"

"我才是这里的主任。"鲍曼吼道，一下子把手机扔到了地上，"你又不是我的上司。"

"鲍曼主任，我来这里就是为了解除你的指挥权。"克雷格说，"你的心智能力不适合继续做决策了。你现在压力过大，而且一夜都没睡觉了。"

鲍曼冷笑一声。"你觉得现在是什么，《好船棒棒糖号》？你无法解除我的指挥权。"他把脸凑到克雷格的脸前，"小心我把你打得满地找牙，你这个娘娘腔。"

克雷格笑了。"你千万别嘴给身子惹祸。"他说完就对着鲍曼的肚子来了一记又快又狠的上勾拳。

主任摇晃两下，一屁股坐在地上。他不解地望着站在他面前的克雷格，然后耸耸肩，盘腿坐着。"很好。很好。阿波罗十三号是你的了。我再也不管了。我甚至连这份工作都不想要了。"他咯咯笑了起来，"我一直都很想当个……伐木工人。"

克雷格任由他坐在地上吹口哨，然后，他捡起鲍曼丢掉的手机。"克劳迪娅？我是克雷格。现在依旧在直播中。"他抬头看看屏幕，"干得不错。我想我们的小男孩要爆炸了。"

☾

"我吃了一整天压缩卷心菜。"托马斯说，"你们没和我在一起，算你们走运。啊。有感觉了。你们都准备好了吗？"

大家虽然都知道他听不见，却还是喊道："好了！"

托马斯笑了。

他的肚子在咕咕响。

他拿着打火机绕过大腿，举到屁股下面，竖起另一只手的大拇指。他说："来一个老式的航天倒数怎么样？开始了……十！九！八！"

"詹姆斯。"主持科学节目的女士说，"能不能给我们讲讲其中的道理？"

观众一起倒数："七！六！五！"

詹姆斯目瞪口呆地站在大屏幕边上，开始对着话筒说了起来："当我们在地球上点火，比如点燃蜡烛，地球重力会让火焰变成梨形。那是因为热空气上升，将冷空气留在下面，所以火焰是竖立着的，而且会闪烁。"

"四！三！"

"但在航天飞船上……那里的重力不一样。那里处在微重力环境下。所以火焰不会竖起来，没有了牵引力，就不会出现梨形火焰。"

"二！一……"

"点火！"汤姆少校和奥林匹亚展览中心的每个人一起喊道。

然后，汤姆少校放了一个响屁，一声低沉的隆隆声随之响起，继而变成喇叭的声音。

打火机发出很小的火焰，然后火焰像是水面浮油一样变大，但很快就转变成一个着了火的气泡，如同外星日出一样，挂在桌子边缘，连接着汤姆少校排出的气体。

所有人都倒抽一口气，看着板球大小的一个完美火球缓缓地从汤姆少校的双腿之间升起。这时，托马斯一踢桌子，向后移动，躲开了火球。火球外面闪烁着蓝光，中间则是粉色的。

太美了。

"那里的火不像在地球上一样蔓延。"詹姆斯慢慢地说，"不会……不会点燃氧气。肯定是……"他看看那个女人，后者鼓励地点点头，"肯定是把氧气吸了进去，火球就因此可以燃烧不灭。"

托马斯坐在那里，呆呆地看着火球在他面前摆动，深蓝色的光芒投射到他的脸上。那个火球浮动着，闪耀着，就像是仙界里的东西，看起来似乎不属于尘世。它有着大海和天空的颜色，那是远方地平线的颜色。詹姆斯小声道："他做到了。蓝色天使。他做到了。"

观众都发狂了。

托马斯向前探身靠近摄像头，但他的目光一直落在冒着蓝色火焰的闪亮火球上。"在航天飞船上把屁点燃就是这样。"他说，"我看我最好去把灭火器拿来，不然火球进入通风系统，我就麻烦了。"他望着摄像头，"现在直播结束，很快将进行正常报道。祝各位好运。对了，詹姆斯，那个……"他像是在琢磨该说些什么有用的话，"在学校好好的。"他把手伸向显示器，然后停了下来，"还有，远离毒品。"

屏幕黑了一会儿，随即克莱夫·麦里出现了，显得有些不知所措，屏幕下方的醒目标题这样写道：**重大新闻：英国宇航员成为在太空把屁点燃的第一人。**

大屏幕上重新出现了全国学校青年科学比赛的标志，拿着麦克风的人挥挥手，示意大家安静。"喔。今天最后一个参赛者结束了实验。所以评委将离开一会儿，好好消化一下刚才看到的一切。我们很快回来。"

第六十七章

都结束了吗？

詹姆斯跑下台阶，穿过过道，人们都站起来鼓掌，拍着他的后背，他一下子抱住了艾莉。

"我真为你骄傲。"她紧紧抱着他说。

德利尔又轻轻打了他的手臂一下。"小伙计，你简直神了。"

"奶奶没事吧？"詹姆斯说。格拉黛丝闭着眼，安静地坐着不动。

"我想她就是累了。"艾莉说，"她刚才说头疼。"

詹姆斯好奇地看着她，问："艾莉？你哭过了？"

她用一只手抹抹脸。"没什么，小傻瓜。"

"快说呀。"他道。

她做了个深呼吸。"只是……刚才你发言的时候……"她咬着嘴唇，"你把一切都告诉他们了，詹姆斯。你说了我们的事，说了奶奶，还说爸爸在坐牢。你把所有事情都说了。全世界都看着呢。"

他用手捂住嘴，眼泪立即流了出来。"我搞砸了。就算我赢了，他们还

348

是会把我们分开。"

"嘘。"她说着再次拥抱了他，"嘘。不是你的错。你看，评委回台上了。"

评委走上台，站在评委长桌前面。拿着话筒的那个人说道："各位做出决定了吗？"

科技节目的女主持人接过麦克风，说道："是的。首先，我们要对所有决赛选手表示祝贺。我们看到了很多神奇的实验，感觉科学的美好未来掌握在现在的年轻人手中。"

观众鼓掌。格拉黛丝睁开眼，喃喃地说："继续，女士。"

"其实很难决定哪个选手获胜。"那个女人说完停顿一下，"老实说，今天的优胜者可谓显而易见。大家都知道奥卡姆剃刀定律，这个定律更像是个哲学原则，而不是自然科学。但它的意思其实是，有时候，显而易见的那个选择就是最简单的选择。而且，要有原创精神，全面理解科学原则，还要把新奇实用的概念引入理论之中……好吧。我能说什么呢？获胜者是詹姆斯·奥默罗德。"

台下掌声如雷，那个女人招手示意詹姆斯上台。"也把你的家人带上来。"

艾莉、詹姆斯、德利尔和格拉黛丝手拉着手走上台阶，在台上站成一排。一个摄影师开始拍照，詹姆斯被闪光灯照得直眨眼。那个女人交给他一个奖杯和一个信封。她说："你的学校也将领到一份奖金，不过这份奖金是颁发给你的。一共五千英镑！你要怎么用这笔奖金，詹姆斯？这可是一大笔钱哟。"

"也许用来支付话费吧。"詹姆斯，"估计我们的话费现在都是个天文数字了。"

观众又笑了起来，但在此时，展览中心的外面传来一阵骚动，艾莉看到一群人沿着过道走了过来。那些人有很多，都拿着摄像机和笔记本。她认得为首的女人，那女人曾去过她家。是克劳迪娅。原来如此。她是来做宣传的。

现在他们会把艾莉他们的故事告诉报社和电视台了。

艾莉对克劳迪娅喊道："就是这样？又是你，你还是这么不顾别人的死活？"

格拉黛丝眯眼看着克劳迪娅。"是宇航局的那个女人。看看她都带谁来了。"

克劳迪娅站在一边，媒体记者分列而立。有两个身穿保安制服的人分左右带着一个男人走了过来，那个男人有一头黑发，穿着蓝色 T 恤衫和黑色裤子。他对艾莉笑笑。她跟跄两步，感觉要昏倒了。

格拉黛丝说："是我的达伦。"

"爸爸！"詹姆斯喊道。他丢下信封和奖杯，德利尔只好猫腰从舞台上把这两样东西捡起来。詹姆斯大步跑下台阶，飞奔着穿过过道，扑进达伦·奥默罗德的怀里。

艾莉闭上眼睛。

都结束了吗？

☾

他们被带到上层的一个包间里。克劳迪娅、奥默罗德一家、保安和德利尔全都挤在这个包间里。詹姆斯一直抱着达伦不放，艾莉警惕地看着达伦。她对克劳迪娅说："是你安排的？"

克劳迪娅笑了。"自从我上次见过你们之后，我就一直在和缓刑服务组织接洽。我大致介绍了你们的情况，而且鉴于你父亲一直表现良好，又考虑到他已经服刑到现在，他们就同意让他假释。从基本上来说，他依然要服其余的刑期，但他不用在监狱里了，在家里服刑就可以了。和你们在一起。前提是他必须谨守本分，不能再回到监狱里去。"

达伦把詹姆斯拉开，看着他的女儿。"艾莉，"他说，"你不来抱抱我吗？"

艾莉移开目光说："我并没有原谅你之前的所作所为。"

"你应该告诉我的。"他说，"应该把你们遇到的麻烦都告诉我。我可以做点什么的。"

"你什么都做不了。"她说，"你在里面什么都做不了。我们没法去看你，因为奶奶的身体每况愈下，你打电话来的时候……我不想让你担心。不然你肯定是找这个找那个，只会让这个家更快散掉。"艾莉双臂抱怀，盯着她自己的脚，"我能应付得来。可能我们不再需要你了。"

达伦的脸痛苦地扭曲着。"别那么说。我知道你生我的气，但不要说那样的话。我回来了。我们能做到。但我们必须一起坚持下去。"

艾莉感觉到有一滴泪从她的脸颊滚落到小臂上。她看着她父亲，然后跑向他，用双臂紧紧搂住他的脖子。他用力抱住她，艾莉感觉自己又是个孩子了，她像个孩子似的哭了起来，拥抱着她的父亲。有那么一刻，她允许自己相信现在总算雨过天晴了。

◖

格拉黛丝走到像个婴儿似的大哭的克劳迪娅身边，说："我能和汤姆少校说句话吗？"

克劳迪娅轻轻擦了擦眼睛，说："什么，奥默罗德太太？现在吗？"

格拉黛丝点点头。"我有很重要的事。至少我觉得很重要。你能给他打个电话吗？"

克劳迪娅耸了耸肩，在手机里输入了一串号码。她对着手机说："地面控制中心吗？克雷格！鲍曼呢？什么？在吹口哨？算了，别理他。你问问技术员，能不能让托马斯也加入这次通话中？可以吗？好的，我等着。"

格拉黛丝的头很疼，她感觉应该去躺一会儿。她现在只是强打精神，克劳迪娅则蹙眉端详着她："奥默罗德太太？你还好吧？你的脸色有些苍白……啊，等等。"她把电话递给格拉黛丝，"你现在已经接通战神一号了。"

托马斯坐在显示器前面，通过显示器进行音频通话。"格拉黛丝！"他说，"真高兴听到你说话！他怎么样了？"

"他当然赢了。"格拉黛丝说，"不过在电视上放屁……我真搞不懂现在的世界都变成什么样子了。算了，我要和你说的不是这个。在詹姆斯上台之前，我休息了一会儿，我梦到了特林布先生。"

"特林布？"托马斯说，有点摸不着头脑。他几乎都忘了和格拉黛丝之间的对话总是这么云里雾里的。

"是的。"格拉黛丝气哼哼地说，"就是特林布先生。他是我在主日学校的老师。我要继续往下说了。自从你对我说了那条填字游戏的提示，我就一直在想主日学校。我觉得我解开谜题了。"

托马斯停顿一下，然后道："见鬼。真的吗？"他四下里寻找填字游戏书和铅笔，发现它们正在舷窗边飘浮着。"等等。我拿到了。纵十八：如果推迟，会引发心绞痛，比方说——无人不知。四个字母。这是最后一条提示了。我想破了脑袋也想不出来。"

"好吧。"格拉黛丝说，"心绞痛。就是心脏病，对吧？我老公比尔就是得这个病死的。人拖延就是推迟，对吗？"

托马斯盯着四个空格说："我还是不明白。"

"关键在于'无人不知'。'箴言篇'。出自《圣经》。第十三章第十二节。"

"你一定要帮我。"托马斯说，"我从没上过主日学校。"

格拉黛丝叹口气。"所盼望的迟延未得，令人心忧。"她说，"所愿意的临到，却是生命树。如果推迟，会引发心绞痛，如果迟延未得，就会令人心忧。明白了吗？"

他明白了。托马斯挥动铅笔，填满了四个空格。

"是希望。"他说，"这个词是希望①。我明白啦。"

格拉黛丝看着正拥抱在一起的达伦和艾莉，看着詹姆斯站在他们旁边，搂着他们两个。德利尔和克劳迪娅站在一起直掉眼泪。格拉黛丝笑了。"我们都得到了，汤姆少校。"她说，"到最后，我们都得到了希望。"

---

① 即 hope 这个单词。——译注

第六十八章

2017 年 2 月 11 日

"地面控制中心呼叫汤姆少校。请回话，汤姆少校！"

托马斯把自己固定在桌边，对着摄像头笑笑。是克劳迪娅站在地面控制中心。"战神一号能收到你们的信号，声音清楚，画面清晰。"他说。

"不是小屋一号吗？"克劳迪娅扬着眉毛说。

托马斯耸耸肩。"在我第一次见到它的全貌之后，我觉得应该给它更多尊重，就是这样。"他轻轻拍拍桌子，"是它带我去火星。"他停顿一下，"鲍曼呢？"

"啊……鲍曼主任放假了。"克劳迪娅说，"他请长期病假了。现在来了一位新的代理运营主任。"

"是你吗？"托马斯说。

克劳迪娅笑了起来。"托马斯，当然不是我。就算把吉米·周这个牌子的高档鞋都给我，我也不干。"她看向一边，一点头，"英国宇航局的董事会觉得派一个拥有航天经验的人来，可能对你剩下的旅程有帮助。"

新的代理运营主任带着灿烂的笑容走进视线。"你好呀，托马斯。"他打招呼。

托马斯瞪眼看着屏幕说："猫鼬！"

"还是叫我谢尔盖吧。"猫鼬说，"叫主任也行。你觉得哪个叫着最舒服就叫哪个。"

"我还是叫你猫鼬。"托马斯说，"自打我认识你，你就叫猫鼬。"

猫鼬眨眨眼。"傻瓜。"他说。

"还有人要见你。"克劳迪娅说。

"我还没给那个人录《太空怪谈》呢。"托马斯说，但克劳迪娅带了三个人来到摄像头前，一个是留着深色头发的高个男人，穿着 T 恤衫和牛仔裤，一个十几岁的女孩，还有一个头发乱糟糟的小男孩。

"我想你已经认识艾莉和詹姆斯了。"克劳迪娅说，"这位是他们的父亲达伦。"

托马斯向前探身，笑了起来。"你们跟我想象的一点也不一样。"

"你以为我们是什么样的？"艾莉说。

托马斯耸耸肩。"我觉得你们和辛普森一家①差不多。"他看了一眼地面控制中心，"格拉黛丝呢？"

艾莉看向镜头外，厉声喊道："奶奶！"

一个身材瘦小、头发花白的老妇走到他们身边，盯着屏幕说："啊，没想到他长得这么壮实，光听声音可想不到他这么强壮。"

"是屏幕太大了。"克劳迪娅解释道。

托马斯说："格拉黛丝，我们终于见面了。"

"汤姆少校！听起来就好像你是在隔壁一样。你完成填字游戏了吗？"

---

① 美国福克斯广播公司出品的一部动画情景喜剧。——译注

"托你的福，都做完了。真是太棒了。"

"这世上再也没有比做不出填字游戏更糟糕的事情了。"格拉黛丝说。

片刻的沉默后，詹姆斯说："艾莉有男朋友了。"

她使劲儿打了他的胳膊一下。"我才没有！我们就是普通朋友！老天！"

"啊。"詹姆斯说，"她有。她男朋友叫德利尔。他怪怪的，不过人很好。她为了照顾我们缺了很多课，所以要多上一年。"

"很好。"托马斯说，"你是个聪明的姑娘，艾莉。你要抓住所有能抓住的机会。你也是，詹姆斯。你在科学比赛上大获成功，要利用这次机会做什么？"

詹姆斯说："还记得我们在高速公路服务站说过的话吗？当时你说过……你要建立居住舱。你还说到了火星日落。"

"记得。"托马斯道。

詹姆斯笑了。"你不能那么做。因为我要去见你。我要当个宇航员。猫鼬先生说我能。"

克劳迪娅微微一笑。"如果詹姆斯能在科学科目上取得好成绩，我们就将资助詹姆斯上大学，在那之后，我们保证会给他在培训学院中留一个位子。我知道他现在还小，未来也许会改变主意……"

"我不会！"詹姆斯坚定地说。

"……但是，"克劳迪娅说，"十到十五年后，他很有可能去见你。"

托马斯揉揉眼。"我会等你的。"他轻声说。

"你说真的？"詹姆斯道。

"我说真的。"托马斯说，叫他惊讶的是，他意识到自己这话确实发自肺腑。

"梅杰先生？"达伦说，"谢谢你。我让我的家人失望了，你却在我无能为力的时候帮助了他们。"

"都是他们自己的功劳。"托马斯说，"是艾莉把他们凝聚在了一起，詹姆斯很努力地赢得了比赛。你虽然犯了错，但我们都犯过错。我早该知道这一点的。"

"确实如此。"达伦骄傲地看着他的孩子们说，"但如果没有你……我还是要谢谢你，梅杰先生。"

"别叫我梅杰先生。"托马斯说，"要不我还以为我爸爸在呢。"他笑了，"叫我汤姆少校好了。"

❨

托马斯吃完了晚饭——他现在不吃任何与卷心菜有关的食物——在跑步机上锻炼了一个钟头，然后开始做新的填字游戏。毕竟还有几个月才能到火星轨道。过了一会儿，他不再做填字游戏，便拿出了手册。要想建立水耕种植系统，就必须好好研究这些手册。

如果他想要在火星上活下来，就必须这么做。

而且，他此时依然很惊讶地发现，他很想活下去。

他看着日历，视线扫过被画线标出的已经过去的日子。然后，他看到了这一天的日期。2月11日。已经到2月11日了。他在音乐收藏中找到了一首歌，按动播放键。

他正专心研究种植块根植物的复杂程序，这时显示器响了一声，克劳迪娅的脸出现在屏幕上。她在她的办公室，正通过通信系统和他通话。

"加班了？"他说。

她耸耸肩。"就是想和你聊聊。"她停顿一下，把脑袋歪向一边，"什么声音这么难听？"

托马斯说："是《星球大战》的电影配乐，伦敦交响乐团演奏的。"

"我还以为你的音乐品位很高呢。"克劳迪娅说。

托马斯说："我每年的今天都放这些歌。就是在这一天，我爸爸带我去电影院，却把我一个人丢在了那里。"

克劳迪娅若有所思地点点头。"你恨他吗？"

"以前恨。"托马斯承认，"有一段时间，我以为我恨每一个人。地球上的每一个人。包括我自己。所以我才去火星。"

"我们也不是太糟糕吧。"克劳迪娅说。

"是的。说来也是有意思，我都把这一切丢下了，才明白这一点。"他顿了顿，"关键是我只记得坏事。坏事遮盖了好事，以至我甚至都忘了还发生过好事。这世上总有好事，总有好人。我只是没弄明白这一点而已。"

"即便是去看电影那天？"克劳迪娅说。

现在才刚下午，但天空是深蓝色的，一轮满月低低地挂在地平线上，在黑压压的屋顶上方清晰可见。"就跟十便士硬币一样圆。"父亲说。托马斯闭上一只眼，把拇指和食指对准圆圆的月亮。

"我抓到了，爸爸！我抓到月亮了！"

"那就把月亮放在衣兜里吧，儿子。"他说，"说不定哪天就用上了。快点，我们终于可以进去了。"

"是的。"托马斯说，"即便是去看电影那天。"

他们默默地坐了一会儿，当他们目光相遇，都移开了眼睛。最后，托马斯说："你喜欢什么音乐？"

克劳迪娅耸了耸肩。"无所谓。就是广播里播放的那些。我对音乐没什么了解。"她停顿一下，"你为什么不给我讲讲呢？"

托马斯点点头。"好主意。"他关掉《星球大战》配乐，翻看他的歌曲目录，"有了。来一首鲍伊的歌，怎么样？"

乐曲响起，托马斯看着窗外的地球，此时看起来，地球就跟一枚十便士硬币差不多大小。他闭上一只眼，用拇指和食指将它从黑暗中拉出来。

"你干什么呢？"克劳迪娅糊里糊涂地说，不过她被逗乐了。

"我抓住了地球，所有的人都在地球上。"托马斯轻声说。

他把地球放进口袋，就挨着他的心脏。"说不定哪天就用上了。"

"你真有意思，托马斯。我好像很想你。但你在离开之前，我连你是谁都不知道。"

托马斯没说话，他只是闭上眼听音乐。然后，他唱了起来，而战神一号则像一只美丽的蜻蜓，缓缓却不可阻挡地移动，在宇宙中继续着一场无法回头的旅行。

有一个星光侠。

他在空中等待着。

（全文完）

感　谢

正如小说中托马斯得到的顿悟一样，这世上没人能活在真空中，作家也是一样。写作看似一项孤独且需要内省的工作，但如果没有很多人付出的巨大努力，这样一本书是不可能问世的。

确实，如果没有杰出的编辑山姆·伊德，就不会有这本书，她孜孜不倦，不仅是这部小说的编辑，对秋千出版社推出的所有新书都居功至伟，而我很荣幸能成为这个出版社的一员。山姆似乎掌握了秘籍，可以比别人抽出更多时间，如果不是这样，那就是她能比我们更明智地利用时间。是她的创意、提供的信息、鼓励和建议成就了这本书。

还要感谢我的代理人约翰·加罗尔德，十几年来，他一直坚定不移地支持我的工作，特别是在遇到让我们两个都措手不及的情况之际。

《孤独梦想家》自然是一部虚构的小说，出于连续性的考虑，书中的情节均是我虚构的，我并没有试图追求完全的准确。我在此向所有看过本书的科学家甚至是宇航员道歉，但愿我没有惹你们生气，但我大大利用了我做记者的背景来进行调查研究，免得与一个好故事失之交臂。

英国宇航局是我虚构出来的一个组织，如果英国确实参与了组织、资助和运行前往其他星球的载人航天计划，那我肯定他们的行为不会像书中描述的那样混乱。对此我是相当肯定。好吧，我也不那么肯定……

在我看来，《孤独梦想家》中的很多情节都是为了搞笑。不止一次有人问我是从哪里得到的灵感，才创作出了奥默罗德一家人很有喜剧性的一面，我只能说，我在威根的一个工人阶层家庭长大。一个叫特德·博维斯的智者说过："斯派克，喜剧的第一原则就是要扎根于现实。"

关于奥默罗德一家，有很多方面是一点都不好笑的。我们都很清楚，格拉黛丝患上了阿尔茨海默病。得了这些可怕的疾病，人们所爱的人虽然还活着，却再也不是从前的他们了。如果这本书在这一点上让你深有触动，那么，正如电视剧《东区人》特别伤感的一集末尾所说的那样，那你不妨上 alzheimers.org.uk 和 alzheimersresearchuk.org 这两个网站，寻找更多信息和支持。

还有，虽然情况超出了艾莉的控制，但她一直都在照顾整个家，叫人难过的是，现实生活中也有这样的人。据几年前 BBC 的一项调查显示，估计有七十万年轻人在负责照顾其他家庭成员，他们中的大多数人都得不到任何支持。carersuk.org 和 childrenssociety.org.uk 网站可以为你提供建议和帮助。

最后，我把这本书献给我的妻子克莱儿和我们的孩子查理、爱丽丝。如果我在生活中学到了什么，也都是从你们身上得到的。

我还要感谢你们能一直看到这里（除非你喜欢一上来先看"感谢"，那样可就剧透了。啊，我觉得现在说这个已经太迟了……）。希望你们喜欢《孤独梦想家》。如果你们喜欢，可以到推特网联系我 @davidmbarnett。事实上，就算你们不喜欢这本书，还是可以去那里联系我。不过，我八成会屏蔽愤怒的宇航员和科学家，不然我准会羞愧得无地自容……

戴维·巴尼特

于地球某处